憧れの冷徹王弟に溺愛されています

狭山ひびき

HIBIKI SAYAMA

一迅社文庫アイリス

CONTENTS

クラウス・アルデバード

国王の弟で公爵。氷の宰相として
周囲の人々に恐れられている。
実は女性人気は高いのだが、
本人は気づいていない。

レナ・クレイモラン

伯爵令嬢。6年前の
婚約破棄騒動により
結婚はしないと決めている。
絵を描くのが趣味。

アレックス・クレイモラン

12歳。レナの年の離れた弟。
クレイモラン伯爵家の次期当主。

クレイモラン伯爵

レナとアレックスの父親。
のんびりしていて
騙されやすい性格。

憧れの冷徹王弟に溺愛されています

キャラクター紹介

ジョージル三世

国王。クラウスとリシャールの長兄。
実務はできるのだが恐妻家で、
クラウスに度々注意されている。

リシャール・エヴィラール

クラウスの年の離れた末弟。
その能力の高さから王位をめぐる
問題が起こったため、
長兄を苦手としている。

テレーズ

王妃。息子を溺愛している。
その立場からやりたい放題している。

エルビス

リシャールの側近。前国王の
政権時は宰相補佐官を
務めていた有能な人物。

ジョルジュ

4歳。両親に甘やかされて
育っている王太子。

デミアン

レナの元婚約者。衆人環視のもと、
レナに婚約破棄をつきつけた。

イラストレーション◆ぽぽるちゃ

憧れの冷徹王弟に溺愛されています

AKOGARE NO REITETSU OUTEI NI DEKIAI SARETEIMASU

プロローグ

「人のことをとやかく言う前に、自分の愚かさと不誠実さについて思うところはないのか。程度が知れるな。不愉快だ。早々に立ち去れ」

尖った氷のような冷ややかで容赦のない声。

レナ・クレイモランはたとえこの先何十年が経過しようとも、この日のことを忘れる日は来ないだろうと確信できる。

それは、婚約者デミアンの好みに合わせて無理をし続けていた十六歳の冬のある日。

オルコック子爵家のパーティーで、理不尽に突きつけられた婚約破棄に言葉をなくしたレナの前に颯爽と現れた彼は、シャルロア国の第二王子クラウス・アルデバード公爵だ。冷徹公爵の異名を持つ彼はそう言って冷ややかにデミアンを睨みつけたのだ。

レナはただ、何が起こったのかわからずに、俯かせていた顔を茫然と上げて、背の高いクラウスの背中を見つめる。

黒いジャケットの背中に、艶やかな銀髪がシャンデリアの灯りを反射してキラキラと輝いていた。

——ことの起こりは十分前。

デミアンとともにオルコック子爵家のパーティーにやってきたレナは、突然デミアンから、オルコック子爵令嬢コートニーを紹介された。

親密そうにコートニーの肩を抱くデミアンに目を丸くしていると、デミアンはレナの全身にゆっくりと視線を這わせて薄く嗤う。

「悪いんだが、レナ。婚約を解消してくれないか？　君のようなセンスの悪い女が婚約者だと、我がカーペント伯爵家の恥になる」

「…………え？」

レナは耳を疑った。

デミアンと婚約したのはレナが十四歳のとき。

婚約の申し入れは、デミアンの父、カーペント伯爵からだった。

レナが十二歳の時に母が死に、娘に何不自由のない幸せを願った父は、カーペント伯爵からの申し入れを受けてレナとデミアンを婚約させた。

それから二年。

デミアンとはうまくやれていたはずだ。少なくともレナはそう思っていた。レナはデミアンの言う通りの格好をし、言う通りの化粧をし、婚約者の機嫌を損ねないように極力彼に逆らわずにすごしてきた。

それなのに、どうして婚約破棄を突きつけられているのだろう。

（このドレスだって、この化粧だって、デミアンの希望に合わせたのに……）

レナは自他ともに認める平凡な顔立ちの女だ。

赤毛と揶揄されることもある赤みがかった金色の髪に青い瞳。身長も成人女性より低く、胸の大きさも腰の細さも平均的で、特出して自慢できるところは何もない。

デミアンからは、幾度となく顔が地味だから派手な化粧をしろと言われた。だから今日も目元にも口元にも濃い色を入れて、できるだけ派手に見えるように頑張った。

ドレスだって明るい色を着るように言われたから、赤や黄色など、明るい色を着ている。

高いヒールだって、レナの身長が低くてスタイルが悪く見えると言われたから、足が痛いのを我慢して履いているのに。

言葉をなくしているレナのもとに、コートニーの父、オルコック子爵までやってくる。

そしてレナに向かって憐れむような視線を向けて、こう言った。

「クレイモラン伯爵へはこちらから連絡を入れておこう。申し訳ないがそういうことだ。……生まれてくる孫に、父親がいないのは困るのでね」

その一言と、愛おしそうにお腹を撫でるコートニーの仕草で合点がいった。

(嘘でしょ……妊娠させたの……？)

結婚まで貞操を守るべきだという教会の教えに従って生きてきたレナには信じられないことだが、オルコック子爵まで出てきたのならば間違いないだろう。

驚くレナに、デミアンは謝罪するどころか当然のような顔をして言った。

「コートニーは君と違ってとても魅力的な女性なんだ。君もコートニーを見習ってもう少し女を磨いてみたらどうかな。そうすればきっと誰かがもらってくれるだろう」

不貞を働いたのはそちらなのに、何故、レナが侮蔑されなければならないのだろう。

レナは思わず自分のドレスを見下ろして、それからきゅっと唇をかんだ。

レナだって、このドレスが自分に似合っていないことくらいわかっている。化粧も、ヒールの高い靴も、全部似合っていない。わかっていて無理をしてきたのに——デミアンのために無理をしてきたのに、どうして当の本人からそんなことを言われなくてはならないのか。

いつの間にかパーティーの出席者たちが遠巻きにレナたちを取り囲んでいて、その視線がグサグサと突き刺さる。

非難されるべきはデミアンやコートニーのはずなのに、まるでレナが悪いみたいだ。

悔しくて、恥ずかしくて、でも言い返すこともできなくて——レナが俯いて拳を握りしめたその時、カツカツと足音を立てながら誰かが近づいてきたのがわかった。

デミアンか子爵か、それともこの場の全員か——、誰かが息を呑んだ音がする。

「もめていると思えば、これは何の茶番だ」

冷気が漂ってきそうなほど冷ややかな声だった。

抑揚が少ないのではない。ただただぞくりとするほどひんやりとした声なのだ。

俯いているレナの視界にキラリと長い銀色の髪が見える。高そうなジャケットにトラウザーズ、ピカピカに磨き上げられた黒い靴。

誰だろうかと思ったけれど、確かめる勇気がでなかった。

「こ、これは殿下……、お見苦しいところを……」

先ほどまで憐憫（れんびん）と侮蔑を含んだ顔をレナに向けて、絶対的優位の立場にいたはずのオルコック子爵の声が震えていた。

（殿下……？）

そう呼ばれる人は、現在このシャルロア国には四人いる。エルネスト国王には四人の王子がいて、しかし末の王子はまだ四歳だったはずだからパーティーには出席していないはずだ。ということは、ほかの三人の王子の誰かだろうか。

（そんな！　殿下がいらっしゃっていたなんて……）

とんだ場面を見られてしまった。父クレイモラン伯爵に叱責があったらどうしよう。青くなったレナだったが、続く殿下の言葉に息を呑んだ。

「ああそうだな。実に見苦しい。どこの家の者か知らないが、君。人のことをとやかく言う前に、自分の愚かさと不誠実さについて思うところはないのか。程度が知れるな。不愉快だ。早々に立ち去れ」

「な――」

「聞こえなかったのか？　君だ。婚約者がいながら違う女を妊娠させたそこの君、お前だ。私はそのような不誠実な行動が死ぬほど嫌いなのだ。早急に私の視界から消えてくれ。それともつまみ出される方がいいか？」

レナは茫然と顔を上げた。

視界に入り込んできた後ろ姿に、レナはハッとする。そうだ、どうして気が付かなかったの

だろう。銀色の髪を持つ王子は二人だけ。今年で二十二歳になった第二王子クラウス・アルデバード公爵と、四歳の第四王子リシャールの二人だけだ。

（冷徹公爵……）

冷ややかで容赦のない、笑わない第二王子。クラウスの異名は、レナも知っていた。

そんな恐ろしい異名を持っているクラウスなのに、端正で整った顔と、何事にも怯まない威風堂々とした様が社交界の令嬢たちに人気で、レナも何度か噂話を耳にした。

パーティー嫌いで、よほどの事情がない限り、王族関係者以外のパーティーには出席しないことで有名な第二王子。

どうしてクラウスが王家とつながりのないオルコック子爵家のパーティーに出席していたのかはわからないが、とんだ場面を見られてしまった。

何も言うことができず、クラウスの後ろ姿を見上げていると、デミアンが足をもつれさせながら会場から飛び出して行くのが視界の端に映った。

デミアンが消えると、クラウスは顔色をなくしているオルコック子爵とその娘コートニーに視線を移す。

「今日のことは陛下の耳にも入れさせてもらう。私は大変気分が悪いのでこれで失礼する。行くぞ」

「え……あ……！」

クラウスは後ろ手でレナの手をつかむと、そのままずんずんと歩き出した。

一歩の歩幅がレナの倍くらいあるので、レナは小走りになりながらついて行く。

そして、状況が理解できないままオルコック子爵家の玄関を出ると、レナは王家の紋章の入った馬車の前まで連れて行かれた。

「彼女を家まで送り届けてくれ。私は歩いて帰る」

クラウスが、幾分か冷たさの取れた声で御者に命じた。

「あ、あの！」

馬車に押し込まれそうになって、レナが慌てて声をあげると、クラウスは肩越しに小さく振り返った。

綺麗な碧い瞳が真っ直ぐレナに向けられる。その視線に甘さは一切感じられないのに、レナの心臓がドキリと大きく脈打った。

「君も、今度はもっとましな婚約者を探すんだな」

そう言ってすたすたと歩きだしたクラウスの銀色の髪が、ふわりと風に舞う。

レナは動き出した馬車の窓に張り付いて、クラウスの姿が完全に見えなくなるまで、その姿を目に焼き付けた。

一　六年越しの再会

デミアンとの婚約破棄から六年――

レナ・クレイモランはもうじき二十二歳の誕生日を迎える。

「姉様、早く朝ご飯を食べてよ。今日、ベティ伯母様が来るらしいよ！」

ドレスに着替えていると十二歳の弟アレックスの声が階下から聞こえてくる。その数秒後、メイドのキャサリンがレナの部屋の扉をノックして入って来た。

「お嬢様、旦那様がお呼び……って！　だからどうして、着替えるなら呼んでくださらないんですか！」

四苦八苦しながらドレスに着替えているレナを見て、キャサリンが目をつり上げた。

クレイモラン伯爵家はそれほど裕福な家ではないので、お金のかかる執事や侍女はいない。メイドも、キャサリンのほかにキッチンメイドがいるだけだ。節約、倹約、無駄遣い禁止、贅沢品は特別な日だけ、それが我が家のモットーだ。胸を張って言えることではないけど。

「一人でできることは一人でしないとね。ああ、悪いんだけどキャサリン、背中のリボンを結んでくれない？」

「ドレスは一人で着られませんといつも言っているでしょう？　コルセットはどうなさったんですか？」

「面倒くさいからつけていないわ」

「ダメですってば！　アレックス様のお声が聞こえたと思いますけど、本日、エスター子爵夫人がいらっしゃるんですから、怒られますよ！」

エスター子爵夫人ベティは、父の姉だ。母親を亡くしたレナやアレックスを心配して、何かと世話を焼いてくれる親切な伯母だが、口うるさいのが玉に瑕だった。

（コルセット、苦しいから嫌なんだけど……）

仕方なくレナは一度ドレスを脱ぎ、キャサリンに手伝ってもらいながらコルセットをしめた。

身支度をすませて階下に下りると、父がどこかそわそわしていて、レナは首を傾げる。

「お父様、どうしたの？」

レナがダイニングテーブルに着くと、朝食が運ばれてくる。アレックスと父はすでに食べはじめていたようだが、父の前に並べられている食事はほとんど手が付けられていなかった。

「あ、いや、レナ……その、気分を害さないで聞いてくれ。今日、姉上が来るんだが……」

「ええ、アレックスの声が聞こえたから知っているわ」

温野菜のサラダを口に入れて咀嚼しながら頷く。

ベティが来るのは珍しいことでもないのに、改まってどうしたのだろう。

父は言いにくそうに頭をかいて、大きく息を吸い込むと、決心したように口を開いた。

「その……姉上は、お前に見合いさせるつもりらしい」

「は？　何ですって!?」

「きゅ、急に見合い相手を連れてくるのだけはやめてくれと頼んだから、おそらく釣書だけ持ってくるだろうが……とにかく、お前も、心づもりを……」

「馬鹿言わないでよ！　わたしが結婚しないと決めているのは知ってるでしょ？」

「そ、そうなんだが……姉上は一度言い出すと聞かないから……」

「自分の姉なんだからどうにかしてよ！」

そう言ったものの、レナにもベティが自分が決めたことをあっさり曲げるような性格ではないことくらい知っていた。

「とにかく、わたしはもう懲りたの！　誰とも婚約したくないの！　絶対にいや！」

レナが言うと、それを聞いていたアレックスが、食後のイチゴを食べながら笑った。

「違うでしょ。姉様は懲りたんじゃなくて、すっかり冷徹公爵のファンになっちゃったから、ほかの男がジャガイモに見えるんだよね？」

「アレックス！　余計なことを言わないの！　それからジャガイモじゃないわ。ジャガイモ扱いしたらジャガイモに失礼でしょ。ぺんぺん草よ」

「ジャガイモより世の中の男に失礼だと思わないの、姉様」

「冷徹公爵？　お前、よりにもよって宰相閣下に惚(ほ)れたのか!?」

初耳の父がギョッと叫んで椅子から立ち上がった。

去年エルネスト国王陛下が退位し、王太子だった第一王子ジョージル三世の即位に伴って、第二王子クラウスは宰相になった。今では冷徹公爵に加えて、氷の宰相の異名まで持っている。

派生して氷の貴人というのもあった。

「現実を見ろ！　いくら宰相閣下が独身でいらっしゃっても、うちのような伯爵家を相手にしてくださるはずがない！」

「わかっているわよそんなこと！　わたしだってクラウス様とどうにかなりたいなんて叶わない夢なんて抱いてないわ！　見ているだけで満足なんだから、別にいいじゃないの」

「見ている？　宰相閣下とどこでお会いしたんだ⁉」

クラウスは相変わらずパーティー嫌いで、滅多に顔を出さない。そしてレナもパーティーに参加しないので、この六年、クラウスとすれ違う機会すら一度もなかった。

レナが何と言って誤魔化そうかと悩んでいると、あっさりアレックスが暴露した。

「違うよ父様。姉様は自分が描いた絵のクラウス閣下を毎日眺めているんだ」

「ああ、なんてことだ……」

絵を見ているだけなのに、父が絶望して頭を抱えてしまう。

（いいじゃないの、自分で描いた絵くらい見ても。結婚しないのはもともと決めてたんだし）

六年前、デミアンに婚約破棄をされてからレナも考えたのだ。

どんな理由であれ、婚約破棄をされた令嬢が素敵な男性と結婚できるはずがない。どうしても傷物扱いにされるので、次の婚約者がデミアン二号でない保証はないのである。

ならばいっそ独身を貫いて、十歳年下の弟を母の代わりに立派に育てようと心に誓ったのだ。

（それに、クラウス様への感情は恋じゃなくて憧れだもの。叶わぬ恋に悲観して結婚しないわ

けじゃないのよ）

だというのに、父は「どうしようどうしよう」と騒いでいる。どうしようもなにも、どうもしなくていいのだが、この様子だと父が馬鹿なことをしでかしそうで怖い。

レナは食事どころでなくなってしまった父に向かって、真顔で釘を刺した。

「お父様は絶対に何もしないでよ？　わたしは今が幸せなんだから！」

結婚していなくても、婚約者がいなくても、絵に描いたクラウスを眺めている今の生活がとても幸せなのである。ただ――

（いつかどこかの文官みたいに「この能無しが！」って罵ってくれるだけでもいいから、もう一度近くでお会いできないかしら……？）

……憧れは、少々おかしな方向にねじ曲がってしまってはいたが。

朝食を終えてしばらくした頃、伯母のベティがやって来た。

ベティはレナと同じ赤みがかった金髪に青い瞳をしている。母はそれは見事な金髪だったのだが、どうやらレナは、クレイモラン伯爵家の血を濃く受け継いでしまっているようだ。

「レナ、今日はとてもいいお話を持って来たのよ」

応接室に通すと、ベティは上機嫌で言ったが、すでに父から事情を聞いていたレナは憂鬱になって、伯母が大切そうに抱えている釣書らしい紙の束を見やる。

（いったいいくつ釣書を持って来たのかしら。伯母様って妙に顔が広いのよね……）

　ベティはアレックスに弱いので、見合いを断ったときに伯母が激怒することを見通して側(そば)にいるように頼んだのに、土産(みやげ)のお菓子をもらった途端、薄情な弟はダイニングへ消えてしまった。今頃お菓子の包みを開けて、一人で楽しんでいることだろう。育ち盛りの十二歳の弟は、朝昼晩の食事だけでは腹が満たされず、常にお腹(なか)がすいているのだ。

　ベティは鼻歌でも歌い出しそうな様子で、釣書を応接間のテーブルの上に並べていく。

「今日はね、あなたに縁談を持って来たの。好きなのを選んでちょうだい。右からダルモア伯爵令息、アーサー子爵令息、次が……」

「伯母様、ごめんなさい。素敵なお話だと思うけれど、わたしは結婚するつもりがないの」

　このままだと押し切られそうな危険を感じて、レナはベティの言葉を途中で遮った。

「何を言っているの!?」

「ごめんなさい。いろいろ……そう、懲りたのよ」

「懲りたって、六年も昔のことでしょう？　いい加減に昔のことは忘れて、前を向かなくちゃ。今日持ってきた釣書の方たちは、みんなとってもいい方よ？」

「いい方でも、ダメなの。……それに伯母様、アーサー子爵令息はアレックスと同じ十二歳じゃないの。さすがに無理があるわよ」

「あら、十歳差くらい珍しくないわよ」

　それは男性が年上の場合に適用されることで、女性が上の場合は、せいぜい二、三歳が普通だ。もちろん中にはいるかもしれないが、レナはさすがに弟と同じ年の子供と結婚はできない。

「ともかく、このお話はなかったことにしてほしいの」

「レナ……」

ベティはこれ見よがしなため息をついて、真剣な顔をしてレナに向き合った。

「いい、レナ。あなたが嫌でも、これぱっかりはそうはいかないの。まだアレックスが十二歳で、想像したことはないかもしれないけれど、よく考えてみて？　アレックスがこの家を継いだ時にあなたがいつまでもこの家に居座っていたら、アレックスが困るのよ？」

レナはハッとした。確かにそうだ。アレックスはクレイモラン伯爵家の次期当主として、いつか結婚するだろう。家庭を持ったアレックスに、レナがいつまでも張り付いているわけにはいかない。少なくともアレックスがクレイモラン伯爵家を継ぐときには、レナはこの家から出て行かなければならないのだ。

(考えていなかったわ……)

アレックスはまだ十二歳だが、来る日のためにレナにも準備が必要だ。

「そうね、伯母様……」

「わかってくれたの？　よかったわ。じゃあ、続きだけど――」

「わたし、仕事を見つけるわ」

「そうそう、次はバーバリー伯爵の……って、なんですって⁉」

ベティが叫んだが、レナはあんぐりと口を開けた伯母に向かって、真剣な顔で繰り返した。

「仕事を探すのよ。ありがとう伯母様。伯母様に教えてもらわなかったら、わたし、いつまでものんびりしていたと思うわ！」

こうしてはいられない。一人で生きていくため、手に職を得るのだ。

レナはベティの手をぎゅっと握りしめたけれど、ショックが大きすぎたらしい伯母は、ぴくりとも動かなかった。

☆

（仕事を探すなんて啖呵を切ったけど、わたし、あんまり器用じゃないのよね……）

たしなみとして音楽も刺繍も習ったけれど、せいぜい中の下というくらいの腕前で、自慢できるようなものではない。

学問も、最低限の教養は身に着けたけれど、誰かに教えられるほど賢いわけでもない。

というか、クレイモラン家の懐具合では、有能な家庭教師を雇うのは厳しかったので、能力的に少々怪しい家庭教師のもとで、本当に最低限のことしか学んでいないのだ。あとは独学である。だから世間一般的に、レナの能力がどのくらい通用するか皆目見当がつかないのだ。

貴族女性の働き口で考えられるのは、家庭教師か、どこかの家の侍女。しかし、前述したとおり学問もイマイチで、器用でないレナには、家庭教師も侍女も無理がある。

（困ったわ。貴族女性の働き口って、どうしてこう少ないのかしら……）

女はさっさと結婚しろという風習は時代遅れになってきたとはいえ、だからといって自立して生きていけるほど多様な就職先が用意されているわけではない。

レナはとぼとぼと城下町を歩きながら、はーっと息を吐きだした。

求人を求めて城下町を歩いているが、見つけたのはパン屋の看板娘の求人だけだった。伯爵令嬢がパン屋の看板娘の求人に応募したら、店主を大いに困らせることになる。

(身分問わずでできる仕事ってないものかしら?)

伯母のベティはレナが仕事をするのに反対だし、ベティから話を聞いた父も同じように反対している。だから仕事探しに二人の協力は得られない。

(あーもう！　気晴らしに美術館にでも行こうっと！)

いくら歩き回ったところで求人は見つからないので、レナは美術館へ足を向けることにした。

レナは昔から絵を描くのが好きで、同時に絵を見るのも好きだった。この美術館は常時展示されている絵のほかに、若手作家の絵を月替わりで展示しているため、いつ来ても楽しめる。

石階段を上り、アーチを描く玄関をくぐれば、中は少しひんやりとしている。高い天井の上の方に作られている窓から光が差し込んでいて、赤い絨毯(じゅうたん)をぼんやりと照らしていた。

レナは受付で入館料を払うと、ゆっくりと絵を見て回る。若手作家の絵は出口近くに展示されているので、まずは何度も見た巨匠の作品を楽しむことにした。何度見ても心にぐっとくるものを感じるのは、さすが巨匠といった感じだ。

(画材も結構高いから、最近は木炭画しか描いてないのよね……)

絵の具も、絵を描くためのキャンバスも、クレイモラン伯爵家では自由に買える値段ではない。そのため、絵の具やキャンバスを買ってもらえるのは、年に一度、レナの誕生日のときだけだったが、今年はどうしようかと考えている。いつか家を出るときのため、誕生日プレゼントのお金をそのままもらって貯めておいた方がいいような気もしているのだ。

(でも、去年から描きたい絵が決まっているのよね……。うーん悩ましいところだわ。絵の具とキャンバスを買ってもらうべきか、お金をもらっておくべきか……)

父のほかにベティもプレゼントをくれるが、彼女の場合、毎年必ずドレスと決まっていて、ほかのものを頼んだところで無駄なことはわかりきっていた。

ゆっくりと絵を見て回って、出口近くの若手作家の展示にたどり着いた時、レナはふと、壁に一枚の張り紙がしてあるのを見つけた。

来月の展示品の紹介だろうかとレナがふらふらと近づいて行くと、それは絵の募集だった。

「なになに……、新人作家募集？　コンテスト？　……絵の展示と賞金!?」

張り紙には、来月ここで展示をする作品を募集してコンテストを開催すると書かれていた。入賞すると賞金も出るらしい。

レナはひらめいた。家庭教師も侍女もだめならば画家としてデビューすればいいのだ。

(これだわ！　そうと決めたら、お父様に誕生日プレゼントを前借りしないと！)

絵の提出期限は二週間後。急いで描けば間に合う。

レナはさっそく出口でコンテストのエントリー用紙に名前を書くと、ルンルンと鼻歌を歌いながら家に帰った。

☆

「もう一か月か……」

城にある宰相の執務室。宰相クラウス・アルデバード公爵は、カレンダーを睨むと、はあ、と息を吐いた。

カレンダーの過去の日付にはたくさんの×が入れられていて、それが今日で三十日目だ。

「これを陛下に。今日の仕事はこれだけだったな」

二人いる側近のうち、文官から側近に取り立てたユーグの方に書類を渡し、このあとの予定を確認すると、彼からはこのあとは余暇だと回答がある。ユーグには主にクラウスの予定管理や情報収集を頼んでおり、もう一人の騎士から取り立てた側近ギルバートには、プライベートを含めた日常の細やかなことを頼んでいる。二人とも宰相補佐官の三人と違って、なかなか有能で使える男だった。

予定を確認したクラウスは仕事を切り上げると、末の弟の部屋へ向かった。

「リシャール、入るぞ」

十八歳年の離れた弟の部屋の扉を叩くが返事がなく、クラウスは断りを入れて扉を開ける。

すると、十歳の弟は窓際に立てかけたキャンバスに、一心不乱に筆を走らせていた。

窓ガラス越しに入り込む光が、クラウスとそっくりの銀髪に反射してキラキラと輝いている。

子供特有のふっくらとした輪郭に、目鼻立ちの整った端正な横顔。兄弟の中でクラウスが一番リシャールと似ているが、顔の造りはリシャールの方が母からの遺伝子を色濃く受け継いでいる。どこか中性的で、ガラス細工のような繊細さを持った美しさだ。そしてそれは、リシャールの場合、外見に反して意外に図太い母と違って内面にも当てはまる。

部屋には絵の具の油の匂いが充満していて、あちこちに完成した絵が散らばっていた。

（相変わらず、すごい集中力だな……）

集中しているときのリシャールは、どれだけ声をかけても、まったく反応が返ってこない。

仕方なく、クラウスはソファに腰を下ろして、絵を描く弟の横顔を見つめた。

リシャールの側近のエルビスがメイドを呼んでクラウスのためにティーセットを用意してくれる。エルビスもリシャールが一度絵を描きはじめたらしばらくはそのままだとわかっているので、淡い苦笑いを浮かべていた。

クラウスは紅茶に口をつけながら、床に散らばっている絵に視線を落とす。

十歳の幼い子供が描いたとは思えない繊細かつ美しい絵。

その中には窓から眺めた城の庭の景色もあったが、どうしてだろう、実際に自分の目で見るよりもリシャールの絵で見た方が、何倍も美しく鮮やかに見える。

（リシャールにはこう見えているのか。この子は本当に感受性が豊かだな……）

繊細で、人の感情の機微に敏く、だからこそ傷つきやすい。

しかしその実、苛烈で情熱的な一面があることをクラウスは知っている。

そして、クラウスでさえ舌を巻くほど賢く、優れている弟。

（これでジョージル兄上ほど図太い性格をしていたらいい王になれただろう）

四人いる兄弟の中で、一番王に向いている。名君と名高かった、昨年退位した父エルネストにそう言わしめたリシャールは、しかし、ある時から自分の殻に閉じこもってしまった。

その原因を知っているからこそ、クラウスは弟の心を守り切れなかった自分を恥じて、後悔し、どうにかしてリシャールの心の傷を癒したいと望んでいるけれど、クラウスがどれだけ頑張ろうとも、おそらくリシャールが城にいる限りそれは難しいとも理解している。

（今描いているのは抽象画か……）

風景ばかり描いているリシャールにしては珍しい。なんとなく気になって遠目からキャンバスを覗き込んでいると、唐突にリシャールが筆をおいた。

そして、物憂げなため息を一つ落とす。

「煮詰まったのか？」

クラウスが声をかけると、リシャールは弾かれたように振り返った。

「兄上？　来ていたの？」

「少し前にな」

髪色はクラウスと同じ銀色だが、碧眼のクラウスとは違い、リシャールは綺麗な紺色をしている。その目を丸く見開いて、リシャールはソファまで歩いてくると、クラウスの前に座った。

「声をかけてくれればよかったのに」

「かけたさ。お前が気づかなかっただけだ」

集中していると周りが見えなくなる自覚はあるのか、リシャールが肩をすくめる。

「それは……ごめんなさい。それで、何か僕に用事？」

エルビスがリシャールの分のティーセットを用意すると、濡れたタオルで手を拭いたリシャールは、クッキーを一枚口に入れた。

「いや……そういうわけではないんだが……」

リシャールが部屋に閉じこもって一か月。昔から滅多に外に出ない弟だが、さすがに何かしらの理由をつけて連れ出した方がいいだろうと思って来てみたけれど、誘い文句が浮かばない。

リシャールがクラウスの顔をじっと見つめて、何かを感じ取ったのかくすりと笑った。

「心配してくれてありがとう、兄上」

「ああ……」

クラウスがうまく言えないから、弟に気を遣わせてしまった。

クラウスは自己嫌悪に陥りながら、こうなれば回りくどいことをせずに単刀直入に訊こうと口を開く。

「リシャール。どこか行きたいところはないのか？　午後からあきができたんだ。たまには気晴らしをした方が、いい絵が描けるかもしれないぞ？」

「そうだねえ……」

リシャールはちらりと描きかけのキャンバスを振り返った。

「確かに、今描いている絵はしっくりこないんだけど……」

「それならばなおのこと、外に出てみるといい」

十回誘って九回は必ず撃沈するクラウスは、リシャールの小さな迷いを見逃さなかった。これはいつもよりも手ごたえがある。うまく誘えば、乗ってくれるかもしれない。

「どこでもいいぞ。公園だろうと、劇場だろうと、どこへでも連れていってやる。そうそう、王都の南の川には、そろそろ渡り鳥が来る頃だ」

「ふふ、兄上、鳥好きだもんね。せっかく余暇ができたんだし、僕のことはいいから、見に行っておいでよ」

しまった。誘い方を間違えた。クラウスは頭を抱えたくなったが、ここで引き下がるわけにはいかない。さすがに一か月も部屋に閉じこもっているのは体に悪すぎる。今日は何が何でも連れ出すのだ。

クラウスが内心で慌てていると、見かねたようにエルビスが口を挟んだ。

「そういえば、美術館で新人作家コンテストの、入賞作品の展示会がはじまりましたね」

リシャールがハッとしたように顔を上げた。

(エルビス、さすがだ！)

実の兄よりも側近の方が弟の好みに詳しいのは少々癪だが、これは乗っからない手はない。

「展示期間は一か月だったな。早く行かないと見逃すことになるぞ。見たかったんだろう？」

「うん……」

はじめて、リシャールの顔に迷いが現れた。ぐらぐら揺れているのがわかる。もう一息だ。

「ついでに美術館の近くの画材店で絵の具も買って帰ろう。ええっと……あれだ！　何とかという鉱物から作られた青緑色がほしいと……」

「孔雀石ね。持っているんだけど、残りが少なくなったから」

「よし、買って帰ろう。ほかにもほしいものがあれば何でも買ってやるぞ」

「じゃあ、新しい筆もほしいかな」

「わかった」

クラウスは心の中で拳を振り上げる。一か月ぶりに、ようやく弟が外に出る気になった。

「それではお召し物を変えましょう。絵の具で汚れていますからね」

エルビスがくすくすと笑いながら、リシャールを着替えさせる。

外で氷の宰相と恐れられている自分が、年の離れた弟相手に四苦八苦しているとは誰も思わないだろうなと思いながら、クラウスは新しいシャツに袖を通しているリシャールを見て、ホッと息を吐きだした。


リシャールを外に連れ出すことに成功したクラウスは、護衛を二人だけ連れて、リシャールの手を引いて美術館の中に入った。

突然現れた王弟二人に美術館にいた人間が驚いたように振り返るが、護衛が遠ざけているので誰もクラウスたちに近づいてくるものはいない。

「久しぶりの美術館はどうだ？」

「うん、楽しい」

「そうか……！」

リシャールの口から「楽しい」という一言が聞けて、クラウスは安堵の息をつく。

（エルビスに感謝だな）

クラウスだけではうまく誘い出すことはできなかっただろう。

「そういえば、どうしてここで新人作家の絵が展示されていることを知っていたんだ？」

外に出ないくせに、どこでその情報を仕入れたのだろうかと首をひねると、リシャールが目の前の絵をしげしげと眺めながら答える。

「クラレンス兄上から聞いたんだ。行かないかって誘われて……でも、クラレンス兄上は、あまり絵に興味がないから」

クラレンスはクラウスのすぐ下の弟だ。あの弟もリシャールのことを気にかけていて、何かにつけて様子を見にくるのだが、クラウスと同じくリシャールを誘い出そうとして大抵撃沈している。前回はクラレンスは絵が好きじゃないのに無理をしているとリシャールに気を遣われて断られたらしい。せっかく興味もない美術館の情報を仕入れてきたのにと、クラレンスはさぞがっかりしたことだろう。

「だが、お前の描いた絵はよく持って帰っているだろう？」

クラレンスは結婚を機に王都に邸を構えていて、城には週の半分ほどしか登城しない。自宅に飾るのだと言って、クラレンスがリシャールの描いた絵を持ち帰っていることをクラウスは知っていた。

「そうなんだよね。あんなにたくさん持って帰ってどうするんだろう。クラレンス兄上は絵に興味ないのにね」

「あちこちに飾られていたぞ。お前が描いた絵だから特別なんだ」

「なにそれ」

リシャールがくすくすと笑い出して、久しぶりに見た弟の笑顔にクラウスは胸が締め付けられそうになった。

（こんな風に、いつも笑ってくれればいいんだが……）

リシャールがまだずっと幼い時、父エルネストの不要な一言で、リシャールと長兄ジョージルとの間に亀裂が走った。

（父上が、リシャールを王にしたいなどと言わなければ、こんなことにはならなかったのに……）

自他共に厳しい父は、四人兄弟の中で一番優れた王子を王にしたがっていた。長兄であるジョージルが年功序列で王太子を名乗っていたけれど、その地位は父の一言であっさりひっくり返されるほどにもろいもので、ジョージルがそれを恐れていたことをクラウスは知っている。

性格は違うが能力的にはジョージルもクラウスもクラレンスも、多少の差はあれどほぼ横並びで、それならばジョージルでいいだろうと父が思いかけていた頃にリシャールが誕生した。

物心つく前から非常に利発な子供だったのは確かだったが、何を思ったのか、まだずっと幼かったリシャールを掴まえて、この子が一番王に向いていると父は言った。

その一言でジョージルは焦って幼い弟を非常に意識するようになり、それと同時にその存在を頑なに否定するようになったのだ。

幼かったリシャールは、兄に否定されて無視されて、どれだけ傷ついただろう。兄とリシャールの間に挟まれて、クラウスもクラレンスも、弟をかばいきることができなかった。

傷ついたリシャールは幼い身で父に直談判に行き、自分は王にならないと誓った。そして父が退位し、ジョージルも即位したことで心に余裕ができたのか、リシャールに対する態度も軟化したが、その頃にはすでに、リシャールの心は修復不可能なほどに粉々になっていた。

リシャールは自分の存在が兄を苦しめるのだと殻に閉じこもるようになって、滅多に部屋から出てくることもなくなった。いまだにジョージル三世の顔を見ると、リシャールが緊張で体を強張らせることを知っている。

(私がもっとしっかりリシャールを守っていれば、こんなことにはならなかった……)

悔やんでも悔やみきれない。だからこそ、クラウスはリシャールの心を守るためには何でもすると決めている。これ以上、幼い弟が傷つかずにすむように。

「あの作品はこの前来たときはなかったね」

「半年も前のことだからな。多少は入れ替わっているのだろう」

「もうそんなに来てなかったっけ」

小さな弟がきゅっとクラウスの手を握りしめて、早く行こうと引っ張る。

星をちりばめたかのようにキラキラと紺色の瞳を輝かせて絵に見入るリシャールの頭をそっと撫でてみると、リシャールがちょっぴりはにかんだような表情を見せた。

リシャールとゆっくりと絵を見て回り、お待ちかねの新人作家の展示スペースに到着する。

「新人作家とは思えないほど見事な絵ばかりだな」

「だって入賞作品だもん。当然だよ」

大賞作品が一番奥に飾られていて、リシャールは端から入賞作品を一枚一枚眺めている。クラウスも弟の隣で絵に見入っていると、リシャールがふと、一枚の絵の前で足を止めた。

「……この絵、僕好きだな」

「これか？」

まるで何かに焦がれるように一心不乱に見つめている絵は、柔らかい色合いで描かれた空の絵だった。朝焼けの様子を描いたのか、赤みがかった紫から濃紺に向けてのグラデーションが見事だ。その中に浮かぶ雲も、質感さえ想像できるほどに柔らかく描かれていて、ただの空の絵なのに、どうしようもなく引き込まれる。

「あったかい感じがする」

「あったかい？」

空の絵を温かいと表現するリシャールに、クラウスは目を丸くした。

リシャールがその絵に見入りながら、ぼそりと「この作者に会ってみたいな」とつぶやく。

それは心の声が思わず口に出てしまったというほど小さなささやきだったが、クラウスの耳は確かにその声を拾った。

クラウスは展示作品の下に書かれている作者の名前を確かめる。

(レナ・クレイモラン……クレイモラン伯爵家の人間か。名前からして女性だな)

宰相といえど国中の貴族の家族構成は覚えていないので、伯爵令嬢だか夫人だかまではわからない。貴族の女性がコンテストに絵を応募していたというのに多少なりとも驚いたクラウスだったが、これは好都合だ。

(伯爵令嬢か夫人なら、リシャールに会わせても問題ない)

クラウスは時間を忘れたように絵を見続けるリシャールに視線を落として、小さく微笑んだ。

☆

(入賞はできたけど、大賞じゃないから画家として雇ってもらうのは難しいわね……)

レナは窓枠に頬杖をついて、はーっと息を吐きだした。

絵画コンテストに応募したものの、結果は佳作入賞。賞金の銀貨百枚はありがたかったが、一年間美術館で絵が展示され、その後、五枚の絵の買い取りが約束されている大賞と違い、佳作入賞者は展示期間が終わればその絵は返却される。

展示中に買い手がつけば別だが、ついたとしても、その後の活躍が約束されるわけではない。

（結構自信があったのにな。画家への道のりも遠いわね……）

しかしこれで諦めるわけにはいかない。アレックスが伯爵家を継ぐまでには、自力で生きていくために画家にならなくては。

「かくなる上は絵の持ち込みかしら？」

美術館に絵を持ち込めば、もしかしたら若手作家の展示スペースの端っこに展示してくれるかもしれない。若手作家の展示スペースは販売も行っているので、何度か展示してもらっているうちに買い手がつくかも。買い手の中には画家として専属雇用したいと申し出てくれる人が現れるかもしれない。……楽観視しすぎだろうか？

窓の外を見ながら次の手を考えていると、家の前に見たこともない馬車が停まったのが見えた。黒塗りの、見るからに高そうな馬車だ。ちなみにクレイモラン家には門番もいないから、来客の伝言を持ってくる人はいない。馬車に気づいて、メイドのキャサリンが確認するか、そうでなければ玄関のベルが鳴らされてはじめて来客の存在を知るのである。ちょっと貴族としてどうかと思うが、これればかりは貧乏の弊害だ。致し方ない。

（お父様のお客様に、あんな高そうな馬車を使う方いたかしら？）

何となく疑問に思うものの、父もあれで伯爵の地位にいる人だ。金持ちの友人の一人や二人、いるだろう。たぶん。

「ともかく次はどうしようかしら……。賞金をもらったから、画材は買えるけど……目的もなく高い絵の具を使うのはもったいなさすぎるわ」

好き放題に絵を描いていたら、銀貨百枚もすぐに底をついてしまう。画材は高いのだ。

部屋の扉が叩かれて、慌てた顔のキャサリンが飛び込んできた。

「お、お嬢様！　大変でございます！」

「なに？　お父様が滑って転んで怪我でもした？」

「違いますが、旦那様は今にも倒れそうになっておいでです！」

「え？　嘘でしょ？」

冗談で言ったつもりだったのに。元気だけが取り柄のような父が、病気にでもなったのだろうか。レナは青ざめた。

「お父様はどこか悪いの？」

「いえ、そうではなく……！　ともかく、お嬢様、早く支度をしましょう！」

「支度？」

どういうことだと首をひねっている間に、キャサリンの手によって部屋着のワンピースがはぎ取られた。あれよあれよという間に、手持ちのドレスの中で一番高いものを着させられる。

「ちょっと説明してちょうだい。これはいったい……」

「お、お、お城から、王弟殿下の使者の方がおいでです！　お嬢様にお会いしたいと！　お化粧！　お化粧急ぎますよ！」

「ええ!?」

何かの間違いではなかろうか。何故、王弟の使者がレナに会いに来るのだろう。

「王弟殿下って、どなたの使者なの」

キャサリンは化粧筆を握りしめて、緊張からか浅い呼吸をくり返しながら叫んだ。

「クラウス殿下の使者の方でございます！　ええっと、ギルバート様とおっしゃいました！」

「……なんですって？」

レナはあんぐりと口を開けた。


応接間に行くと、キャサリンの言う通り父は今にも倒れそうなほど青い顔をしていた。

父の対面に座っているギルバートという名の使者は優しそうな壮年男性だったが、彼の背後に氷の宰相がいると思うとどうしても緊張してしまう。

（クラウス様の使者の方がわたしに何の用なのかしら……？）

クラウスとは六年前のパーティー以来会っていない。もともとクラウスはあまりあいったる場には滅多に顔を出さないのだ。六年前に彼が子爵家のパーティーにいたのは、兄のジョージル三世の代わりだったという噂だった。オルコック子爵家は、ジョージル三世の妃テレーズの遠い親戚にあたり、その縁で当日はジョージル三世夫妻が出席することになっていたが、急遽妃の体調不良でクラウスが行かなければならなくなったらしい。

そんな六年前に一度だけ、それも短い間関わっただけの女のことなど、クラウスのような高貴な人が覚えているはずがない。

ゆえに、クラウスの使者が我が家を訪れたのは、六年前の一件とは無関係であるはずだ。

レナが困惑しながら席に着くと、ギルバートはにこりと笑った。

「突然の訪問、申し訳ございません。実は宰相閣下から、折り入ってお嬢様にご相談が」

「そ、相談ですか……？」

多忙なクラウスは、三人の宰相補佐官のほかに側近を二名抱えていて、私的な用事は側近を使者に使うそうだ。つまり、今日の訪問はクラウスの私的な用向きということになる。

レナはますますわけがわからなくなった。

「そ、そのう……娘が何かご迷惑でも……？」

父がびくびくしながらギルバートに訊ねると、彼は大げさに首を横に振った。

「いえいえ、まさか。ご相談と言いますのは、宰相閣下がお嬢様にお会いしたいとおっしゃいまして、そのお願いに出向いた次第でございます」

「へ!?」

「娘に宰相閣下がお会いしたいですって!?」

驚きのあまり変な声が出てしまった。父も目を見開いて、ぽかんと口を開けている。

「こ、こう言っては何ですが、うちの娘は平々凡々な、ええ、どこにでもいるような顔の娘でして！　さ、宰相閣下のお相手なんてとても……！」

（その通りだけど、失礼ね！）

仮にも実の娘に対してあんまりではなかろうか。親の欲目と言うだろう。少しくらいは持ち上げてほしい。

娘を守りたいのかそれとも貶したいのか、両手をブンブンと振りながら必死になって断ろうとしている父に、ギルバートが困った顔をした。

「あの、落ち着いてください。宰相閣下はええっと、その、お戯れのお相手を探しているわけではなくてですね……」

「そ、そうですよね！　ああよかった……」

あからさまにホッとして、父が額の汗を拭う仕草をする。

レナはちょっと恥ずかしくなった。クラウスが遊び相手の女性を連れて来させるために使者を派遣するはずないだろう。父の勘違いでも失礼である。

「それでは宰相閣下はいったいどのような……？」

「それが、宰相閣下は先日美術館へ足を向けられまして、その時にお嬢様の絵を拝見されて、ぜひお会いしたいと」

「娘の絵？　ああ、あのお遊びで描いていたあれですか」

（遊びじゃないわよ！）

昔から絵が好きだったレナは、これでも独学で真面目に絵の勉強を続けてきたつもりなのに、父はずっとそれを遊びだと思っているのだ。

「娘が言うには、賞の一番下の下にかろうじて引っかかったとかで、一か月ほど美術館に展示されているんでしたね。ええっと、宰相閣下がその絵を見て、娘に会いたいと……？」

（お父様言い方！）

確かに大賞ではなかったが、ちゃんと賞金まで出たのだ。少しは褒めてほしい。

「はい、さようでございます」

「絵が必要ならば差し上げますが？」

（勝手にあげないで！）

ムッとして父を睨むと、視線に気づいた父が慌てたようにつけ加える。

「か、可能でしたら買い取っていただけると……」

（違う！　お金の問題じゃないの！）

せっかくクラウスと会える機会なのに、なぜ無駄にしようとするのだろう。

（あの氷のような冷ややかな美貌を近くで見られるチャンスなのに！）

しかし父は、レナをクラウスの前に出して、何かへまをしないかと心配で仕方がないらしい。

レナがじーっと父を睨みつけていると、ギルバートが苦笑して続けた。

「閣下は、ぜひ絵のことでお嬢様とお話ししたいと。可能であれば明日、改めてお迎えに上がりたいのですが」

「それは……」

「わかりました！」

これ以上父が余計なことを言う前に、レナは少し大きな声で父の言葉を遮った。

「ぜひ、お伺いします！」

隣では、父が「ああ……」と両手で顔を覆っていた。

☆

「いいか、くれぐれも粗相はするなよ。お前は存外そそっかしいからな」

と、父から特大の釘を刺されて、レナは迎えの馬車に乗り込んだ。

誕生日にベティからプレゼントされた若草色のワンピースに、アレックスからプレゼントされたレースのリボンを首に巻いている。

赤みがかっている金髪はハーフアップにして、母の形見のルビーの髪飾りで留めた。

（ああ、ドキドキするわ……）

氷の宰相クラウス・アルデバード公爵。

つららのように突き刺さる冷ややかな視線、辛辣で容赦のない言葉。にこりとも笑わないその横顔は、まるで精巧につくられた石膏像のようだと噂される、冷徹無比の王弟殿下。

今年で二十八歳になるクラウスは、恐ろしく整った美貌の持ち主でありながら、あまりの冷淡さに女性が怖がって近づかないとかで、いまだに独身だ。

いや、少し違うか。

冴え冴えとした美貌に、王弟で宰相という身分から、クラウスは独身女性の憧れの的だ。

だが、遠目で見ている分にはいいが、近づきすぎると火傷ではなく凍死しそうな危険があるため、なかなか女性から積極的になりにくい。

たまに勇者並みに勇敢な女性がクラウスに近づいたりしたこともあるが——何人か噂になった女性がいる——数か月もった例しがなく、噂では皆、涙で枕を濡らす結果になったと聞いた。

ちなみに、すぐ下の弟のクラレンスはクラウスと正反対でものすごく愛想がいいため、クラレンスが結婚する前は、社交界は完全に彼の独壇場だった。

クラレンスが結婚してから落ち着いたが、当時は笑顔の貴公子と呼ばれるクラレンスに対して、クラウスは絶対零度の貴人と遠巻きにされていたのをレナは知っている。

レナも、六年前の一件がなければ、怖くてクラウスに会いたいとは思わなかっただろう。

でも、クラウスはただ冷たいだけの男性ではないのだと、レナは六年前に知ってしまった。

レナがデミアンに婚約破棄をされて好奇な視線にさらされたとき、クラウスはレナをかばってくれた。

クラウスは自分が不愉快だと言ったが、ただそれだけならば、レナをあの場から連れ出して家に帰るために馬車を貸してくれたりしない。

言葉はぶっきらぼうだし冷ややかで容赦もないが、優しい人だと、レナは確信している。

(六年前のこと、ほんのちょっとでもいいから覚えていてくれないかしら……？)

ただ絵の作者に会いたいだけだとはわかっているが、淡い期待をしてしまうのが乙女心だ。

別にクラウスとどうこうなれるとはこれっぽっちも思っていないけれど、ちょっと、ほんのちょょーっと、一秒でもいいから、甘酸っぱい何かがないだろうか。

(手も綺麗に洗ったたし、いい香りのコロンもつけたし……握手でもされたら今日の手袋は額に入れて一生飾っておくわ……！）

城が近づくにつれて、心臓の音があり得ないくらいに大きくなっていく。

やがて馬車が城の前で停まって、馬車を降りるとギルバートが待っていた。

「お待ちしておりました。ご案内いたします」

ギルバートに案内されて、レナはクラウスの待つ彼の部屋へと向かう。

クラウスの部屋はモノトーンで統一されていて、色味のあるものといえば壁にかけられている風景画だけだった。

窓際の机にクラウスが座っていて、何やら書類に目を通している。

視線を下に落としているから端正な顔に影が落ちていて、今すぐスケッチしたいくらいに絵になる光景だった。

（ああ、麗しすぎる……）

レナが感動で打ち震えそうになっていると、クラウスが視線を書類に落としたまま「三分待ってくれ」と言う。急ぎの書類のようだ。

（三分でも三十分でも三時間でも待ちますとも！）

むしろ一分でも長く同じ部屋の空気が吸えるので待つのは大歓迎である。

しかしさすがにクラウスを凝視し続けるのは失礼だろうと、ギルバートに案内されてソファに腰を下ろしたレナは、先ほどから気になっていた部屋の絵に視線を向けた。

（すごく繊細な風景画ね……）

見たままを切り取ったような絵という表現はレナも使うことがあるが、この絵は違う。実際の景色以上に、繊細で優美で美しくて、何と言えばいいのか、レナとは違う景色が見えている人の絵だ。その一方で、どうしてだろう、すごく美しいのに、すごく殺風景で、まるで宝石を見ているようだとも思ってしまう。美しいけれど触れると冷たい、そんな感じのする絵。

「待たせたな」

絵に見入っていると、いつの間にかクラウスが対面に座ろうとしているところだった。

ハッとしてレナは姿勢を正す。

ひんやりとした碧眼がまっすぐにレナに注がれた。

「急に呼び出してすまなかったな」

硬質なクラウスの声に、レナの心臓がどきどきと高鳴る。六年前と変わらない声。彼の様子を見る限りレナのことは覚えていないようだがそれでもいい。再びこうして間近で会えただけで幸せだ。

「美術館に展示されている空の絵を描いたのは君だろう？」

「は、はい……」

緊張から声が上ずってしまう。

「君のことは少し調べさせてもらった。不躾（ぶしつけ）ですまないが、何故美術館のコンテストに応募したのだろうか。君くらいの貴族女性の多くは結婚し子育てをしている頃だろう。しかし君はまだ独身だ。婚約者もいない。まさか、伯爵令嬢が本気で画家を目指しているのか？」

クラウスの疑問は至極当然だった。貴族女性は家のために結婚するのが仕事だ。もちろん、貴族男性も家を存続するために結婚するが、適齢期は貴族女性の方が短い。レナはそれで言うと嫁ぎ遅れの年齢にあたる。

クレイモラン伯爵家はお金持ちではないけれど、伯爵家の令嬢ならば選り好みをしなければすぐに嫁ぎ先が見つかるだろう。お前は何を遊んでいるのだと思われたって仕方がない。

（調べたってことは、下手なごまかしは通用しないわよね）

それに、別に隠しておきたい事実でもない。

クラウスが六年前のことを覚えていなさそうなのにはちょっぴり残念だったが、これも予想していたことなので、落胆するほどでもなかった。

「お調べになっているのならばご存じでしょうが、わたしは一度婚約破棄をされた身です。そんな女に良縁は望めないでしょう。わたしには年の離れた弟がいて、母もいないので、無理をして結婚するよりも、母の代わりに弟の側にいてあげようと思いました。そして弟が家督を継いだ時には、迷惑にならないように家を出て行くつもりです。その準備の一環でコンテストに応募しました。わたしは不器用な方なので、絵を描く以外に何の取り柄もありませんから」

「……そうか。失礼なことを聞いてすまなかった」

レナが真面目に答えると思っていなかったのかどうなのか、クラウスが少々バツが悪そうな顔で謝罪した。

「お気になさらず。この年で結婚していない伯爵令嬢は珍しいでしょうから」

「いや、そういう意味では……」

クラウスは眉間をもんで、ふぅ、と息を吐く。

「実は君を呼んだのは弟が君に会いたがったからなんだ。しかし弟はまだ幼く、そして感受性が豊かな子だ。下手な人間を弟に近づけるわけにもいかなかったため、君のことが知りたかっただけなんだ。決して未婚であることを馬鹿にしているわけではない」

年の離れた、ということは末の王子のリシャールだろう。クラウスがレナの絵に興味を持ったわけではなかったのだ。それは残念だったが、こうして会えただけで充分である。

「それで、すまないが、弟に会ってやってくれないだろうか。君の絵をすごく気に入っていて、できれば君に会わせてやりたい」

「それは、はい、もちろん……」

「よかった。では、さっそくで悪いんだがついて来てくれ。私もあまり時間が取れなくてな」

宰相の立場にいるクラウスは多忙だろう。それなのに、弟の希望を叶えるためにわざわざ時間を割いたのだ。

(六年前も思ったけど……やっぱり優しい方ね)

にこりとも笑わないし、辛辣な性格をしているそうだけれど、クラウスは本当はとても優しい人だ。そうでなければ、六年前に婚約破棄を突きつけられていたどこの誰とも知らない女を、わざわざ助けたりはしないだろう。

クラウスのあとについて少し離れた場所にある部屋に向かうと、彼はこんこんと扉を叩く。

しかし中から返事はなく、クラウスはやれやれと肩をすくめた。

「リシャール、入るぞ」

返事もないのにクラウスが勝手に扉を開けると、肩までの銀色の髪の驚くほど綺麗な少年が窓際に座っていた。一心不乱にキャンバスに向かって筆を走らせている。

(この方がリシャール殿下……)

滅多に外に顔を出さないため、高位の貴族でもリシャールの顔を知っている人は少ない。

クラウスと似た顔立ちだったが、クラウスよりも繊細で、まるでガラス細工でも見ているような気持ちになった。

「かけてくれ。リシャールはああなると周りの様子が見えなくなってね。……エルビスもいないようだ」

クラウスが部屋の中を見渡してはあ、と嘆息した。

レナが言われるままにソファに腰かけると、なんと、クラウスがレナの隣に座る。

(ち、近い……！)

まさかクラウスが隣に座るとは思わず、レナはびくりと肩を揺らしてピンと姿勢を正した。

それに気づいたクラウスが「ああ」とわずかに眉尻を下げた。

「すまない。私はどうも女性を怖がらせるようで、嫌ならば離れるが……」

「い、いえ！　嫌なんてそんな！　ちょっとびっくりしただけです！」

クラウスの行動に他意はないだろう。レナの対面のソファに座れば、絵を描いているリシャールに背を向ける格好になるので、きっと弟の姿が見たくてこちら側に座ったに違いない。

というか、レナとしては正直理由なんてどうだってよかった。隣にクラウスがいる。それだけで、ふわふわと天にも昇る気持ちだったからだ。ぜひこのままでいてほしい。少しくらい甘酸っぱい思い出があればいいなと期待したけれど、本当にいい思い出になりそうだ。

「そうか。では悪いんだが、リシャールがこちらに気づくまで少し待っていてくれないか。いつもはエルビス……ああ、リシャールの側近なんだが、彼がいるから、切りがよさそうなところでうまく注意を引いてくれるんだが、今はどこかへ出かけているようだからな。どれだけ待たされるか読めそうもない……」

リシャールは絵を描きはじめると周りの音が聞こえなくなるタイプらしい。

(その感覚は少しわかるわ。まあ、わたしの場合、殿下ほどの集中力はないんだけど……)

目の前のキャンバスと、描きたいものしか目に入らなくなるのだ。それ以外の邪魔なものはすべて遮断される。レナも、何かが降りてきたと感じるほど集中しているときはそうなることがある。

「弟は絵も音楽もたしなむのだが、特に絵が好きでね。ああして一日中キャンバスの前にいることも珍しくない」

「クラウス閣下も絵や音楽を?」

「私か?　いや、私はそちらの方面はからきしでね。見たり聞いたりするのは好きだが、自慢できるような腕前ではない。兄もすぐ下の弟も同じだ。芸術方面に造詣が深いのは、リシャー

ルだけだな。リシャールは芸術の神に愛されたのか、昔からああいったことが得意なんだ。そして、何かに憑かれたのかと思うほどのめり込む」

「わかるような気がします。……リシャール殿下は、とても楽しそう」

「楽しそう？」

「はい。筆の運び方が、何かに駆られているようなと言いますか……次に次にと急いでいるようで、きっと自分の頭の中にある想像を早く形にしたくて仕方がないんだと思います」

「……そんな風に思ったことはなかったな。あの子はその……あまり笑わないから」

表情に出ないから喜怒哀楽がわかりにくいのだとクラウスは言う。

確かに表情に出なければわかりにくいかもしれないが、絵を描いているリシャールは間違いなく楽しんでいるとレナにはわかった。

「楽しいのか……。そうか、よかった……」

クラウスがリシャールに視線を移して、小さく口端を持ち上げる。

（嘘!!　笑った……！　どうしましょう、は、鼻血出そう……！）

リシャールが笑わないというが、クラウスだって笑わない。滅多に笑わないから氷の宰相という異名がついているのだ。しかし今目の前で、確かにクラウスが笑った。

なんて貴重な姿を拝見できたのだろう。レナは思わず両手を合わせて拝みたくなった。

「楽しいのならそれでいいんだ。それが知れただけでも、君を呼んだ甲斐があるな」

「そんな……」

レナの顔に熱が集中した。クラウスはそんなつもりはなかったのかもしれないが、クラウスに必要とされたようで、嬉しくて恥ずかしくてどうしようもなく気分が高揚する。

クラウスと二人でリシャールを眺めていると、扉を叩く音がしてギルバートが顔を出した。

「閣下、そろそろ会議のお時間ですが」

「もうそんな時間か……。わかった、すぐに行く」

クラウスは僅かに眉を寄せて、もう一度リシャールに視線を向けると、仕方がなさそうに立ち上がった。

「すまないが、ここで少し待っていてくれないか。会議が終わればすぐに戻ってくる。もし何かあれば、私の客だと言ってくれて構わない。リシャールには君が来ることを告げていないが、名前を言えばきっとすぐに状況を理解するはずだ。賢い子だからな」

「は、はい」

クラウスは何かあればすぐに対応できるようにと、側近へ部屋の外で待機しているように告げて、足早に部屋を出て行った。

部屋に一人残されたレナは、絵に夢中になっているリシャールに視線を向けて、柔らかく双眸を細める。

（ふふ、ちっちゃいクラウス様を見ているみたい。かわいいなあ……）

☆

会議が終わるや否や、クラウスは会議室を飛び出した。

兄のジョージル三世が用事がありそうだったがそれすら無視してリシャールの部屋に急ぐと、部屋の扉の前にリシャールの側近のエルビスが立っていて、クラウスを見つけて「しー」と口元に人差し指を立てる。

「どうした？」

小声で訊ねると、エルビスは目尻に皺を寄せて、部屋の扉をほんの僅かだけ押し開けた。

クラウスがその隙間から中を覗き込むと、リシャールが満面の笑顔を浮かべてレナと話している姿が見える。クラウスでさえ久しく見ていない弾けんばかりの笑顔だ。

（な……！　いったいどんな魔法だ!?）

クラウスがあんぐりと口を開けると、エルビスが小声で「私が戻って来たときはすでにあの様子でした」と教えてくれる。

クラウスは自分の目が信じられなくて手の甲で目をこすってみたが、目の前の光景は消えなかった。

「お話が合うようですね。あの方のお人柄もあるのでしょうが」

「そ、そうか……」

リシャールが会いたがっていたから連れて来させたが、レナ・クレイモランという女性は、思っていた以上にリシャールにいい影響を与えるかもしれない。

（私でもリシャールの笑顔を引き出すのは至難の業なのに……）

小さな嫉妬を覚えてしまうのは、弟を喜ばせるためにクラウスがいつも四苦八苦しているからだろう。

周囲に気を遣いすぎるリシャールが、純粋に喜ぶ姿というのは本当に稀なのだ。喜ぶふりはよくするが、そのくらいはさすがに兄なので見分けがつく。

「何の話をしているのだろうか」

「それはわかりませんが……きっと絵の話ではないでしょうか」

「ああ、そうかもしれないな」

絵をたしなまないクラウスにはわからない会話かもしれない。

「あのような方がリシャール様のお側にいらしてくれれば、リシャール様も少しは肩の力が抜けると思うのですが……」

「私もそう思う」

レナ・クレイモラン。彼女は思っていた以上の拾い物だったかもしれない。

クラウスはちらりとギルバートを振り返った。

「ユーグに言って、今から言う書類を至急揃えさせろ」

今日この一日だけでレナを手放すのは非常に惜しい。

（リシャールのためには、彼女が必要だ）

彼女こそ、リシャールの傷ついた心を癒してくれる存在かもしれない。

クラウスはそう確信していた。

☆

クラウスが何かを画策していた頃、レナはリシャールと美術館の話で盛り上がっていた。

「先月の若手作家のコーナーに、すごく素敵な絵があったんですよ！　合わせ鏡の絵なんですけど、すーっと中に吸い込まれそうな、びっくりするほど不思議で綺麗で、それでいてミステリアスな絵でした！」

「え、いいな！　僕も見たかった！」

リシャールがきらきらと目を輝かせながら、少しだけ唇を尖らせる。その仕草がすごく可愛くて、レナはきゅんと胸の奥が締め付けられた。

リシャールがレナの存在に気が付いたのは、クラウスが会議のために席を立って十五分後のことだった。

ソファに座っているレナにリシャールは驚愕したようだったが、レナが自分の名前と事情を話すと、リシャールはすぐに合点したように頷いた。

――兄上が僕のために迷惑をかけたみたいでごめんなさい。

そう言って困ったような顔をするリシャールは十歳の年齢の割に大人びて見えて、レナは違和感を覚えたものだ。

しかしひとたび絵の話になるとすぐに夢中になって、それが可愛くてレナがいろいろな話をすると、最初はどこか作りもののようだったリシャールの表情が子供らしいそれにかわった。

よほど絵が好きなのか、レナの話の些細な一言さえ聞き漏らさないようにと、真剣に耳を傾けている。

話はレナの絵の話題に移って、あの空はどこで見たのかとリシャールは訊ねた。

「あれは、うちの領地で見たんです。秋から冬に移り変わる季節で、すごく綺麗だったので、いつか描こうと心に決めていて。ただ、少し記憶が曖昧になっていたので、現実の空とは少し違うかもしれません」

「でも逆にそれが素敵な絵になったんだと思うよ！　現実の空のようでいて、違う世界の空を見ているような、不思議な気持ちになった」

「本当ですか？　わたしのポンコツな記憶力もたまには役に立つんですね！」

レナがくすくすと笑うと、リシャールが「ポンコツなんて言ったら自分に失礼だよ」と真面目くさった顔で返した後で、楽しそうに笑い出した。

「ふふ、でもあの絵のような空なら、見てみたいなぁ」

リシャールが景色を想像するように目を細めたとき、彼の部屋の扉が控えめに開かれた。

「リシャール」

顔をのぞかせたクラウスが呼びかけると、子供らしく笑っていたリシャールの表情が変化する。リシャールが表情を作ったのがレナにはすぐにわかった。

(不思議……兄弟なのに、少し距離感があるのね)

クラウスは間違いなくリシャールを気にかけている。すごく大事にしていることもわかる。けれども、どことなく他人行儀に感じてしまうのは、リシャールの子供らしくない表情のせいだろうか。

クラウスもそれに気づいているのか、注意して見ていないとわからないくらい、ほんのわずかに表情を曇らせて部屋の中に入って来た。

「盛り上がっているようだな」

「うん。レナを連れて来てくれてありがとう、兄上」

「どういたしまして。少しレナと話があるんだが、彼女を借りてもいいだろうか？」

「もちろん」

聞き分けのいい子供の見本のような受け答えでリシャールが頷くと、クラウスはレナに部屋から出るように告げる。

どうしたのだろうかと首をひねっていると、そのままクラウスの部屋まで連れて来られた。

「話の最中にすまない。折り入って君に相談があるんだ」

「相談ですか？」

クラウスのような高貴な人が、名門でもない伯爵家の娘に改まってどうしたのだろう。

「書類を」

クラウスが声をかけると、部屋の中にいたギルバートではない側近が一枚の書類を持ってくる。彼はユーグと言うらしい。

テーブルの上に置かれたので何気なく見ると、それは雇用契約書だった。

「君を雇いたい。そうだな、弟の絵の教師という立場でどうだろう。君も忙しいだろうから、仕事は週に二回、午後から三時間程度で構わない」

「わたしには人に教えられるような技量はありませんよ？」

むしろリシャールの方が何倍も絵がうまいほどだ。彼に教えられるようなことは何もない。

「技術的なことを教えてほしいわけではない。ただ、リシャールと一緒にすごして、一緒に絵を描いてくれればそれでいい」

「は、はあ……」

それのどこが教師なのだろう。ますますわからないが、クラウスは冗談を言っているように見えなかった。

「報酬はひと月あたり金貨三枚でどうだろうか。報酬は毎月先払いで払おう」

「金貨三枚⁉」

「安いだろうか」

「まさか！」

むしろ高すぎる。どこの世界に、週に二日、しかも一日三時間程度絵を描くだけでひと月金貨三枚を支払う人がいるだろう。しかも先払いときた。

唖然（あぜん）としていると、クラウスはその額で問題ないと判断したようで、側近にペンとインクを用意させた。

「内容に問題がなければこれにサインを」

「え、ちょ……」

まだ引き受けるなんて言っていないのに、クラウスは何が何でもレナを雇いたいようだ。

(何これ。夢? こんな都合のいいことが起こるはずがないわ……)

レナは仕事を欲していた。そして用意された仕事が、信じられないくらいに賃金が高くて待遇のいい仕事。しかも相手は王弟殿下。何が起こっているのかさっぱりだ。

「頼む、君がほしいんだ」

迷っていると、クラウスが懇願するような顔で畳みかける。

(ほしいって……)

レナの顔がボッと赤くなったが、クラウスは気づかずサインを促してくる。

憧れのクラウスに頼まれて、レナが断れるはずがない。

「わ、わかりました。でも、本当に、わたしは大したことはできないですよ……?」

「構わない。リシャールと一緒にすごしてくれればそれでいい」

サインを、と促されて、レナは震える手でペンを握った。

(何かしら……今日はもしかしなくても、人生最良の日だわ!)

憧れのクラウスに会えて、仕事も見つかり、その仕事があり得ないほどの好条件ときた。

レナはどこかぼーっとしながら、契約書に、震えて少しいびつなサインを書いた。

「姉様の妄想じゃなかったんだね」

クレイモラン伯爵家に迎えに来た王家の馬車を見て、弟のアレックスが驚いた顔をした。

クラウスに雇われたと父にもアレックスにも伝えたのに、どういうわけか二人ともそれをレナの勝手な妄想だと決めつけて信じてくれなかったのだ。

父などは、お前の妄想で宰相閣下に迷惑をかけてはいかんと怒り出す始末で、レナは腑(ふ)に落ちないものを感じていたが、迎えに来た馬車を見て父もレナの言うことが本当だったと信じたようである。

「信じられん……何が起こっているんだ？」

クラウスから雇用契約書を見せられたときにレナが思ったことと同じことを父がつぶやく。

（まあそうよね。わたしもいまだに信じられないもの）

今日が来るまで、何度も夢ではないのかと疑っていた。

「じゃあ行ってきます」

「こら待て！　その格好で行くつもりか!?」

そのまま行こうとするレナの腕を、父が慌てて掴(つか)んで引き留める。

「だって、絵を描くんですもの。ドレスが汚れたら嫌じゃない」

「馬鹿を言うな！　そんな格好で登城しようものなら、投獄されるぞ！」

「えー……」

レナは自分の服を見下ろしてむーっと唸る。絵を描くときに着ている服で、あちこちに絵の具がこびりついているので、確かに褒められるような格好ではない。だが、投獄は言いすぎだ。

レナが口答えをする前に父はキャサリンを呼びつけて、レナを着替えさせるように命じた。

（お父様ったら、絵の具って落ちないのよ？　汚れても気軽に買い替える余裕はないのに……）

渋々ドレスに着替えて、レナが迎えの馬車に乗り込むと、どうやら一部始終を見ていたらしいギルバートがくすくすと笑った。

「閣下が、絵を描かれるときのために服をご用意しています」

「本当ですか？」

「ええ。リシャール様に言われて急いで手配したそうです。サイズがわからなかったので大きめのものを買われたそうですが、ご不快に思わないでいただけますと幸いです」

「もちろんです！　むしろいいのでしょうか……？」

「構いません。こちらが無理を申したのですから」

いやいや、無理と言うが、とんでもない好条件の仕事である。その上着替えまで用意してもらって本当にいいのだろうか。

城に到着すると、ギルバートがリシャールの部屋ではない別の部屋に案内してくれた。

「着替えるのに部屋が必要ですから。こちらはあなたにご用意したお部屋ですので、お好きに使ってくださって構いません」

(え!?　部屋まで!?)

城の中に専用の部屋が与えられるなんて、眩暈がしそうだ。父に教えたら卒倒するだろう。

客室なのか、ベッドと棚、そして一人掛けのソファとテーブルがあるだけの部屋だったが、それでも自分の部屋よりも何倍も豪華だった。

(ひえ……絨毯、ふかふか……。ベッドも。やだ、お茶の葉まで用意してある……!)

あんぐりと口を開けていると、いつの間にかメイドが一人やってきていた。着替えを手伝ってくれるそうだ。どこまでも至れり尽くせりである。

クラウスが用意したという、小柄なレナにはちょっと大きなワンピースに着替えると、その上からエプロンをして、レナはリシャールの部屋へ向かった。

扉を叩くと、今日は中から返事がある。エルビスが扉を開けてくれて中に入ると、リシャールがソファにちょこんと座ってレナを待っていた。

「いらっしゃい、レナ」

「こちらこそお邪魔します、殿下」

にこりと微笑み合っていると、エルビスがティーセットを用意してくれる。

レナのためのキャンバスもすでに用意されていて、リシャールのキャンバスと向かい合うようにして三脚に立てかけられていた。

「今日は何を描くか決められているんですか？」

見ればリシャールのキャンバスは真っ白だった。描きかけの絵は仕上がったのだろう。

「まだ決めていないんだ。窓からの景色も飽きたし、何がいいかな」

「でしたら、スケッチブックを持ってお庭を散歩するのはいかがですか？」

「散歩か……」

リシャールは考えこむように視線を下げた。あまり気乗りがしないようだ。

ならば、とレナはポンと手を打った。

「わたし、部屋を用意していただいたんです。ここは反対側の部屋なので、窓からは違う景色が見えると思いますよ」

「それいいね！　じゃあ、スケッチブックを持ってレナの部屋に行こうよ！」

「すぐにご用意いたしましょう」

エルビスがにこりと笑って、二冊のスケッチブックとコンテを用意してくれる。コンテは絵の具と違ってそれほど色が揃ってはいないが、木炭で描くよりもカラフルに描けるのでスケッチにはもってこいだ。

リシャールが服の上からエプロンをつけて、大切そうにスケッチブックを抱え持った。

レナも自分の分のスケッチブックを持って立ち上がると、エルビスも一緒に来るようで、二人分のコンテを持ってくれる。

リシャールと廊下を歩いていると、様子を見に来たのか、途中でクラウスとかち合った。

「リシャール？　どこかに出かけるのか？」

クラウスが目を丸くして、リシャールとレナを交互に見やる。

「レナの部屋だよ。そこから見える景色を描くんだ」

リシャールが答えると、クラウスはなぜか嬉しそうな顔をした。

（また笑った！）

どうやらクラウスは、リシャールが相手だとよく笑うようだ。

感動してクラウスの顔に見入っていると、クラウスがレナの視線に気が付いてわざとらしく咳ばらいをする。

「レナ、悪いが弟を頼む」

「ひゃい！」

レナ、と名前で呼ばれたことに驚いて声を裏返すと、リシャールがぷっと吹き出した。

「レナ、ひゃいって何？　しゃっくりみたい。ふふ……」

「す、すいません。ちょっと喉が乾燥していたみたいで……」

苦し紛れの言い訳だったが、クラウスはそれを信じたのか、喉を痛めないように気をつけろと言われる。

「リシャール、またあとで様子を見に行くからな」

「うん。わかった。行こう、レナ」

「はい」

「ふふ、今度はひゃいじゃなかった」

「もう、殿下ってば揶揄わないでくださいよ」

レナはクラウスに頭を下げて、リシャールと一緒に部屋へ向かう。

そんな二人を、クラウスがじっと見つめていたことには気が付かなかった。

☆

(はあ……今日も格好よかった……!)

城に通いはじめて一週間。

レナがリシャールの絵の教師として登城する日は、決まってクラウスがリシャールの部屋に様子を見に来ていた。時間が取れるときは、三人で一緒にお茶をするときもある。

今日も仕事の合間に三十分ほど余暇が取れたからと、一緒にティータイムをすごした。

ティータイムのとき、クラウスは口数が少ないが、リシャールやレナの話に真剣に耳を傾けて、氷の貴人の異名が嘘ではないかというくらい柔らかい表情を浮かべている。

リシャールによれば、クラウスの口数が少ないのは、自分の言動が女性を怖がらせることを自覚していて、レナを怖がらせないように気を遣っているかららしい。

そんなわかりにくい優しさにレナがきゅんとしたことは言うまでもない。

(というか、クラウス様は自分が女性を怖がらせると思っているみたいだけど、普通に紳士だ

と思うんだけどな）

仕事があるからとリシャールの部屋から去っていくクラウスを見送りながら、レナはそんなことを考える。

（本当はすごく優しいいし、紳士なのに、どうしてまだ結婚していないのかしら？）

端正な顔立ちにこれ以上ないほどの高い身分、そして優しいとくれば、本気になれば結婚相手もすぐに見つかると思う。

それなのに結婚しないのは、何か理由があってのことなのだろうか。

（って、結婚しない理由があろうとなかろうと、未婚だろうと既婚だろうと、わたしには関係ないんだけどね）

クラウスが未婚で恋人がいなくても、レナとどうこうなることはあり得ない。

六年ぶりに再会して、クラウスの近くにいられるようになったからなのか、妙に意識してしまうが、レナではクラウスと釣り合いが取れない。

どれだけ憧れていようと、ドキドキしようと、余計な感情は抱いてはいけないのだ。

（こうしてクラウス様の近くにいられること自体奇跡みたいなものなんだもの。分不相応って言葉を忘れないようにしないとね）

「レナってさ、クラウス兄上のことが好きでしょ？」

ドキドキしても恋しない。心の中で自分に言い聞かせていたとき、唐突にリシャールがそんなことを言い出して、レナは口に含んでいた紅茶を盛大に吹き出した。

「ぶはっ」

クラウスのことばかり考えていたタイミングだったので、自分でもびっくりするくらいに動揺してしまった。

エルビスが笑いながら、紅茶が飛び散ったテーブルを拭いてくれる。

レナが恐縮して「すみませんすみません」と頭を下げると、リシャールがくすくすと笑った。

「レナって面白いよね」

「どこがですか！」

「うーん、感情が全部顔に出るところ？　今も兄上が出て行った扉を見てぽーっとしてたし。レナってばスケッチブックにこそこそ兄上の絵を描いてるし？　ただ兄上は鈍感すぎるから、ちっとも気づいていないいんだろうけどさ」

「で、殿下、それは……」

クラウスの絵は確かにこっそり描いていたが、まさかリシャールに気づかれていたとは。

「兄上には言ってないよ？　ただ、レナは本当に兄上が好きだなあーってしみじみ思っただけ」

十歳の子供に指摘されるとは思わなかった。レナは「うぅ……」と頬を押さえる。

(好きっていうか、憧れなんだけど……。そう、憧れなの。恋じゃないし。っていうか恋したらだめなのよ)

六年間ずっと憧れてきた。そしてここにきてリシャールに微笑みかけるクラウスの笑顔にときめいている自覚もある。が、恋はしてはいけない。

（でもまあ、憧れている気持ちが顔に出たのかもしれないけど！）

恋ではなく憧れの感情だが、リシャールに気づかれるほどわかりやすかっただろうか。

リシャールはキラキラと瞳を輝かせて、ずいっとレナの方へ身を乗り出した。

「ね、協力してあげようか？」

「きょ、協力ですか？　そんなわたしなんかが恐れ多い！　わたしはクラウス閣下を見ているだけで幸せなので、とんでもない！」

憧れのクラウスと甘い関係になれればもう死んでもいいくらいに幸せだろうが、そんな大それた夢は抱かない。というか、変に期待したら最後、一生懸命「恋しない」と自分に言い聞かせてきたのが水の泡になりそうだ。一瞬で傾く。これは確信だ。

「えー、いいと思うんだけどな」

「お、お気持ちだけで。それからこのことはどうぞご内密に……」

「レナがそう言うなら、まあ……」

少し不満そうな顔で、リシャールが頷く。

「それより殿下、次は何を描きますか？」

一枚の絵が仕上がり、キャンバスはまた真っ白なものが用意されている。

リシャールは「うーん」と首をひねった。

「動物にしようかな。鳥とか。そうそう、クラウス兄上はあれで可愛いものが好きなんだ。鳥とか花とかね！」

「まあ、そうなんですか？」

　思いがけずクラウスの好きなものが聞けて、レナはつい身を乗り出してしまった。

「うん、だからさ、鳥の絵を描いて兄上にプレゼントしようよ」

「それはいいですね！」

「もちろんレナも描くんだよ」

「え……、えっと……、でも、わたしの絵なんて……」

「いいから！　兄上、絶対に喜ぶから！　ね？」

「そ、そうですかね……？」

　現金なもので、クラウスが喜ぶなら描こうかなという気になる。

「じゃあ、鳥をスケッチしよう。でも、窓から鳥が見つかるかな……」

　リシャールが窓外を見やって難しそうな顔をする。窓から鳥を探すのは至難の業だ。

　レナは考えて、ポンと手を打った。

「南の川の近くの公園なら、鳥がたくさんいますよ！」

「公園かぁ……」

「お嫌ですか？」

「うーん……そうだな。たまには行こうかな。エルビス、兄上に許可を得てくれる？　兄上のことだから、たぶんついてくるって言いそうだし」

「かしこまりました」

エルビスが嬉しそうに笑って、急ぎ足で部屋を出て行く。

ややして、クラウスが血相を変えてリシャールの部屋に飛び込んできた。


リシャールの読み通り、公園にはクラウスもついてくると言った。

まさかクラウスが本当についてくるとは思わなかったレナは馬車の中でドキドキしっぱなしだったが、クラウスはリシャールのことにしか興味がないようで、しきりに弟を気にしていた。

エルビスがこっそり教えてくれたことによると、リシャールが外に出かけたがるのは本当に珍しいらしい。外出はおろか、自分の部屋の外にすら滅多に出たがらないのだという。

（十歳くらいの男の子って、むしろ率先して部屋の外に出たがるものだと思うけど、リシャール殿下はずいぶんと内気な方なのね）

話している分には、溌剌（はつらつ）とした年相応の男の子という感じがするのに、不思議なものだ。

馬車が公園に到着すると、人の邪魔にならないように、隅の方へ移動する。川の側（そば）の公園はとても広いので、人の姿はまばらに見える。これなら安心して鳥を探すことができるだろう。

「あ、あそこに白い鳥がたくさんいますよ！　鳩（はと）ですかね？」

さっそく見つけてレナが指さすと、リシャールがさっとスケッチブックを取り出した。

誰かが餌をまいたのか、白い鳩が一心不乱に地面をついばんでいる。

リシャールの横でレナもスケッチブックを開くと、それを見ていたクラウスが目を丸くした。

「そうしていると、姉弟に見えるな。行動がそっくりだ」

王弟殿下と姉弟なんて恐れ多い。

レナは恐縮したが、リシャールはまんざらでもなさそうに笑うとスケッチをはじめる。

絵を描かないクラウスは退屈だろうと思ったのだが、スケッチするリシャールを見ているだけで満足なようだ。

白い鳩のスケッチを終えると、別の鳥を探して公園を歩く。

結果、四種類の鳥のスケッチができた。リシャールは満足そうだ。

「たくさん描けたよ。ついでに川の様子もスケッチしていこうかな」

「いいですね！　行きましょう！」

「こら、走るなよ？」

レナとリシャールが手をつないで川の方へ向かうと、クラウスがあとを追いかけてくる。

そうして、日が傾くまでたくさんのスケッチをして城に戻ると、時間を見て、クラウスが申し訳なさそうな顔をした。

「契約の時間をずいぶんオーバーしてしまったな。すまなかった。特別手当を出しておく」

「いえ、お気遣いなく！　楽しかったですから！」

「そういうわけにはいかない。これも契約だ」

さすが真面目なクラウス。きっちりしている。

家まで送ると言われたので恐縮しつつも同じ馬車に乗り込むと、リシャールの前以外ではいつも厳しい顔をしているクラウスが、ふと表情を緩めた。

「あんなに楽しそうなリシャールを見たのは久しぶりだった。ありがとう」

「いいえ、わたしは何も……」

首を横に振りながら、レナはふと、以前から感じていたクラウスとリシャールの間にある、少し他人行儀な空気のことが気になった。

（クラウス様って、すごくリシャール殿下のことを気にしているし大切にしているみたいだけど、それと同じくらい気を遣っているような……、なんていうのかしら、薄いガラスでできた細工に触れるみたいに、慎重になっている気がするのよね）

それは、兄弟を相手にするにしては少し不自然に映る気の遣い方だった。レナとアレックスも、父と伯母も、相手に対してクラウスのような慎重さは見せない。ときには無遠慮すぎるくらい遠慮なくずけずけとものを言うのが兄弟だと思っているレナにとっては、二人の間には何か特別な事情があるように思うのだ。

だが、もちろんそれは、他人であるレナが踏み込んでいい問題ではないのでただ微笑む。

「君がいると、リシャールはよく笑うようだ。できることならずっと、君にはリシャールの側にいてほしい」

「もちろん、お望みいただけるなら……」

「そうか。助かる」

クラウスは一度口を閉ざして、そして意を決したように言った。

「君から見て、リシャールのことで何か気づいたことはないだろうか。何でもいいんだ」

「気づいたこと、ですか？」

レナは考えて、それから答えた。

「部屋からお庭を見られるのは好きみたいですが、お庭に下りるのはお好きでないように思えました。何かあったのでしょうか？」

クラウスはハッとして、それから眉尻を下げた。

「そうか……。いや、心当たりはあるが、これぱかりはどうしようもできないのかもしれない」

これも踏み込んでいい問題ではなかったようだ。

レナは、どこか傷ついたような顔をして窓の外に視線を向けたクラウスの横顔を、ただ黙って見つめたのだった。

☆

目の前で繰り広げられている生産性のない応酬を耳半分で聞きながら、クラウスは会議とは別のことを考えていた。そうでもしなければ苛立ち紛れに机を殴りそうだったからだ。

本日の議題は王都の下水工事についてだが、クラウスの目の前で繰り広げられているのは、びっくりするほど幼稚な喧嘩だった。

本日の会議参加者は、王と宰相、各省庁の大臣にそれぞれの補佐官と下水工事の立案者である土木省の本案件の責任者とその他数名だが、会議の途中で土木省が求めた予算について、財務省の補佐官から予算が多すぎると文句が飛んだ。

それを皮切りにはじまった喧嘩に、なぜかほかの省庁まで参入して、頭の痛くなるような低俗な応酬が飛び交っている。馬鹿馬鹿しくて、相手にする気も起きなかった。

(リシャールはレナの前ではよく笑うな……。リシャールには、やはりレナのような女性が合っている気がする)

クラウスは先日ユーグと交わした会話を思い出す。

『私はリシャールを部屋から連れ出すだけで一苦労なのに、彼女は驚くほどあっさりあの子を外出させることができるようだ』

『ええ、すっかり仲良くなられたようですね。今度美術館へ一緒に行くお約束をされたとか』

ふと愚痴を言うようにこぼしたつぶやきを拾ったユーグが、苦笑しながら返した。

もちろん二人だけで外出させるわけにはいかないので、クラウスもついて行くつもりでいる。しかし何というか、リシャールとレナの間には二人だけの独特の世界があるように見えて、クラウスは疎外感を感じてしまうのだ。

何故レナは、僅か半月でリシャールとの仲を縮めることができたのだろうか。クラウスやクレンスもいまだに弟との付き合い方がわからず手探り状態なのに。

どうしてだろう。レナと自分では何が違う。レナはもしかしてリシャールにとって特別な女性なのだろうか。そんなことばかり考えていたからだろう、クラウスは無意識のうちにこんなことを口走った。

『……リシャールはああいう女性が好きなのだろうか』

『はい？』と、ユーグが驚いたように振り返ったが、クラウスは真剣な顔で顎に手を当てた。

一度口に出してみると、それがものすごく名案に思えたからだ。

『十二歳差か……だが、リシャールにはあのくらいの女性がいいかもしれない』

『か、閣下？　落ち着いてください。リシャール殿下はまだ十歳ですよ』

『十年たてば二十歳だ。今から決めておいても早すぎることはないだろう』

『……ええ……？』

『レナのような女性は、なかなかいない』

困惑しているユーグの様子にも気づかず、クラウスはぶつぶつと独り言のように続ける。

『優しくて、明るくて、よく笑う。二十二だそうだが、見方によってはもう少し下に見えるし、何よりリシャールと仲がいいのがいい。顔立ちも可愛らしいし』

『あのぅ、閣下……？』

『少なくとも身分や権力に媚びへつらうその辺の女性と、レナは違う』

『閣下、あの……』

ますます困惑顔になったユーグが、控えめに声をかけるもクラウスの耳には届かない。

思い出すのは、つい二日前のレナの顔だ。

レナはどうやら甘いものが好きらしく、ティータイムに出される菓子を、いつも青い瞳をキラキラと輝かせて嬉しそうに食べている。

クラウスは、脳の栄養補給に甘いものを食べないわけではなかったが、どうしても食べたいと思うほど欲しているわけではない。

リシャールも甘いものは嫌いではないが、二個も三個も食べるほど無類の甘党でもなかった。

そんな理由もあり、レナが城へ通いはじめて、はじめて一緒に取ったティータイムのときに、何気なくクラウスが自分の菓子を与えてみたら満面の笑みで喜ばれた。屈託のないまるで子供のように邪気のない笑顔がまぶしくて、それ以来、笑顔見たさに毎回レナに菓子を渡している。

『可愛らしい女性だろう？　最近では私にもそれほど緊張しなくなって、自然に話してくれるようになった。私の前で、絵の具を顔につけて平気な顔で笑う女性はなかなかいない』

絵を描くのだから仕方がないが、レナの服や手、時には顔に絵の具がつく。ドレスのほつれ一つで大騒ぎするのが貴族女性だと思っていたのに、レナは絵の具がついていても平気なのだ。クラウスの前でも自然体で、顔に絵の具がついているのを指摘したときも、デリカシーがないだのと怒りだすようなことはせず、ただ顔を赤く染めて恥ずかしそうに鏡を確認していた。

（あれは可愛かったな）

手や服に絵の具がついているのは気づけても、さすがに顔には気づけなかったのだろう。あわあわしながらハンカチで拭う様は、小動物のようで可愛かった。

思い出して口元をほころばせるクラウスに、ユーグの目が泳ぐ。

『あの……それでは、まるで閣下が――』

『レナみたいな女性がリシャールの側にいてくれれば安心だ』

ユーグが小声で何かを指摘しようとしたが、自分の考えに没頭しているクラウスは、やっぱり気づかない。

『私はリシャールには幸せになってほしい』

『そうおっしゃいましても……いくらなんでも十歳の殿下に二十二歳の女性は……。それに閣下、閣下の方が――』

『年齢差は問題ではない。リシャールが心を開けるかどうかが問題だ。リシャールが心を開ける女性はそう簡単に現れない。そうだろう？』

同意を求めたのに、何故かユーグは額を押さえた。

『閣下……もう少し冷静にお考えになった方が……』

『私は冷静だ』

ユーグははあ、と息を吐きだしたが、リシャールのことしか頭にないクラウスは、彼が何を不安に思っているのかさっぱりわからなかった。

レナのことは雇い入れる前にあらかた調査を終えていた。それによると、六年前に婚約を破棄してから恋人はいない。生活もつつましく、異性にふしだらでもない。それどころか、パーティーにも滅多に顔を出さないレナは男性との交遊もほぼゼロだった。生活態度も性格も申し分ないのだ、これならば胸を張ってリシャールの伴侶に――

「だからそんな大金は出せんと言っているだろうが!!」

思案にふけっていたクラウスは、その大きな怒声でふと我に返った。

（ああ、会議中だったな。……まだくだらない喧嘩を続けていたのか）

現実に引き戻されるや否や、クラウスの機嫌が急降下する。

しばらく喧嘩をすればどこかで妥協案を見つけるかと思ったが期待するだけ無駄だった。この無能どもは『会議』を喧嘩の場と勘違いしているのだ。

こういう時は王が威厳を見せるべきだろうと隣を見れば、ジョージル三世の頭があろうことかこくんこくんと舟をこいでいた。目をシパシパさせて、意識は半分夢の中にいそうである。

ぷちっ、とクラウスの脳内で血管が切れた。

「いい加減にしないかこの馬鹿どもが!!」

我慢の限界に達したクラウスは、ダンッと拳で机を殴りつけて怒鳴った。

途端にびくっとジョージル三世が飛び起きて、きょろきょろと視線を彷徨わせる。そしてすぐに取り繕ったような顔をした兄にさらに腹が立ったが、こっちへの説教はあとだ。

「これ以上やっても無駄なので会議は延期だ。まず土木省！　財務省が言う通り無駄な予算が多すぎる。次に財務省！　確かに無駄な予算はあるが、もともとこれは土木省に協力して予算を配分しろと命じていただろう。会議で喧嘩しろと誰が言った！　会議の前に予算のすり合わせくらいしておけ！　それからほかも、便乗して予定のない予算を財務省に出せと騒ぎたてるな！」

絶対零度の雰囲気を漂わせてのクラウスの発言に、各大臣の背筋がピンと伸びる。中には真っ青になって震えるものまで現れた。

このようにクラウスが発言すると怯えるものが出るので、いつもはギリギリまで口を挟まないが、今日は無理だった。じろりとそれぞれを睨みつけて、クラウスは続ける。

「会議は三日後。そこでも同じような馬鹿な喧嘩をするようなら、各々覚悟しておけよ」

「は、はい……！」

大臣の一人が震えた声で返事をし、それに続いてあちこちから恭順の意が示される。そして、クラウスの「解散」の一言に、我先にと会議室を飛び出して行く。その情けない様子に、クラウスはますます頭が痛くなってきた。

（父上の時はこうではなかった……）

父の退位前から、クラウスは父の下で兄が王位についた時に支えられるように教育されてきた。父のときには各省庁にも有能な人材がそろっていて、父が睨みを利かせていたこともあり、こんな低俗な会議が開かれたためしはない。

だが、父の退位に伴い人事も刷新され、その結果がこれだった。父に仕えていた人間の多くは父に忠誠を誓っていたため、退位と同時に、大半が政治から身を引いたのである。

考えても詮ないことだが、父と兄の求心力の違いに茫然とするばかりだ。

ついつい、これが父が認めたリシャールならば違ったのだろうかと思ってしまう。まだ十歳の子供を引き合いに出すのはおかしいだろうが、大人になったリシャールならばこんなことにはならなかったのではないか。決して口にはできないが、そんな風に考えてしまう。

「どこへ行くんですか」

大臣たちが去ると、便乗して自分も席を立とうとした兄の肩を、クラウスはぐっと押さえた。ぎくりと顔を強張らせるジョージル三世に、クラウスは特大の雷を落とす。

「会議中に転寝とは、どういうつもりだ!!」

これに対してジョージル三世が、昨日の夜遅くまで息子と遊んでいて寝不足だとかなんとか言い訳をはじめたが知ったことではない。

（というか、ジョルジュは四歳じゃないか！　夜遅くまで遊ばせていい年齢じゃないだろう！）

国王夫妻は息子を甘やかしすぎなのだ。

クラウスは冷ややかな碧い瞳でジョージル三世を見下ろした。

「次に同じことをしたら父上に報告しますから、覚悟しておいてくださいね」

「そ、それは――」

ジョージル三世が青ざめてわめきだしたが、クラウスは聞く耳を持たずくるりと踵を返す。

（まったく、王位が手に入って安堵しているのかもしれないが、兄上は最近たるみすぎだ）

父に厳しく政務を叩きこまれたため、真面目にしていれば仕事はできるものの、ジョージル三世は性格に問題がある。自他供に厳しかった父と違い、自分や身内にものすごく甘いのだ。

そういった面が、仕事に悪影響を及ぼすのである。

「はあ……、まったく頭が痛い」

☆

「レナは青い鳥？　この鳥は空想かな？　可愛いね」

レナが描いている絵を覗き込んで、リシャールが笑った。

「殿下の絵もとても素敵ですよ。特にこの右端の鳩の表情が可愛いですね」

「そう？」

レナは青い鳥が一輪の花を咥えて飛んでいる絵で、リシャールは公園で白い鳩たちが餌を食べている絵だ。相変わらずの描写力で、さすがとしか言えない。

「きっとこの鳩はご飯が美味しくて笑っているんですね」

「すごい、よくわかったね！」

「鳩の目がキラキラしていますから」

「ふふ、ありがとう！」

リシャールがくすぐったそうな顔をして、それから再び自分のキャンバスに視線を落とした。

すっと、表情が引き締まる。

（いつ見てもすごい集中力……）

この瞬間、リシャールには目の前のキャンバスしか見えていないはずだ。周りの音も、景色も、全部彼の意識の外にある。

レナの絵は構図が簡単だからまもなく描き上がるだろうが、リシャールはまだまだかかりそうだ。特に彼は細部にまでこだわるので、描きはじめると長い。

（わたしも集中しなくちゃね！）

名目上だが「教師」として雇われている以上、リシャールに負けるわけにはいかないのだ。

レナが集中して絵の仕上げにかかっていると、コンコン、と控えめに扉が叩かれる音がした。

集中しているリシャールは気づかなかったようだが、彼ほどの集中力がないレナはその音に振り返る。クラウスだろうかとドキドキしたが、彼の場合、扉を叩いて数秒後に、リシャールの返事がなくとも問答無用で部屋に入ってくる。しかし、今回は扉が開く気配がなかった。

エルビスも来客がクラウスではないと判断したようで、扉の外を確かめに行った。すると、開いた扉の隙間から、ぽんっと飛び出してくるように、三、四歳ほどの子供が部屋に駆けこんできた。

「おじうえー！」

（おじうえ？　ってことは、ジョルジュ殿下⁉）

国王ジョージル三世には、今年四歳になる王子が一人いる。ピカピカの金髪に大きなオレンジ色の瞳の恐ろしく可愛らしい顔立ちのこの子供は、リシャールとはあまり似ていないが、リシャールを叔父と呼んでいるのだからジョルジュだろう。

「あ、殿下！　いけませんよ！」

リシャールに飛びつこうとしたジョルジュを、エルビスが慌てて抱きあげる。

「やー！」

ジョルジュがエルビスの手の中で暴れると、さすがに目の前で騒がれたからか、リシャールが気づいて顔を上げた。

「ジョルジュ？　あ、だめだよ、絵の具がつくからね」

エルビスに抱きあげられた姿勢でリシャールに手を伸ばすジョルジュに、リシャールが苦笑して自分のエプロンを指した。

リシャールの返答が気に入らなかったのか、ジョルジュは「むー！」と頬を膨らませる。

「エルビス、何かお菓子を。ジョルジュ、ソファに座っていてくれる？　着替えるからね」

お菓子という単語に反応したジョルジュは大きく頷いて、エルビスにソファの上に降ろしてもらうと、ちょこんと行儀よく座った。

エルビスがメイドを呼んでジョルジュのためにお茶とお菓子を用意するように頼む。

その間にリシャールはエプロンを脱いで、下に着ていた服を確かめていた。下の服にまで絵の具がついているかどうかを調べているのだろう。

「レナ、背中の方とか絵の具ついてない？」

「大丈夫ですよ、どこにもついてないです」

「よかった。ありがとう」

さすがに王弟殿下と王子殿下の語らいに伯爵令嬢が口を挟めるわけもないので、レナは静かに二人の様子を見守ることにした。

リシャールがジョルジュの隣に座ると、ジョルジュがリシャールの膝の上によじ登る。

美形の子供が可愛らしい幼い甥をお膝抱っこする姿に、レナは身もだえそうになった。

（絵、絵に描きたい……）

運ばれてきたお菓子をリシャールがジョルジュに「あーん」して食べさせている。

なんて創作意欲を刺激する構図だろう。二人とも可愛すぎる。天使か！

「それで、ジョルジュはどうしたの？　お勉強は？」

「おべんきょう、や！」

「またそんなことを言って逃げてきたの？」

「ははうえ、いいって言ったもん」

リシャールが「やれやれ、困ったね……」と肩をすくめる。どうやらジョルジュは勉強嫌いなようだ。まだ幼いから仕方がないとも思うが、王族の学ぶ量は貴族令息のそれとは比較にならないほど膨大だというので、レナの浅はかな感覚で判断してはならないだろう。

「将来王様になるんでしょ？　勉強しないとだめだよ」

「おべんきょうできなくても、おうさまになれるもん」

「誰がそんなことを言ったの？」

「ははうえー！」

「またあの人は……。お勉強ができない王様だと、国民が困るでしょ？」

「だいじょうぶ、そのために、こん、こん……こんにゃくするんだって！」

「こんにゃく？　……もしかして、婚約？」

「そう、それ！」

「勉強しないことと婚約に何の関係があるの？」

「こんにゃくしゃがおべんきょうすればいいって、ははうえが！」

ジョルジュがキラキラした笑顔で言うと、リシャールが硬く目をつむって天井を仰いだ。はあ、と吐き出す長いため息に、彼の心情が表れている気がする。

レナもついつい苦笑してしまった。

「ジョルジュは誰と婚約するの？」

「あんりえった！」

「アンリエッタ？　もしかして、伯母上の孫娘のアンリエッタ・ソルフェーシア？」

「そう！」

アンリエッタ・ソルフェーシア伯爵令嬢の名前は、レナもよく知っていた。前王エルネストの姉のイザベルの孫娘の一人で、確か年齢は三歳だったはずだ。イザベルが目に入れても痛くないほどに可愛がっていると聞く。

「またとんでもないところに目をつけたな……。まあ、伯母上がついているんだ、アンリエッタなら安心かな」

「あんりえった、かしこい！　らしい！」

何故かジョルジュが自分のことのように胸を張る。

「だろうね。溺愛していようと、伯母上が教育に手を抜くとは思えない」

「だからぼくとこんにゃくしてくれてありがとうっていうの！　でね、ぷれぜんとがほしい」

「ありがとうと言うのはいいことだけど、プレゼント？」

「おじうえの、え！　クラレンスおじうえが、おじうえに、えをもらってるっていってた！」

ジョルジュはそう言うと、リシャールの膝の上から飛び跳ねるように降りて、部屋の隅に置かれている絵の側までぱたぱたと走っていく。エルビスが慌ててジョルジュを追いかけて、不用意に絵に触れないように、ギリギリのところでジョルジュを抱きあげた。

ジョルジュはきょろきょろと部屋の中の絵を見渡して、ふと、レナに目を留めると、レナの前に置かれたキャンバスを見てぱあっと顔を輝かせる。

「これ！　これがいい！　あおいとりしゃん！」

「え……？」

これはリシャールの絵ではなくてレナが描いている絵だ。まだ描きかけだし、構図も簡単で、とてもではないが王子の婚約者にプレゼントするような絵ではない。

（それに……これ、完成したらクラウス様にプレゼントしようと思っていたし……）

クラウスは鳥が好きらしいから、もしかしたらもらってくれるかもしれないと思った。もちろんいらないと言われる可能性も充分にあるが。

（でも……殿下にいると言われたら、差し上げないわけにはいかないわ……）

レナがジョルジュの目線にあわせてその場にしゃがみこんで、「いいですよ」と言いかけたその時、少し硬質なリシャールの声が割り込んできた。

「ダメだよ、ジョルジュ。それだけはダメだ」

「え……？」

まさかリシャールに「ダメ」と言われると思っていなかったのだろう、ジョルジュが大きな目をさらに大きく見開く。

「ほかの絵なら持って行っていい。でもそれはダメだ」

「や！　ぼく、これがいい！」

「殿下、わたしなら……」

「ダメだよレナ。それに、ほしがれば何でも手に入ると思わせるのはよくない」

（そうかもしれないけど……）

見れば、ジョルジュは顔を真っ赤に染めていた。年の離れた弟を見てきたからわかる。これは泣きだす一歩手前の顔だ。幼い子供は癇癪(かんしゃく)を起こすと手がつけられなくなる。

「ジョルジュ、これは諦めてほかの絵にしなさい。別のものなら何でも持って行っていいから」

「や！」

「ジョルジュ！」

リシャールが少し強めにジョルジュの名を呼ぶと、ジョルジュは大きな目にいっぱいの涙を

ためてキッとリシャールを睨みつけた。

「おじうえのいじわる！　うわあああああああん‼」

ついに大声で泣きだしたジョルジュに、リシャールが頭を抱えると、エルビスがジョルジュを抱きあげて、背中をポンポンと叩いてあやしながら苦笑した。

「あとは私の方で。寝室をお借りいたします」

「……ありがとう、エルビス」

「いえいえ」

ジョルジュを抱えたエルビスが続き部屋の寝室へ消えると、リシャールが眉間を押さえた。

「レナ、うるさくしてごめん」

「いえ、でも、いいんでしょうか？　絵ならまた描けばいいので、こんなものでよかったら差しあげても……」

「だめ。だってそれは、兄上のための絵でしょ？　ちゃんと完成させて、兄上にあげないと」

「……もらってくださるか、わかりませんよ？」

「受け取るよ。絶対に。賭けてもいいよ」

リシャールとそんな話をしているうちに、寝室からジョルジュの泣き声がしなくなっていた。

エルビスが寝かしつけたようだ。

(子供だし、目が覚めたらコロッと忘れているわよね……？)

レナは能天気にそんなことを考えたが、数日後、事態は思わぬ展開を迎えることになった。

☆

三日ぶりに登城して、レナがリシャールの部屋で絵の続きを描いていたときのことだった。

何やら部屋の外が騒がしくなったと思えば、唐突に、部屋の扉が乱暴に開け放たれた。

その大きな音に、さすがのリシャールも集中力が途切れたらしく、驚いたように顔を上げる。

振り返ると、まなじりをつり上げて立っていたのは、金髪を豪奢に結い上げた線の細い一人の女性だった。

(え!?　王妃様!?)

滅多に社交界に顔を出さないレナでも、王妃テレーズの顔くらい知っている。

思わぬ人物の登場に、レナは慌てて筆をおくと、エプロンを脱ぎ捨ててその場で腰を折った。

レナはガチガチに緊張したが、テレーズはレナを一瞥しただけですぐに視線をリシャールに移した。

「リシャール殿下、ジョルジュが殿下に意地悪をされたと言って泣いていたようですが、どういうことでしょうか?」

リシャールは眉を寄せ、筆を持ったまま真っ直ぐにテレーズを見返した。

「先日のことですか?　ある絵がほしいと言われたので、これだけはあげられないと伝えただけです。ジョルジュは納得いかず泣き出しましたが、意地悪で言ったわけではありませんよ」

「まあ！　小さな子供がほしがっているのですよ？　たくさんある落書きの一枚くらい、あげたっていいではありませんか！」

（落書き？）

リシャールが大切に描き上げた絵を「落書き」と言ったテレーズに、レナはカチンときた。怒りで緊張も吹き飛ぶ。しかし相手は王妃で、さすがに許しもないのにレナが口を開くのはまずい。

「ジョルジュが欲しがった絵をお出しなさい」

与えられて当然だという顔で命じる王妃に、リシャールは筆をおいて立ち上がった。

「差しあげられません。お引き取りください」

「なんですって？」

「権力者は望めば欲するもののすべてが手に入ると、そう勘違いをしているのならば早々に正すべきですね。あなたも、ジョルジュも」

表情の抜け落ちた顔で冷ややかに返すリシャールに、レナは驚いて目を丸くした。レナを前にしたときとも、クラウスを前にしたときとも違う、驚くほど冷ややかで威圧的な顔。

それは、六年前のクラウスを彷彿（ほうふつ）とさせる冷ややかさだったが、十歳のリシャールの方がクラウスよりも威圧的に感じるのが不思議だった。

（本当に十歳の子供なの……？）

十歳が作れる顔だとは思えなかった。それほど冷たくて、硬質で――背筋が震えるような、圧倒的な上位者の顔だったのだ。

テレーズはキッとリシャールを睨みつけた。

「前王陛下に目をかけられていたからといって、無礼ですよ！」

王妃という立場にいる以上、リシャールよりもテレーズの方が上の身分だ。しかし、正論を返した王弟に対して「無礼」だと宣う王妃の方こそ、レナには無礼に見えた。

「なるほど。許可もなく部屋に押し入ってくるあなたは、随分と礼儀正しいようだ」

リシャールの痛烈な嫌味に、王妃がぎりっと奥歯を噛む。

リシャールの言っていることは正しい。けれども、これ以上は駄目な気がした。これ以上続けると、リシャールの立場が危うくなる。そんな気がする。

「あ、あの！」

たまらずレナが口を挟もうとしたそのとき、「何事だ」と低い声が割り込んできた。

（ひ！　国王陛下!?）

開け放たれたままの扉から顔を出したのは、国王ジョージル三世で、レナはその場にひっくり返りそうになった。王妃だけでも心臓が縮みあがりそうだったのに、国王陛下まで登場とは、どうしたらいいのだろう。

「あなた！」

テレーズがこれ幸いとジョージル三世にすり寄った。

リシャールを見ると、先ほどまでとは表情が変わり、どことなく顔色が悪い。

「これは何の騒ぎだ。廊下まで声が響いているぞ」

「リシャール殿下がジョルジュに絵をくれないのです！　優しいあの子は近く婚約するアンリエッタに絵をプレゼントしたかったと言って泣いて泣いて……、あなたからも何とか言ってくださいませ！」

「なんだリシャール。絵の一枚くらいいいではないか。クラレンスにもクラウスにも渡しているのだろう？　なぜジョルジュが相手だと断る」

「……ジョルジュが欲しがった絵には先約があるんです」

感情を無理に押し殺したような平坦（へいたん）な声でリシャールが答えた。

「その先約とやらには、新しく別の絵を描けばいいだろう？」

「そういう問題では……」

「幼い子供の願いなんだ。叶（かな）えてやってくれ」

リシャールがきゅっと唇をかんだ。

(どうしてかしら、これ以上は駄目な気がするわ)

よくわからないが、リシャールにはジョージル三世との会話が負担のようだ。ぎゅっと握りしめた拳が白くなっている。テレーズを相手にしているときよりも、実の兄を相手にしているときの方が、リシャールはつらそうに見えた。

これ以上続けたら、リシャールの心が壊れる。そんな根拠もない勘に突き動かされて、レナはリシャールをかばうように、彼の前に身を滑り込ませた。

「せ、僭越ながら陛下。ジョルジュ殿下がほしいとおっしゃった絵は、わたくしが描いていた絵でして……殿下は、わたくしに気を遣われてお断りになったのですわ」

「そなたは？　……ああ、いい。クラウスから聞いている。リシャールの絵の教師だろう？　それで、その絵は？」

ジョージル三世はレナの名前に興味がなかったのだろう。名乗ろうとしたレナを止めて、ジョルジュが欲しがった絵を見せろと言い出した。

「まだこのあたりの絵の具が乾ききっておりませんから、お気を付けください」

レナは三脚からキャンバスを取り上げると、ジョージル三世に見えるように差し出す。

「この絵か。確かに子供が好みそうな絵だな。この絵はこれで完成か？」

「はい。先ほど最後の仕上げが終わりました」

「では、これをジョルジュに」

「……兄上」

「なんだ。お前が描いた絵ではないのだからいいだろう？」

「ですから、先約が」

「同じものをまた描けばいい」

ジョージル三世はそう言って、使用人を呼びつけて絵を持たせると、テレーズを連れて部屋を出て行く。去り際のテレーズの勝ち誇ったような顔に腹が立ったが、そんなことに怒るよりもリシャールの方が心配だった。

エルビスが扉を閉じたのを確認してから、レナはリシャールの顔を覗き込むように身をかがめる。

「大丈夫ですか、殿下」

リシャールが拳を握りしめたまま俯いて、「ごめん」とぽつりと言う。

「大切な絵なのに……取られちゃった」

レナはリシャールの側に膝をついて、握りしめたままの手を両手で包み込んだ。

「平気です。陛下の言う通り、また描きますから。だから、そんな顔をしないでください」

「でも……まったく同じ絵は、やっぱり描けないよ」

「そうかもしれませんけど、ほら、もう一度描いたら、次はもっとうまく描けるかもしれませんし」

リシャールはぐしゃりと顔をゆがめて、躊躇いがちにレナに抱きついた。

「ごめん……レナ……」

レナはリシャールの小さな背中に両手を回して、「いいえ」と微笑む。

リシャールは泣いていなかったが、どうしてだろう、レナは彼の小さく震える肩が、泣いているように思えてならなかった。

☆

クラウスはその報告を聞いて激怒した。

報告を聞き終わるや否や、書きかけの書類を放り出して、部屋から飛び出して行く。

向かう先は、国王の執務室だ。

「陛下以外、全員部屋から出て行け！」

部屋の扉を乱暴に開け放ち怒鳴ると、中にいたジョージル三世の側近たちが悲鳴をあげて飛び上がり、慌ただしく部屋の外へ駆け出して行った。

部屋の中を凍りつかせるような冷たい空気を纏っているクラウスに、執務机に座っていたジョージル三世も瞠目して固まっている。

クラウスはずんずんと執務机まで歩いて行くと、その上にバン！　と両手をついた。

「リシャールから強引に絵を取り上げたそうですね」

「り、リシャールではない。お前があの子につけた教師の絵だ」

ジョージル三世の返答に、クラウスはさらに頭に血が上った。奪い取ったのはレナの絵？

（リシャールと一緒に一生懸命描いていたレナの絵を、取り上げただと？）

百歩譲って、リシャールの絵なら納得はできないがまだ許せる部分はある。なぜなら兄弟だからだ。強引に奪い取るのは許せないが、弟の描いた絵を欲しがって、本人も譲ると言ったのならば問題ない。現にクラウスもリシャールから絵をもらっている。

が、それがレナなら話は別だ。レナは親戚関係でもない伯爵令嬢である。伯爵令嬢が、国王や王妃に絵を譲れと迫られて断れるはずがないだろう。立派な脅しである。

「なお悪い！　リシャールは駄目だと言ったのでしょう？　それをジョルジュのために強引に取り上げた。あっていますね？」

　クラウスが氷のように冷ややかな碧眼（へきがん）で睨みつけると、ジョージル三世が「う……」と言葉を詰まらせた。

「あなたも王妃も、息子を甘やかしすぎだと何度言えば……って、机の下に隠れるな！」

　クラウスの剣幕に怯えて机の下に潜り込もうとしたジョージル三世の首根っこを、クラウスは容赦なくつかみ上げる。

「お、落ち着け……お前は、怒っているときは本当に父上に似ているんだ……怖いから、頼むから落ち着いてくれ」

「そう思うなら私を怒らせなければいいだけの話だ！」

「ひい！」

「なかなかできなかった子供だから可愛い？　知るかそんなこと！　リシャールだって十歳だぞ！　それなのに国王や王妃が寄ってたかって押しかけて強引にあの子の大切なものを奪い取ろうなどと、恥ずかしくないのか!!」

「わ、わ、悪かったとは、思っている……。だが……き、妃（きさき）が、どうしてもと言うし……」

「だから!?」

「お、お前は妻帯していないからわからないだろうが、夫婦円満の秘訣（ひけつ）は、妻に逆らわないことだ……」

「馬鹿なのか!?」

「ひい！」

「妻や子の我儘を何でも聞いているのが夫婦円満の秘訣!?　そんな夫婦なら、とっとと離婚してしまえ!!」

クラウスはジョージル三世の首根っこをつかみ上げていた手を放し、襟をつかんで強引に引き寄せる。

「それで？　その絵は今どこに？」

「そ、それなら……確か、ジョルジュがアンリエッタに届けたはず……」

「ちっ！」

クラウスは舌打ちして、ジョージル三世の襟から手を乱暴に放すと、くるりと踵を返した。

「ど、どこへ行くんだ……？」

ジョージル三世の不安そうな声が聞こえてきたが、クラウスは振り返らなかった。

三　無自覚の自覚

（ああ、まずいわ……どうしましょう）

　自室の窓から見える景色をスケッチしながら、レナは途方に暮れていた。

（日に日にクラウス様のことが好きになるわ……！　どうしたらいいのかしら？）

　思い出してしまうのは、先日のことだ。

　王妃テレーズに絵を取り上げられて落ち込んでいたリシャールを慰めていると、慌ただしくクラウスがやってきたのだ。

　その手には、取り上げられたはずのレナの青い鳥の絵があった。

（まさか、ソルフェーシア伯爵家から取り返してくるなんて思わなかったわ）

　さすがにあれには驚いたものだ。テレーズに取り上げられたとはいえ、あの絵が贈られたアンリエッタには何の非もない。

　リシャールもあきれ顔で「いくらなんでもそれはないよ」とクラウスに注意していた。

（あれにはびっくりしたけど、リシャール様に怒られてたじたじになっているクラウス様は、なんだか可愛（かわい）かったわ）

　レナはクラウスのことをずっと完璧だと思っていたのに、怒り任せに幼い女の子から絵を取り上げてきてしまうような、抜けたところもあったのだ。さすがに三歳の女の子から絵を取り上げるのは可哀そうにも思うが、逆にそれだけリシャールのことを大切に思っているのだと思うとキュンとなった。

氷の宰相。冷徹公爵。そんな彼のちょっと抜けているが人間らしいとも言える一面を知ってしまったからか、なんだか急に「クラウス・アルデバード」という人を近くに感じてしまう。

クラウスは怒りのあまり暴走してアンリエッタから絵を取り上げたことに、ひどく罪悪感を抱いているようだった。絵を回収するときは手紙を使者に持たせたようだが、新たな絵を持って行くときは自らソルフェーシア伯爵家へ出向き、平身低頭わびてきたそうだ。その際、絵だけでは彼の気がすまなかったのか、大急ぎで三歳の女の子が好みそうなものを大量に購入して、それを馬車にぎゅうぎゅうに押し込めて向かったらしい。可愛らしい人形やリボンをたくさん抱えたクラウスの様子を想像するだけで微笑ましくなる。

(暴走したクラウス様はちょっと意外だったけど、そんなクラウス様も素敵……)

クラウスの知らなかった顔を見るたびに、ただの憧れと封印してきた小さな恋心が、どんどん大きくなって、もう、ただの憧れだと自分を誤魔化しきれないところまできてしまった。

恋を自覚したら戻れなくなるとわかっていたのに、クラウスへの想いを否定できないところまで育っている。

六年前の婚約破棄のときに助けてもらってから、ずっとクラウスに憧れていた。

あのときクラウスが助けてくれなければ、きっとトラウマになるくらい傷ついて、立ち直れなかったかもしれない。

悪いのは不貞を働いたデミアンのはずなのに、レナの方が悪いように言われて、人間不信に陥っていた可能性もある。

クラウスがあの場でばっさりとデミアンを断罪してくれたから、今のレナがあるのだ。

すでに六年前のあの日から、兆候はあったのだと思う。

けれど、会いたくても会える人ではないから。名門でもないクレイモラン伯爵家出身のレナには雲の上の存在だから想っても無駄なのだと、この六年、憧れのままだった。

しかし一度近づいてしまえば、もともと心の底でくすぶっていた想いに火がつくのはあっという間で、ついてしまえば後戻りはできない。

あとはこの火が燃え尽きて、自然と想いが昇華するのを待つしかないのだ。

ただ問題は、リシャールにも言い当てられたこの想いに、クラウスが気づいてしまうかもしれないことである。

今日、午後から城へ行くことになっている。クラウスはレナが来ているときはほとんど毎回様子を見にくるので、彼とは一度は顔を合わせることになるが、ここ最近、クラウスの顔を見るたびに顔に熱がたまるのを感じていた。クラウスを見るたびに赤い顔をしていたら、そのうちクラウスにこの気持ちを気づかれるかもしれないのだ。

（そんなことになったら、お仕事もクビになるんでしょうね……）

クラウス目的でリシャールの側にいると思われてしまうかもしれない。そうなれば厳しいクラウスは、すぐにレナを解雇するだろう。

どうにかして、感情を殺すすべを見つけなくては。

レナが「はあ」とため息をついた時、弟のアレックスが部屋にやって来た。

「姉様。こんなに高いチョコレートをもらってよかったの？」

アレックスの手には、メイドのキャサリンにアレックスのおやつに出すようにお願いしたチョコレートの箱がある。

「いいのよ。わたしはお城で美味しいお菓子をいただいているから、アレックスにも幸せのおすそ分けなの。給金もとてもたくさんもらっているし、気にしなくていいわ」

「そう？　じゃあ、ありがとう！　父様にも分けてあげようっと！」

アレックスはぱっと笑顔を作ると、箱を抱えて出て行く。ぱたぱたと階段を駆け下りる足音がするので、今からダイニングでティータイムにするのだろう。

十二歳になって、最近少し生意気になってきたが、こういうところは素直で可愛らしい弟だ。

（弟は可愛いものよね。クラウス様がリシャール様を大切にする気持ちはよくわかるわ）

クラウスとリシャールの間にたまに感じる、どことなくぎこちない他人行儀な空気は気になるけれど、王族には王族特有の複雑な事情があるのだろう。

レナがスケッチを再開させると、今度は父が部屋にやって来た。

「レナ、アレックスから聞いたが、金があるならドレスでも作ったらどうだ？」

アレックスから何を聞いたのかは知らないが、父は給金をお菓子に使っていると勘違いしたようだ。部屋に入ってくるなりそんなことを言い出した。

「ドレスなんて、滅多にパーティーにも行かないのに、今あるだけで充分よ」

「だがなあ、まだ若いのに、あまりパーティーに同じドレスを着まわしていくのは……」

「若いって、もう二十二歳よ？　婚活のテーブルからは落っこちているわ」

「またそんなことを……」

「わたしの服より、アレックスの服を作った方がいいわ。成長期で、どんどん服が小さくなっていくもの。短いズボンを穿かせるのは可哀そうよ。それから靴もね。アレックス、また足が大きくなったでしょ？」

「そういえば、靴がきついと言っていたな……」

「だから今度仕立て屋を呼んであげてくれる？　わたしのお給金も出すから、少し多めに作ってあげてほしいの」

クレイモラン伯爵家は、生活に困窮するほど貧乏というわけではないが、裕福ではない。まとめてたくさんの服を仕立てるほどお金に余裕はないので、いつも一着ずつ仕立てていたが、今ならレナの給金があるのでまとめて数着の服を作ってあげることができる。

（アレックスの小さくなっていたズボンは全部入れ替えてしまいたいわ）

成長することを見越して、少しだけ大きめに作ってもらうといいだろう。

娘にドレスを買わせることに失敗した父は、すごすごと部屋から出て行く。肩を落としているが、頼んでおいたから、アレックスのために仕立て屋は呼んでくれるはずだ。

（パーティーと言えば、ジョルジュ殿下の婚約パーティーはもうすぐだったかしら？）

ジョルジュとアンリエッタの婚約パーティーは城で開かれると聞いている。伯爵家以上に招待状が配られるはずだから、そろそろ我が家にも届くはずだ。

（ふふ、小さい子の婚約パーティーは、きっと可愛らしいでしょうね）

レナは笑って、ぼんやりと窓外を見下ろした。

午後になって城へ向かうと、ちょうど絵を描き終えたリシャールからお茶に誘われた。お茶を飲みながら、次の題材を何にするか決めるようだ。

「そういえば、リシャール殿下は、人物画は描かないんですか？」

リシャールの部屋にあるどの絵にも、人が描かれたものはない。レナがふと不思議に思って訊ねると、リシャールは紅茶に砂糖を一つ落としながら頷いた。

「うん。人物画は……なんていうのかな、描いているとその人が心で考えていることが読めるような変な気がして、あんまり描きたくないんだよね」

「考えていること？」

「うん。気のせいかもしれないけど。……ただ、僕は絵を描いているときには綺麗なものしか見えなくて、どうしても、人を描こうとすると視界が歪んじゃうんだよね」

「そういうものですか？」

その感覚はレナにはわからなかったが、リシャールはレナと比べて恐ろしく感受性が豊かだ。リシャールにしかわからない特別なものがあるのだろう。

「もしかしたら、リシャール殿下が描きたい人がまだ現れていないだけかもしれませんね」

「描きたい人？」

「はい。描きたい人が現れると、きっと筆が進みますよ」

「そうだといいけど」

リシャールは笑って、ティーカップに口をつける。

（殿下はもしかしたら、人の内側にある何かを直感で感じ取ってしまうのかもしれないわね）

人の感情というものは複雑で、それは決して綺麗なものだけではない。もしかしたらリシャールは他人の感情の機微にすごく敏感なタイプで、だから人をじっと見つめて絵を描くことが苦手なのかもしれない。

（なんとなく繊細な方だとは思っていたけど、人の心の動きをよく見ている人なのね）

クラウスがリシャールを気にするのもわかる気がする。繊細すぎると生きにくいものだ。クラウスはリシャールの繊細な心を守りたくて一生懸命なのだろう。だが、リシャールもそんなクラウスの心に気づいていて、先回りして気を遣っているのだ。

（これではきっと、堂々巡りでしょうね）

かといって、これはレナではどうすることもできない問題だ。レナは図太い方なので、もう少し肩の力を抜いて生きていけばいいのにと思うけれど、繊細な人にそんなことを言ったところで困らせるだけだからである。

「ところで、あの絵はどうするの？」

あの絵、と言われて、レナはリシャールの部屋の隅に立てかけてある青い鳥の絵を振り返った。クラウスが取り返してきた後、追加で少し修正を入れて完成した絵は、まだクラウスに渡せず置いたままだ。

「取り返してきた本人へのプレゼントです、なんて言えないもんね」

「そうですね……」

渡されたクラウスも困るだろう。

「邪魔になるでしょうから、家に持って帰ろうと思います。持って帰ったところで、部屋の隅に置いておくだけになりそうですけど……」

人のものだと言ってクラウスが取り返してきた絵がいつまでもここにあるのはまずい。人の目につかないところに置くべきだ。

するとリシャールは少し考えるそぶりをしてから言った。

「それなら、よかったら僕にくれない？」

「あの絵ですか？　それはかまいませんが……」

ここに置いていて大丈夫なのだろうか？　もしまたジョルジュや王妃が訪れて、絵を見つけたりしたらリシャールが責められるかもしれない。

レナは不安になったが、リシャールはあっけらかんとしたものだった。

「じゃあ、もらうね。ありがとう！」

（嬉しそうだし、何かあってもクラウス様が対処してくださるかしら……？）

リシャールの笑顔を、レナの不要な一言で曇らせてしまうのも嫌だった。クラウスが目を光らせているのだ、王妃や国王が再び絵のことでリシャールを困らせることはないだろう。

リシャールとお菓子を食べながら次の絵の題材を何にするかで盛り上がっていると、仕事の休憩時間になったのかクラウスがやって来た。

クラウスの顔を見た途端に心臓が跳ねて、レナは赤くなった顔に気づかれないようにティーカップに口をつけるふりをして俯く。

「兄上、そんな顔してどうしたの？　何か困りごとでもあったの？」

レナにはクラウスはいつも通りに見えたが、リシャールの目には違って見えたようだ。

クラウスが少々バツの悪そうな顔になる。

「いや……もうすぐジョルジュのパーティーだなと思っただけだ」

「婚約パーティーだね」

「どうせお前は欠席だろう？」

「僕は子供だから」

「……その言い訳は、成人した後は使えなくなるから覚悟しておけよ」

取り繕った表情をやめて、途端に憂鬱そうになると、クラウスは嘆息して当たり前のような顔でレナの隣に腰を下ろす。レナの体温が急上昇して、ティーカップを持つ手が微かに震えた。

平常心平常心と自分自身に言い聞かせながら、顔を俯かせたまましらりとクラウスを見上げる。

（クラウス様はパーティーがお好きじゃないみたいだから、憂鬱なのかしら？）

王族として出席しなければならないパーティー以外は出席しないことで有名なクラウスである。今回はさすがに国王主催のジョルジュの婚約パーティーなので欠席はできない。

（きっと、パーティーが嫌なのね）

レナが勝手に結論づけていると、リシャールはレナに視線を向けて微苦笑を浮かべた。

「じゃあ兄上の悩みは、パーティーのパートナーの問題かな。まだ決まってないんでしょ？」

（え？　どういうこと？）

クラウスの纏っている冷ややかな雰囲気のせいで、女性はなかなか彼に話しかけにくい。けれども、クラウスはモテるはずである。レナも滅多にパーティーには参加しないが、たまに参加するパーティーでクラウスの話題で盛り上がっている女性たちをよく見かけるからだ。クラウスに自ら話しかけに行ける勇敢な女性はなかなかいないが、クラウスから誘われて断る女性がいるとは思えない。クラウスがパートナーの女性探しに困るはずがないのである。

はずがないのに、何故かクラウスはリシャールの言葉を認めた。

「その通りだが、毎回毎回、どうしてわかるんだ？」

「それは、兄上が毎回毎回同じ悩みを抱えているからだよ」

何を当たり前なことを言っているの？　とあきれ顔をして、リシャールがテーブルの上のクッキーに手を伸ばす。

レナは不思議すぎて、パチパチと目をしばたたいた。リシャールの口ぶりでは、クラウスが毎回パートナー探しに苦戦しているように聞こえる。

「パートナーの女性を選ぶたびに騒動が起きるからね。……主にその女性が起こすんだけど」

「騒動？」

気になって顔を上げると、クラウスとばっちり目が合って、レナは慌てて視線を落とした。

幸い、クラウスは挙動不審なレナの様子を不審に思わなかったようだ。

「ああ。パーティーのパートナーを頼むと、なぜかその女性が私の婚約者になったという意味不明な噂（うわさ）が流れはじめる。噂をたどっていくと、決まってその噂の出所はその女性本人なんだ。意味がわからん」

（なるほど……）

見つからないのではなく、パートナーにした後で問題が起こるから、クラウスはパートナーの女性を決めたくないということらしい。それなら合点がいく。そして、過去に何度か噂になった女性は、そのパターンらしいというのもわかった。道理で噂になったあと数か月もしないうちに破談になったと耳にするわけである。クラウス本人がその気でないなら当然だ。

レナが納得していると、リシャールがくすくす笑いながら続けた。

「だから兄上はパーティーには一人で出かけることが多いんだけど、さすがに今回は城で開かれるから、パートナーなしで出席するわけにもいかないよね」

「誰だ、王家のパーティーには一人で参加してはならないと決めたのは」

「うーんと、確か六代前の国王陛下だね」

「余計なことを……！」

「そうとも限らないけどね。このルールによって、社交デビューしたてのまだあまりルールも知らないような若い男女は、一部を除いて弾くことができるようになったし」

王家主催のパーティーでは、他国の要人が招かれることもしばしばだ。パーティーの参加者の中にマナーを知らない人間が交ざると困るので、そういった意味では悪いルールではない。招待状は家に配られるので、父や兄にくっついて、成人したてのまだ半分子供のような人たちが押しかけてくるのは、これによってだいぶ防げる。

だから、レナも六年前に婚約破棄をされてからというもの、王家主催のパーティーには一度も参加したことがなかった。今回も欠席になるだろう。父は、親戚筋の誰かを伴って出席するかもしれないが、レナには無理だ。

「パーティーは五日後なんだから、そろそろ真面目に探さないとまずいんじゃないの？」

「わかっている。……わかっているが、はあ、なんとか一人で参加できないものか……」

女性を伴って出席するのがよほど憂鬱なのだろう。

レナが可哀そうだなとクラウスを見ていると、リシャールがポンと手を打った。

「じゃあさ、レナはどう？　レナがパートナーなら、兄上も安心できるんじゃない？」

（え⁉）

思わぬ飛び火を受けて、レナは目を見開いて絶句する。

クラウスがハッと顔を上げてレナを見た。

じっと見つめられてレナは真っ赤になって焦った。このままだと、本当にパートナーにされる。無理だ。レナには宰相閣下のパートナーを務められるような美貌も高い身分もないのだ。

「わ、わたしなんかが殿下のパートナーなんて、とんでもない！」

レナはぶんぶんと首を横に振った。リシャールもリシャールである。クラウスになんて無茶な提案をするのだろう。

「いや、リシャールの言う通り、君なら安心できる」

確かにレナはクラウスのパートナーになったからといって、自らありもしない噂を流したりはしないけれど、それだけで決めていい問題でもない。

「だ、だめですって！　わたしなんかをパートナーにしたら、殿下が恥をかきます！」

「何を言っているんだ。そんなことはあるはずがない」

「でも……！」

レナは一度婚約破棄されたことのある、二十二歳の嫁ぎ遅れの伯爵令嬢だ。クラウスがよくても、世間の目はそうではない。どうにかして思いとどまらせようとするも、クラウスはすっかり乗り気だった。

「頼まれてくれないか？　この通りだ！」

真剣な顔で頭まで下げられて、レナはこれ以上拒否できなかった。

（わたしの命は五日後に燃え尽きるかも……）

クラウスのパートナーを務めて、心臓が無事でいられるとは思えない。

レナは赤くなったり青くなったりしながら、蚊の鳴くような声で「はい……」と頷いた。

☆

クラウスのパートナーとしてジョルジュの婚約パーティーに出席することが決まってから、今日までの五日は早かった。ドキドキしすぎて気もそぞろだったせいかもしれない。

「姉様、なんかすごい荷物が届いたんだけど！」

あっという間に訪れたパーティー当日の朝。朝食を食べるためにダイニングへ向かって階段を下りていると、アレックスが顔を紅潮させながらレナのもとに駆けてきた。

何のことかわからずに首をひねるレナは、アレックスにぐいぐいと手を引かれてダイニングの扉をくぐる。するとダイニングテーブルの上に、大小さまざまな箱が五つも積まれていて、レナは目を丸くした。

「なにこれ？」

「さっき届いたんだよ！　送り主を見て父様があそこで灰になってる」

「お父様⁉」

見れば、箱の陰に埋もれるように、魂が抜けたような顔の父がぐったりと座っていた。差出人は、父を放心させるような人物なのだろうか。

誰から届いたものだろうかと恐る恐る差出人を確かめたレナは、あんぐりと口を開けた。

「クラウス様⁉」

「クラウス様って、宰相閣下？　これってどう見ても贈り物だよね？　どうして宰相閣下が姉様に贈り物をするの？」

「わたしにもわからないわ！」

とにかく中身を確かめた方がいいだろうと、レナは慌てて箱を開けて、さらに驚愕する。

一番大きな箱には、レナの瞳と同じ青い色のドレスが入っていた。一目で高級品とわかる気品のある光沢のある生地のドレスだ。まさかと思って小さい箱を開けていくと、順に、靴、髪飾り、イヤリングとネックレスのセット、グローブが入っていた。

（これ、もしかして今日のパーティーのために……？）

それ以外考えられないが、それにしても、頭の先から足の先に至るまで、一式全部届けられるなんて驚きのあまり言葉もない。

「姉様、宰相閣下からだって言ったよね？　なんで宰相閣下が姉様にドレスを？　ねえねえ、どういうことなの？」

「今日のパーティーで、クラウス様のパートナーを務めることになっていて……」

「なんだって!?」

声をあげたのはアレックスではなく父だった。そしてそのまま彫像のように固まってしまう。

アレックスもあきれ顔で額を押さえた。

「姉様、そういう大事なことはきちんと報告しなよ。ただでさえ父様は小心者なんだから、そのうち心臓止まっちゃうよ」

「そういえば言い忘れていたわね……」

レナ自身も驚きすぎて信じられなかったから、今の今まで父に報告するのを忘れていた。

とにかく、父の心の平穏のためにも目の前の箱たちは片づけた方がいいだろうと、レナはキャサリンを呼んで自室に箱を運んでもらう。

目の前から箱が消えると、このまま気絶しそうだった父が徐々に正気を取り戻した。

「レナ、まさかとは思うが……宰相閣下とそういう仲なのか？」

「そういうってどういう仲よ。変な勘繰りしないで。今回のパーティーは、そう、たまたまよ！　偶然に偶然が重なったというか、たまたまクラウス様に都合がよかったというか、とにかく、わたしとクラウス様の間にはなんにもないわよ！」

雲の上の存在であるクラウスと、レナがどうこうなるはずがないのだ。父は何馬鹿なことを言っているのだろう。

「まあ、そうだよな」

「そうよ」

「お前は私に似て普通だからな。母親に似てくれれば少しは違ったのかもしれないが……」

「余計なお世話よ！」

アレックスはどちらかと言えば亡き母親似で、レナよりも幾分も整った顔立ちをしている。

しかしレナはクレイモラン伯爵家の血筋の方を濃く受け継いでいて、顔立ちが父――と言うよりは伯母のベティにそっくりだった。特出して自慢できるところのない、平々凡々な顔立ちだ。

「驚いたが、今更お断りできるものでもないのだろうから、閣下に恥をかかせないように気を付けるんだぞ。うっかりドレスの裾を踏んで転んだり、飲み物をこぼしたりするなよ」

「お父様、わたしは子供じゃないのよ？」

「お前はたまにやらかすから心配なんだ……」

父の言う通り、たまに何かに気を取られているときに手元や足元の注意が散漫になることはあるが、さすがにパーティーでそこまでの失態は犯さない。

「お父様こそ、今日はベティ伯母様と一緒に行くんでしょ？　伯母様のことだからダンスをしたがると思うけど、大丈夫なの？　お父様、ダンスへたくそだから……」

「う……」

いつも親戚筋の誰かを伴ってパーティーに出席する父だが、今回は王家のパーティーに行きたがったベティに押し切られて彼女を連れていくことになった。伯爵家以上にしか招待状が配られないため、エスター子爵家に嫁いだベティのもとには招待状が届かなかったのだ。

「伯母様の足を踏まないように気をつけてね。一回でも踏んだら、伯母様すごく怒るわよ」

「わかっている。……だから姉上とは行きたくなかったんだが、仕方がない……」

憂鬱そうにため息をついた父に苦笑しつつ、レナはパンと手を叩いた。

「とにかく夜のことは夜考えるとして、朝ご飯にしましょう！　お腹すいたわ！」

父にはああ言ったが、レナだって今日のパーティーで何かやらかさないだろうかと、本当は心配で仕方がないのだ。

レナは自分を落ち着かせるように、こっそりと深呼吸をした。

クラウスから贈られたドレス一式に着替えて待っていると、城からの馬車がやって来た。

ギルバートが迎えに来ると思っていたレナは、馬車から降りてきた人物に目を丸くする。

「殿下？」

降りてきたのは、ライトグレーのジャケットとズボン姿のクラウスだった。いつもきっちり一つにまとめてある銀髪は、今日はほどかれて背中に流されている。

いつもと違う姿に心臓がぎゅっと押し潰されたようになって、レナは息が苦しくなった。

クラウスは玄関まで出てきたレナの格好を見て、僅かに口端を持ち上げる。

「ああ、よく似合っている」

クラウスの視線が首元に注がれたのを見て、レナはそっと彼から贈られたネックレスに指先を触れた。イヤリングとセットのこのネックレスは、小さな鳥のモチーフのものだった。すごく可愛いのだ。

「こんなに素敵なものを贈ってくださり、本当にありがとうございます」

「いや、こちらが無理を言ったのだから気にするな。それより、お父上に挨拶を……」

「い、いえ！　……そんなことをすれば、たぶん、ひっくり返りますから」

小心者の父にはクラウスの相手は荷が重い。驚愕して本当に気絶しかねないので、父の心臓のためにもやめてあげてほしい。

「は？」

「なんでもありません。父は、無視していただいて大丈夫です」

「そうか？」

クラウスは不思議そうな顔をしたが、レナがそう言うならと片手を差し出した。

「では、行こうか」

一瞬、差し出された手の意味がわからず、数秒考えて馬車に乗るために手を貸してくれているのだと気づいたレナは真っ赤になる。

（ハンカチ、ハンカチ！）

グローブをつけてはいるが手を拭くべきだとレナは慌ててドレスのポケットを探したが、いつも着ているワンピースと違い、このドレスにポケットはない。あわあわしていると、クラウスが首をひねりながらレナの手をつかんだ。

（ひ！）

「何をしているのか知らんが、急がないと遅れるぞ。ほら」

つながれてしまったからもう遅い。レナは手を拭くことを諦めて、クラウスにエスコートされて馬車に乗り込んだ。グローブ越しに伝わるクラウスの体温に、父ではないが気絶しそうだ。

以前にもクラウスと二人で馬車に乗ったことはあるのに、今日はその比ではないくらいにドキドキする。

「きょ、今日はリシャール殿下は出席されないんですよね」

沈黙していると心臓の大きな音が聞かれそうな気がして、レナは声を上ずらせながらクラウスに話しかけた。

「ああ。成人していない王族には出席義務はないからな。リシャールは兄上が苦手だから、まず、顔は出さないだろう」

「え、苦手……？」

クラウスが兄と呼ぶ人物はジョージル三世その人しかいない。

「あ、いや……」

つい口を滑らせてしまったのか、クラウスが「しまった」と言わんばかりに眉を寄せた。しばらく沈黙してから、諦めたように息をつく。

「君には伝えておいた方がいいかもしれないな。ただし、今から話すことは内緒にしていてくれ。外部に漏れると、さすがに体裁が悪い」

「わ、わかりました……」

何故そう思ったのかはわからなかったが、レナがぎこちなく頷くと、クラウスは僅かに目を伏せて口を開いた。

「君も気づいているかもしれないが、リシャールはとても利発な子だ。昔から物覚えもよく、子供のくせに自分の感情をコントロールすることに長けていて……何というか、兄弟の中で一番、そして圧倒的にあの子は優秀だった」

それはわかる気がする。リシャールは十歳とは思えないほど聡明で、大人びた雰囲気を持っている。普通の十歳の子供なら逆立ちしても彼と同じにはなれない。特別な子なのだと思わせる何かがリシャールに備わっているのは間違いなかった。

「それに気づいた父――前王は、リシャールを次の王にしたいと言い出した。すでに王太子の地位にいた兄はそれを聞いて焦り、リシャールにつらく当たるようになったんだ」

クラウスがぽつりぽつりとリシャールが生まれてからの王家のことを教えてくれる。

（そんなことが……）

これまで、リシャールとクラウスの間にある微妙な距離感が気になっていたが、理由を聞いて納得した。どうりでリシャールがジョージル三世を前にして表情を強張らせたわけだ。リシャールは本当の意味での家族の愛情を知らずに――いや、信じられずに育ってきたのだ。

「……君のことが少し羨ましいんだ。私やクラレンスは、リシャールを笑顔にしようと必死なのに、君はあっさりあの子の笑顔を引き出してしまう。私なんかより、君の方がよっぽど、リシャールと姉弟に見えるよ」

「そんなことは……」

「あるんだ。だから私は君を雇った。君がリシャールにいい影響を与えると確信したから」

だから唐突にレナを雇いたいと言い出したのか。絵の教師と言いながらリシャールに教えられるほどの技量のないレナはいる意味がないと思ったが、そういうことなら納得だ。

「私はいつもうまくいかない。あの子に心を開いてほしいのに……、近頃は、もしかしたら永遠に無理なのではないかとも思ってしまう」

クラウスはあまり表情を変える人ではないから、その横顔はいつもと同じように見えるけれど、どうしてだろう、レナには彼が泣いているように映った。

レナは咄嗟（とっさ）に、クラウスの手を握った。

「大丈夫ですよ。リシャール殿下は、クラウス殿下のことが絶対好きですから」

「気休めは……」

「気休めじゃないです。だって、リシャール殿下が言いましたもん。クラウス殿下は鳥とか花とか、可愛らしいものが好きなんだって。だから鳥の絵を描こうって。好きでなければ、その人が何を好きかなんて、わかるはずがないじゃないですか」

クラウスが驚いたように、碧眼（へきがん）を丸く見開く。

レナはにこりと笑った。

「ね？　だから、きっと大丈夫です」

クラウスは泣くのを我慢するかのようにぎゅっと眉を寄せて、それからぽつりと言った。

「……ありがとう、レナ」

婚約パーティーは、城の大広間で開かれる。

婚約パーティーと言っても、主役の二人はまだ幼いので、顔だけ見せてすぐに退出することになっている。

クラウスとともに会場の端の方でドリンクを飲みながら、ジョルジュとアンリエッタの登場を待っていると、国王に手を引かれながらジョルジュが、そして父であるソルフェーシア伯爵に手を引かれながらアンリエッタが会場に入って来た。

ジョルジュは緊張しているのか、心なしかオレンジ色の目が見開きぎみで、頬が真っ赤に紅潮している。一方のアンリエッタは落ち着いていて、はにかんだような笑顔を浮かべていた。

（なんて可愛らしい……）

二人ともお人形のように可愛らしくて、あちこちから「ほぅ」とため息が漏れている。レナも例にもれず、二人を見つめて「はあー」とため息をついた。

会場の前の方に到着すると、ジョルジュとアンリエッタが手をつないで、会場の人たちに向けてぺこりと一礼する。

国王が二人の婚約を発表すると、わっと割れんばかりの拍手が会場に沸き起こった。

その大きな音にジョルジュがびくりと肩を揺らして、火がついたように泣き出してしまう。

アンリエッタが父親からハンカチを受け取り、せっせとジョルジュの涙を拭いているのがたまらなく可愛かった。

（天使が、天使がいる……！）

ジョルジュがいつまでたっても泣き止まないので、予定より早く二人は会場から退出することになって、クラウスが「やれやれ」と息をついた。

「まったく、アンリエッタはしっかりしているのに、ジョルジュときたら……」

叔父の立場ではどうしてもジョルジュを見る目が厳しくなるのか、クラウスがそんなことを言うが、レナは「まあまあ」と笑う。まだ四歳なのだ。許してあげてほしい。

　主役の子供が退出すれば、あとは大人だけのパーティーになるので、お酒が配られはじめた。先ほどまで飲んでいたノンアルコールのドリンクを飲み干し、クラウスがスパークリングワインを二つほど給仕から受け取る。一つを差し出されたので、レナは素直に受け取った。酒は強くもないが弱くもないので、一、二杯程度なら酔って醜態をさらすようなことはない。

　グラスに口をつけていると華やかなワルツが聞こえてくる。ダンスタイムがはじまったのだ。着飾った紳士淑女がダンスホールで踊りはじめると、ひと際場が華やいで見えた。

「せっかくだし、踊るか？」

「え？」

　ダンスに見惚（みほ）れていると、隣のクラウスがそんなことを言い出した。

　いつの間にか彼はグラスをおいていて、レナの手にあるグラスを奪う。

　あっさり手がからめとられて、もう片方の手がレナの腰に回った。

（ひえ！）

　ぴったりとくっつくようにエスコートしながら、クラウスがレナを連れてダンスホールに足を向ける。レナでは反応も追いつかないくらいの流れるような仕草だった。

（手が、腰がっ！　あわわわわわっ）

　以前からなんとなく気が付いていたが、クラウスは女性との距離感が少しおかしい気がする。

　ティータイムのときも当たり前のようにレナの隣に座るし、今だって半分抱きしめられているような体勢だ。

（こ、これは女性を勘違いさせるはずだわ……！）

　本人は無自覚なのだろうが、女性側としてはこれをやられたらたまらない。その気がなくてもコロッと落ちるだろう。グローブ越しに感じる熱に、さわやかなコロンの香り。見上げればとんでもなく端正な横顔があって、レナの歩調にあわせてゆっくりと歩いてくれる優しさに、頭の中が沸騰しそうだ。

「あ、ああああ、あのっ、わたし、ダンスはあまり得意では……」

「今流れているのはテンポもゆっくりな基本のワルツだから、そう気負わなくても大丈夫だ」

すごく近くから聞こえる、やや低めの、けれども透明感のある声にドキリとする。

　ひやりとしたクラウス特有の声質が、今日は少し柔らかい気がした。まるでリシャールを相手にしているときのような柔らかさだ。

「ダンスは叩き込まれている。気にせず踊ってくれ。失敗しても私の方で何とかできる」

（それはとても心強いけれどそういう問題ではなくて……！）

失敗するとかしないとかの問題以前に、緊張とドキドキで意識を飛ばしそうだ。

けれどもダンスホールまでやってきてしまったのだから後には引けない。

魔法にでもかけられたのかと思いたくなるほどの早業で、気が付いたときにはダンスのホールドの姿勢だった。

　レナの身長が低くてクラウスが高いせいもあるだろう。エスコート中もそうだったが、より抱きしめられているような体勢になる。

（がんばれわたしの心臓……！）

クラウスのリードで踊り出す。

叩き込まれたと言うだけあってクラウスのリードは安定感があった。しっかり支えてくれるから重心もぶれないし、彼に身を任せているだけでダンスがうまくなったような錯覚を覚える。

「うまいじゃないか」

「わたしじゃなくて、殿下がお上手なんです」

デミアンと婚約していた昔のことだが、彼と踊ったときは散々だったのだ。へたくそと罵られて、ダンスが大嫌いになった。

それなのに、信じられないことに、クラウスと踊るのが楽しいとさえ思えている。ドキドキしすぎて心臓が破れそうだが、楽しい。

あっという間に一曲が終わり、クラウスがダンスホールから連れ出してくれる。すると、クラウスがダンスホールから出るのを待ち構えていたのか、次々に女性たちが群がってきた。

「素敵でしたわ！」

「閣下が踊られたのを本当に久しぶりに拝見しました！」

「次はわたくしと踊ってくださいませんか？」

「いえ、わたくしと！」

女性はクラウスの冷ややかな雰囲気に怯（ひる）んで話しかけてこられないと思っていたが、どうやらそうでもないらしい。

　クラウスがレナを守るように腕を回し、群がる女性たちに迷惑そうな顔をした。

　不用意な発言で女性たちを怖がらせないように気を遣っているのか、言葉を探すように逡巡しながら口を開く。

「今日は、こちらの令嬢がパートナーなんだ。悪いが彼女以外と踊るつもりはない」

「まあ、パートナー以外と踊ってはいけないルールはございませんでしょう？」

　令嬢たちの中の、焦げ茶色の髪をきつめに巻いた華やかな顔立ちの令嬢が拗ねたように口を尖らせた。十七、八歳くらいだろうか。

　クラウスが眉を顰め、苛立ちを押し殺したような平坦な声で言う。

「ルールではなく、私が嫌なんだ。もういいだろうか？　あちらに伯母がいてね。挨拶に向かわなくてはならないんだ」

　この場から逃げるための口実だろうが、伯母という単語にハッとして、レナはクラウスの視線を追いかけた。

（伯母……イザベル様？）

　クラウスの視線の先には、前王エルネストの姉イザベルの姿があった。

　落ち着いたグリーンのドレス姿のイザベルは、最近では滅多に公の場に姿を現さなくなっていたが、彼女の放つ圧倒的なオーラは健在だ。そして年を召してもなお、びっくりするほど美しい。アンリエッタはイザベルの幼い頃に瓜二つだと聞いたことがあるが、確かに、彼女もアンリエッタと同じ金色の髪に青い瞳をしていた。顔立ちも似通っている。

クラウスを取り囲んでいた令嬢も、イザベルの名を出すとすごすごと引き下がった。

クラウスがレナの手を引いて、令嬢たちから逃げるようにやや速足で歩きだす。

「巻き込んですまないが、伯母上が来たなら挨拶しないわけにはいかないのは本当なんだ。レナ、申し訳ないんだが付き合ってくれ。無視すると、あとが面倒だ」

前王姉の前に立つのは緊張するが、クラウスのパートナーである以上、拒否してはいけない。

レナは緊張して、ごくりと唾を飲み込んだ。

イザベルのもとへ向かうと、彼女もクラウスに気づいたようで振り返る。

「伯母上。本日はアンリエッタの婚約、おめでとうございます」

「まあ、クラウス、ありがとう。……そちらは？」

イザベルについと視線を向けられて、レナは慌ててカーテシーをする。

「レナです。レナ・クレイモランと申します。お初にお目にかかります、イザベル様」

「クレイモラン伯爵家のご令嬢でしたか。……クレイモラン家には変な噂は聞きませんね。そう……あなたもようやく身を固める決心がついたの」

（ん？　身を固める？）

レナに言われていないことだけはわかった。

不思議に思っていると、クラウスが慌てて首を横に振る。

「伯母上、先走らないでください。私は――」

「王族がいつまでも独身でいるものではありません。ましてやあなたは公爵位も賜っているのですよ。一代限りの公爵位ではないのですから、家を存続させるため、早々に妻をとり、早く子をもうけなさい。それが王族、いえ、貴族の義務です。第一、陛下にはジョルジュしかいないのですから、あなたは早く子供を作るべきです。クラレンスは子供には帝王学は学ばせないと言い張っていますからね。あなたの子がジョルジュの予備になるのですよ」

「予備と言いますけど伯母上……」

「幼いとはいえ、ジョルジュがあの調子ではわたくしは心配でなりません。正直なところ、あなたに子がいたら、アンリエッタはあなたの子と婚約させたかったくらいですよ」

「伯母上、この場でそのようなことはあまり……」

「わかっています。ですからこれ以上は言いません。早く結婚なさい。いいですね？」

途方に暮れたような顔で押し黙るクラウスに、レナは心の中で「さすが女傑……」とつぶやいた。イザベルはその気性も相まって、シャルロア国の女傑と言われている。彼女の意に添わなければ、国王といえどただではすまないという噂だ。本当のところは知らないが。

「ではわたくしはアンリエッタを連れて帰りますのでこれで失礼するわね。そろそろあの子の着替えも終わった頃でしょう」

長居をするつもりはなかったのか、イザベルは言いたいことだけ言うと踵を返した。

クラウスはこめかみを押さえて、苦いものでも食べたような顔になっている。

「伯母が妙なことを言ってすまない……」

「い、いえ、お気になさらず……」

驚いたし、あり得ないとはわかっている。ただ、一瞬自分がクラウスの結婚相手のテーブルにのったようでドキドキしただけだ。別に嫌な気持ちになったわけではない。

「飲み直そう。なんだか疲れてしまった」

クラウスがレナを伴って人を避けるように会場の隅へ移動する。

新しいドリンクを受け取って、クラウスと休憩していたとき、ふと、レナの視界に見覚えのある男が映り込んだ。

（え……？）

目を見開いた先にいたのは、レナが六年前に婚約破棄された、元婚約者デミアンだった。

デミアンは、華やかに着飾った女性と楽しそうにダンスを踊っていた。

（あの人……）

違和感を覚えて観察していると、デミアンが踊っている女性が彼の妻ではないと気が付いて愕然とする。

デミアンはレナと婚約破棄をしたあと、オルコック子爵令嬢コートニーと結婚し、子供も生まれたはずだ。それなのに、デミアンが一緒にいる女性は髪の色からしてコートニーではない。

「どうかしたのか？」

「い、いえ……」

驚いたが、デミアンのことはもうレナには関係がない。

クラウスの呼びかけにレナは首を横に振って、ぐいっとドリンクを呷った。

デミアンのことは何とも思っていないし、もう無関係なのだから、どこで姿を見ようが気にする必要はない。久しぶりに見たから、ちょっと驚いただけだ。

「もしかして、もう一度踊りたいのか？　それならば付き合うが」

「ち、違います！」

クラウスとのダンスは楽しかったが、近すぎる距離に心臓が壊れそうになったのも本当だ。これ以上はレナの心臓がもたない。それに、クラウスのリードのおかげで問題なく踊れたが、レナがダンスが苦手なのは本当なのだ。二回目のダンスで彼の足を踏まない自信はない。

「そうか。だが、踊りたくなったら遠慮なく言ってくれ。今日は無理に付き合わせてしまったからな、私にできることなら、礼と言っては何だが、かなえてやる」

クラウスはそうは言うが、レナはすでに高そうなドレスやアクセサリーをもらっている。これだけで充分すぎる対価だ。

「閣下。陛下がお呼びです」

レナとクラウスがそんな話をしていると、一人の男が近づいて来た。呼ばれたクラウスが振り返り、面倒くさそうな顔になる。

「用件は」

「ここではちょっと……」

男が言葉を濁すと、クラウスはこれ見よがしにため息をついた。

「どうせ伯母上から、ジョルジュのしつけがなっていないだのと、さっき泣き出したことについて責められているんだろう。その通りなのだから、自分で対応させろ」

「し、しかし、至急閣下を連れてこいと仰せでして……」

「パートナーを一人残していくわけにはいかない。断る」

クラウスがにべもなく断ると、男の視線がレナに向いた。まるでレナのせいでクラウスが動かないと言いたそうな表情に、レナはいたたまれなくなる。

「あ、あの……わたしなら一人でも大丈夫ですよ？」

「そういうわけにはいかないだろう」

「大丈夫です。ここでじっとしていますから」

王弟で宰相といえども、国王の命令を無視するわけにもいかないだろう。

クラウスは逡巡し、細く息を吐くと、レナの肩にポンと手を置いた。

「すまない。すぐに戻る」

「はい」

速足で会場を横切っていくクラウスの後ろ姿を見ながら、レナは宰相も大変だなと苦笑した。

クラウスが戻ってくるのを待つ間、レナは壁に背中を預けてぼんやりとパーティーの様子を眺めていた。

（あーあ、お父様ってば伯母様に振り回されちゃって）

ダンスホールでは、あからさまに嫌そうな顔をした父と、楽しそうな伯母のベティがダンスを踊っている。あの様子だと父は当分解放されないだろう。

必死になって踊っている父の姿がおかしくなって、くすりと笑ったレナの側に、ふと誰かが近づいて来た。

誰だろうと顔を上げて、レナは目を丸くする。それは、先ほどまで知らない女性と踊っていた元婚約者のデミアンだった。踊っていた女性も隣にいる。

「誰かと思えばレナじゃないか。パートナーなしで参加できないパーティーのはずだが、父親と一緒に来たのか？　その年でまだ独り身なんだろう？」

デミアンはレナがクラウスと一緒にいる姿を目にしなかったようで、ニヤニヤ笑いで揶揄ってきた。隣の女性も、くすくすと笑っている。

独り身なのは間違いないが、わざわざそれを確認しに来たのだろうか。そんなことをしてデミアンに何のメリットがあるのだろう。

「確かにわたしは結婚していないけど、あなたに何か関係があるの？」

デミアンとの関係は六年も前に終わっている。レナは彼に興味はないし、憎くて仕方がないとまでは言わないが、あんまり気分のいいものでもないので話しかけられたくもない。

「お前パッとしないからな。まあ、今日はいつもよりめかしこんでいるみたいだが」

（いつもっていつの話よ）

デミアンとは六年前に婚約破棄して以来、一度も会っていないのだ。元婚約者とはいえ、未婚の女性の全身をじろじろと見るのは不躾ではなかろうか。

「確かにわたしにはそちらの女性のような派手さはないけど、だからといってあなたには関係のないことでしょう？　そんなことより、あなたこそ、奥さんはどうしたの？　堂々と違う女性を連れて歩いていたら、変な噂がたっても知らないわよ」

「あの女の話をするな！」

突然デミアンが声を荒げて、レナはびっくりした。

「俺に捨てられたことへの腹いせか!?　顔だけではなく性格も悪い女だな！　寂しそうにしていたから声をかけてやったのに、感謝もせずに嫌味か!?」

（はあ？　何を言ってるの？）

デミアンの言っていることは意味不明だった。特に、声をかけてやったのだから感謝するのが当たり前だというその態度が意味不明だ。デミアンに声をかけられて喜ぶとでも？

（だいたい、腹いせって何なのよ。別に嫌味を言ったつもりもないわよ。ただ事実を言っただけじゃない）

王家のパーティーに妻以外の女性を伴ってやってきて楽しそうにしていれば、妙な噂がたってもおかしくない。誰でもわかる問題だ。

レナが唖然としている間にも、デミアンはまだ何かわめいている。

デミアンの大声で周囲の視線がこちらへ向いて、レナはいたたまれなくなった。これではまるで、六年前の再来だ。勘弁してほしい。

デミアンの隣にいた女性も注目されてさすがに恥ずかしくなってきたのか、そそくさとその場から逃げて行った。デミアンはそれにすら気づかず、レナの容姿や性格について同じような文句をくり返している。

レナが途方に暮れたとき、レナの視界に綺麗な銀色が映った。

（あ……）

本当に、六年前の再来かもしれない。

艶やかな銀髪を揺らしながら少し速足でこちらに歩いて来たクラウスが、デミアンの肩に手をかけて、やや乱暴に後ろに引いた。

「何、……っ!?」

後ろに引かれてたたらを踏んだデミアンが声を荒げようとして、クラウスの姿に瞠目（どうもく）する。

「私の連れにずいぶんな口をきいているようだな」

「く、クラウス宰相閣下!?　つ、連れ？　こいつ……レナが!?」

クラウスはレナを背にかばうようにして立ち、じろりとデミアンを睨（にら）みつけた。

「私の連れをこいつ呼ばわりとはいい度胸だ」

クラウスが周りの温度がどんどん降下していく気がした。氷の貴人の異名にふさわしい冷気を漂わせはじめたクラウスに、デミアンが青ざめていく。

久しぶりに見た、背筋が凍りそうなほどに冷淡なクラウスの表情に、レナの背筋がぞくりとする。レナが六年間視線で追い続けたクラウスはこちらの冷たい彼の方なのに、ここ最近は柔らかい表情を見てきたからだろうか、まるで知らない誰かを見ているようだ。

「お、お言葉ですが、閣下……、そいつは、いや、レナは、閣下のパートナーを務められるような器量の女ではありません。少々童顔なのでお気づきでないのかもしれませんが、そいつはもう二十二で、顔だけではなく性格も悪くて、今だって俺を馬鹿に――」

「本当にいい度胸をしているようだ」

何だってデミアンに貶められなければならないのだろうとレナが唇をかんだとき、クラウスが苛立たし気な声でデミアンの言葉を遮った。

すうっと目を細めたクラウスが、腕を回してレナを抱きしめる。

「私のパートナーの顔や性格が何だって？　器量？　偉そうなことが言えるほどお前が優れているようには見えないがな。……ああ、思い出した」

クラウスは一度そこで言葉を切り、レナに視線を向けたあとでデミアンに向きなおる。

「そういえば、六年前にもいたな。婚約者がいる身でありながら浮気心を起こしてほかの女性を妊娠させた上に、自分の行いを棚に上げて婚約者を罵っていた非常識で頭のおかしい男が。確かカーペント伯爵のところのデミアンだったか？」

「ぐ――」

六年前のことを出されて、デミアンが青ざめていた顔を真っ赤に染めたが、レナはそれどころではなかった。驚きのあまり口を半開きにして、クラウスを見上げる。

（え？　覚えていたの？）

てっきり、六年前に僅かばかりに邂逅したただけのレナの存在など忘れていると思っていた。

レナの頭の中からデミアンの存在が抜け落ちて、クラウスしか見えなくなる。

クラウスはレナの肩をいっそう抱き寄せた。

「確か、浮気心を起こして妊娠させた女性はオルコック子爵令嬢だったな。その奥方だが、知らない男と蒸発して行方知れずになっていると聞いたが、まさかその腹いせで私のパートナーにちょっかいを出したのではないだろうな？」

（え？　蒸発？）

オルコック子爵令嬢と言うのだからコートニーで間違いない。蒸発とはどういうことだろう？　デミアンはコートニーに捨てられて逃げられたということだろうか。

それほど大きな声ではないが、クラウスの声は凛としていてよく通る。

周囲で事の成り行きを見守っていた人たちがくすくすと笑い出して、デミアンの顔が赤を通り越して赤黒くなってきた。

しかし、どれだけ悔しい思いをしようとも、王弟で宰相閣下には逆らえない。デミアンを社会的に抹殺するくらい、クラウスにはわけないことなのだ。もちろん、クラウスがそのような暴挙には出ないだろうが、彼が本気になればデミアンだけではなくカーペント伯爵家そのものを取り潰すことだって容易だろう。

デミアンがガタガタと震えている。

「反論があるなら受け付けるぞ。私のパートナーに何の用だったんだ？」

受け付けると言われたところで反論できるはずもないのだ。

「反論しないなら、奥方に捨てられた腹いせでレナに暴言を吐いたと認めることになるが？」

何も言えないデミアンを、クラウスは容赦なく追い詰めていく。

気が付けば、レナとクラウス、そしてデミアンの近くにびっくりするくらい大勢の人が集まっていて、その中には父とベティの姿もあった。ベティはただ驚いているだけのようだが、父は青ざめている。

（これ以上騒ぎが大きくなるのは……）

注目されていたたまれなくなってきたレナがクラウスを見上げると、視線に気づいたクラウスが安心させるように小さく笑う。

そして厳しい目をダミアンに向けて、最後通牒（さいごつうちょう）を突きつけた。

「彼女に謝罪を。そして、二度とレナに近づかないと誓って立ち去れ」

尖った氷柱のような冷ややかで鋭い声に、デミアンが逆らえるはずもない。

デミアンは震えながらその場に膝をついた。

「も、申し訳、ございませんでした……」

「彼女にはもう二度と近づかないな」

「は、はい……。もう二度と、決して近づきません……」

「いいだろう。ではとっとと私の視界から消えてくれ」

立ち去る許可を得て、デミアンは転げるようにしながら走り去った。

クラウスがこちらに視線を向けている野次馬たちをぐるりと見渡して、この場を騒がせたことを詫びると、レナの背に手を回して歩き出す。

「バルコニーに出よう。ここにいては君も落ち着かないだろう?」

デミアンは去ったが、野次馬はまだ散っていない。奇異の視線にさらされるのは勘弁だ。

レナが頷くと、クラウスはレナの肩を抱いたままバルコニーへ足を向けた。

クラウスに連れられてバルコニーに出ると、晩春の夜の暖かい風が頬をくすぐる。

まだ空の端っこが少しだけ紫色をしていて、反対側の空には星がキラキラと輝いていた。

バルコニーに到着すると、クラウスの手がようやくレナの肩から離れて、ホッとするような残念なような複雑な気分になる。

レナの大きな鼓動は、クラウスには伝わらなかっただろうか。少し心配だ。

デミアンが目の前に現れたのには驚愕したし、罵られて腹も立ったし、注目されて恥ずかしかったけれど、なんだかもうどうでもいい。

クラウスが駆けつけてくれて、守ってくれて、それだけで夢の中にいるみたいに幸せで嬉しくて——まるでクラウスの特別な何かになれたのかもしれないと勘違いを起こしそうで、ちょっとだけ怖い。

「大丈夫か?」

レナの隣に立って、クラウスが心配そうに顔を覗き込んできた。

それだけでまた心臓がドキドキと高鳴って、レナは心の中で「平常心」と唱えながら小さく笑う。若干ぎこちない笑みになってしまった気がするが、それは仕方がない。だって、すぐ目の前にクラウスの端正な顔があるのだ。油断しているとドキドキと緊張で震えそうになる。

「大丈夫です。あの、助けてくださり、ありがとうございました」

「いや――」

クラウスは微笑んで、それから無造作にこちらに手を伸ばしてきた。

どうしたのかと思えば、まとめていた髪が一筋落ちていたようだ。頬にかかっていたレナの髪を、そっと耳にかけてくれる。

心臓が、爆発するかと思った。

やっぱりクラウスは距離感がおかしい。こんな――こんなことをされたら、レナでなければ即座に勘違いを起こすだろう。レナでさえ自分自身に違うと言い聞かせなければ、クラウスはレナのことを少しくらいは好きなのではないかと盛大に誤解しそうだった。

パニックになりそうなレナには気づかず、クラウスは躊躇（ためら）いながら続けた。

「勘違いだったらすまない。君は六年前も、あの男に絡まれていなかったか？」

やっぱり、クラウスは覚えていたのだ。いや、思い出したのだろうか？

（どうしよう……）

たまたま思い出しただけかもしれないが、彼の記憶に残っていたことがたまらなく嬉しい。

いつか昇華するのを待とうと抑え込んでいた恋心が暴走しそうだった。

（やっぱり好き……）

相手にされないとわかっていても、この想いを口にしてしまいたくなる。

レナが震えながら頷けば、クラウスがやはりなと苦笑する。

「君の雰囲気が昔と今で少し違うから、まさかとは思ったんだが」

「あのときは……デミアンの好みに合わせて着飾っていましたから……」

似合わない化粧や似合わない服を背伸びして着ていた。自分では今と昔でそれほど差はないと思っていたけれど、他人から見れば違うのだろう。

「そうか。あれはあの男の趣味だったのか。……私は今の方が可愛らしいと思うが」

「――っ」

もう、これ以上恋心を刺激するのはやめてほしい。

（クラウス様って氷の貴人と呼ばれてるけど、実は無自覚たらしじゃないかしら？）

過去にクラウスのパートナーを務めた女性が噂を流したくなる気持ちもわかる。クラウスは女性にとんでもない勘違いを起こさせる天才だ。これで自分はモテないと思っているらしいのが信じられない。

高鳴る鼓動を抑えるどころか呼吸すら苦しくなってくる。

はくはくと浅い呼吸をくり返していると、クラウスがレナの異変に気づいて、「喉が渇いたのか？」と頓珍漢な誤解をしながらドリンクを取りに行った。

クラウスがドリンクを取りに離れたすきに、レナは必死に深呼吸をくり返して呼吸と心臓を整える。

（平常心平常心。クラウス様はあれがきっと普通……）

火がついて爆発寸前の恋心の導火線をなんとかぶった切って、レナはふう、と息をつく。

レナが落ち着いた頃、クラウスが二人分のノンアルコールドリンクを持って戻って来た。

「喉が渇いているなら酒じゃない方がいいだろう？」

クラウスはまだレナが喉が渇いていると思っているらしい。

（ちょっと天然なところがありそうね）

落ち着いてきたら彼の行動がおかしく思えてきて、レナは笑いながらグラスを受け取った。

「さっきも言いましたけど、もう一度言わせてください。助けてくださって、本当にありがとうございました」

さわやかなレモン風味のドリンクを一口飲んでレナがお礼を言うと、クラウスが真面目な顔になって首を横に振る。

「いや、私が君の側を離れたせいだ。悪かった」

「そんなことは……。あ、陛下は大丈夫でしたか？」

「ああ。伯母上に怒られて王妃は泣きじゃくっていたし、陛下は蒼白になっていたが、いつものことだから問題ない」

王妃が泣きじゃくり、国王が蒼白になるのがいつものことと言われて、レナは反応に困った。

「そ、そうですか。陛下も大変なんですね。ジョルジュ殿下も、まだお小さいのに……」

「そうかもしれないが、それは仕方のないことだ」

クラウスはどこか突き放したように言って、半分ほど飲んだグラスを手すりの上に置き、レナの隣に立って空を見上げる。

レナも、全部飲み終えたグラスを手すりの上に置いた。

「権力は煌(きら)びやかなだけのものではない。それを手にするためには、相応の努力や我慢も必要で、例えばほかの子供が手にすることができる自由や甘えも、すべて呑(の)み込んで耐えなければならないものだ。それを理解させるのは親や教育官の役目であって、それを怠った兄上たちが責められるのは当然のことだ。私を呼んでその追求から逃げようとする方が間違っている。実際、私たち兄弟は父からそう教わってきたんだから、兄上がそれをわからないはずがない」

厳しく育てられたからこそ、クラウスにはジョルジュの甘えも、それを許す周囲も、許しがたいのだろう。

「先王陛下は、その、厳しい方だったんですよね?」

「そうだな。甘やかされた記憶は一つもない。ただ、それでも私も兄も弟も、大人になるまでは父と母とともにいられた。可哀そうなのはリシャールだ。父上も母上も、退位すると同時に離れた場所にある離宮に移り住んで、てっきりリシャールも連れていくのかと思っていたのに、ここに置いて行ってしまったからな」

「何かお考えがあったのかもしれませんよ」

「かもしれない。だが無責任だ。リシャールがしっかりした子供だったとはいえ、当時あの子は九歳だった。父と母についていった方が、あの子は幸せだったに違いない」

「でもそうなっていたら、クラウス殿下がリシャール殿下と今のように過ごす時間は取れませんでしたね。兄弟間に溝ができたまま、ずっと会えなくなっていたかもしれませんよ？」

「そうだな、確かに……」

「先王陛下は、クラウス殿下たちのためにリシャール殿下を置いて行ったのかもしれませんね」

レナ程度が先王エルネストの考えを慮(おもんぱか)ることは不可能だが、なんとなくそう思う。

クラウスが驚いたように目を丸くして、戸惑いながら続けた。

「どう、だろう。私には父上の考えることが理解できたためしはないからな。……リシャールになら、父上の考えに推測が立てられるかもしれないが」

クラウスはそこでいったん言葉を切って、迷うように口を開いた。

「だからというわけではないが……、私はリシャールには幸せになってほしいと思っている。リシャールが心を許せる人と、幸せに暮らしてほしいんだ」

リシャールに幸せになってほしいと言いながら、クラウスの表情は浮かなかった。

本人に自覚があるのかないのかはわからないが、苦痛に耐えるように眉を寄せている。

(どうしてこんな顔をするのかしら？)

クラウスはリシャールを大切にしている。幸せになってほしいと言う言葉に偽りはないだろう。けれど、言葉と彼の作る表情があまりにミスマッチで、それがレナには不思議で仕方がなかった。

「リシャール殿下が、心を許せる人ですか？」

「ああ。……不躾な質問になるが、君はさきほどのデミアン・カーペントのことが、その、まだ好きなのか？」

「え？」

予想外の質問を受けて、レナはパチパチと目をしばたたいた。

リシャールの話から、どうしてデミアンに話が飛ぶのだろう。

「あの男は君という婚約者がありながら、ほかの女性を妊娠させて君を捨てた男だろう？　そんな男を好いたところで君が幸せになれるとは思えない」

もちろんその通りだ。レナはデミアンになんてこれっぽっちも未練はない。クラウスもそれがわかっているから、デミアンにレナに二度と近づくなと言ったのではなかったのだろうか。

クラウスの考えていることがさっぱりわからない。

「デミアンのことは、何とも思っていませんよ？」

「そうか、それならいいんだ」

(何がいいのかしら？)

クラウスは、彼に珍しく落ち着きがなかった。何かを考えているような難しい顔でせわしなく視線を動かして、時折レナを見ては、つらそうにパッと目をそらす。

「あの、デミアンとリシャール殿下の件に、何のつながりが？」

クラウスの言いたいことが理解できなくて、レナがついに訊ねれば、クラウスがきつく目を閉じてこめかみを押さえた。

「関係は、あると言えばあるし、ないと言えばないんだが……」

「ええっと、つまり？」

「だから……」

そんなにつらそうな顔をしなければ言えないことなのだろうか。

レナが見つめていると、クラウスは唇を舐め、それから噛み、視線を落として、絞り出すような声で続けた。

「だから……だから……、その、君がリシャールの相手にちょうどいいのではないかと、思ったんだ」

「はい……？」

何の相手だろうとレナが首を傾げると、クラウスはますます苦しそうな顔になった。

「だから……確かに少し年は離れているが、リシャールは君にとても心を許しているようだし、私としても、君のような女性がリシャールと生涯をともにしてくれると安心できる。気が早いかもしれないが、君さえよければ、リシャールと婚約してくれないだろうか……？」

（なんですって？）

レナはこれでもかと目を見開いた。

驚愕と、それから時間差で例えようもないほどの苦しさが同時に襲ってくる。

（リシャール殿下とわたしが婚約!?）

クラウスは完全に俯いている。

彼が今どんな顔をしているのか、レナからは見えない。

さっきまで彼がつらそうな顔をしていたのは、レナに対して無茶なお願いをするからだったのだろうか。

（……ひどい）

クラウスは純粋にリシャールのためを思っているのだろうが、レナはひどいと思った。

「ひどい……」

ぽつりとつぶやいた拍子に、ぽろりと涙がこぼれた。

クラウスがハッと顔を上げて、レナの涙に狼狽（うろた）えた。

「もちろん今すぐに返事がほしいとは言わない！」

慌てたようにそんなことを言うが、違う。レナがほしいのはそんな言葉じゃない。

（こんなの、八つ当たりだってわかっているけど……）

好きな人に、その弟と婚約してほしいと言われるなんて、残酷すぎる。

苦しくて悲しくて、それでいて無性に腹立たしくて……、そんないろいろな感情がぐるぐると胸の中で渦巻いて、これ以上我慢はできなかった。

すっかり冷静な判断ができなくなったレナは、拳を握りしめて叫んだ。

「ひどいです！　クラウス殿下の、ばか!!」

そして、あとさき考えずに走り出すと、パーティー会場を飛び出した。

四　冷徹王弟の告白

「ひどいです！　クラウス殿下の、ばか!!」

そう叫んで駆けだしたレナを、クラウスは追いかけることができなかった。

クラウスは言葉がきついところがあるので、女性を泣かせたことは今までにもあったけれど、レナの涙を見た途端、足が凍り付いたように動かなくなってしまったからだ。

怪我をしたわけでもないのに、胸の奥がじくじくと痛い。

途方に暮れて立ち尽くしていたクラウスは、しばらくすると、とぼとぼと歩き出した。

（何が悪かったんだ……。突然すぎたのだろうか……）

リシャールはもちろんだが、クラウスはレナにも幸せになってほしいと思っている。

彼女は素晴らしい女性だ。優しくて、懐が深くて、笑顔が可愛くて――あんな女性はなかなかいない。

彼女にならばリシャールを任せられる。同時に、リシャールならば、彼女を幸せにできると思った。リシャールはクラウスのように人当たりがきつくないし、ずっと優れているから、きっと十年後は素晴らしい男に成長していることだろう。リシャールは大人びたところがあるから、レナもそのうち、年の差なんて気にならなくなるに違いない。

クラウスが思いつく限り、あの二人は最高の組み合わせなのだ。

　とぼとぼ歩いているうちにパーティー会場の外に出て、いつの間にか廊下を歩いていた。自然と足が向くのはリシャールの部屋だ。

　クラウスは何故レナが泣いたのかがわからなかったが、聡明な弟ならばその理由がわかるかもしれない。

　リシャールの部屋の扉を叩くと、すぐにエルビスが顔を出した。パーティーにいるはずのクラウスがやってきたことに目を丸くして、部屋の中に入れてくれる。

「兄上？」

　リシャールは寝室にいると言われたので、続き部屋の寝室へ向かうと、夜着姿のリシャールがベッドの上で本を読んでいた。

「どうしたの？　まだパーティーの時間でしょ？　レナは？」

「それが……」

「何かあったの？」

　クラウスの様子から何かあったらしいと察したリシャールが、本にしおりを挟んで閉じると枕の横に置く。クラウスがベッドの縁に腰を掛けて、ぽつぽつと事の顛末を語ると、リシャールがあきれ顔になった。

「そんなことを言ったの？　っていうか、そんなことを考えていたの？　レナと僕は十二歳も年が離れているんだよ？　どこの世界に二十二歳の女性に十歳の子供を婚約者としてあてがおうとする人がいるんだよ。迷惑以外の何ものでもないよ」

「だ、だが、お前もレナに懐いているじゃないか」

「その理由で誰彼構わず婚約させていけば、人は犬や猫とも婚約することになるね。兄上って賢いのに、どうしてたまに信じられないくらい馬鹿なことをするんだろう」

十八歳も年が離れている弟から馬鹿と言われて、さすがにクラウスは傷ついた。

「だいたい、その話を持って行った相手が最悪だね。よりにもよって兄上から言われたなんて、レナは相当ショックだったと思うよ。デリカシーなさすぎ」

「な、何故だ」

「何故かどうかは僕の口からは言えないし、むしろどうして気づかないんだろうって不思議で仕方がないけど、まあいいや。兄上さ、今自分がどんな顔をしているか気づいてる？」

「は？」

パーティーでは食事はとらなかったが顔に何かついているのだろうかと、つい口元を確かめるように手を伸ばしたクラウスに、リシャールがやれやれと首を横に振る。

「うん、その様子だと気づいていないんだね。……仕方のない兄上だなぁ。ちなみにさ、兄上。兄上はどうしてレナと僕を婚約させようと思ったの？　少なくとも兄上は、僕に対しておかしな女性をあてがうつもりはなかったでしょう？　つまり兄上の中で、レナは何かしらの基準をクリアしたってことになるんだろうけど、その基準が何だったのか、ぜひ聞かせてほしいね」

寝室の外まで話し声が聞こえていたのか、長くなることを見越してエルビスがハーブティーを二つ持って来た。

（カモミールか。そういえばリシャールは寝る前によくこれを飲んでいるな）

柔らかい香りを吸い込むと、少し心が落ち着いてくる。思っていた以上に、レナの涙を見て、クラウスは動揺していたらしい。

「レナは……お前と趣味があうだろう？　気が利くし、優しいし……」

「それから？」

「明るいし、よく笑うし……とびきりの美人ではないが笑顔が可愛いだろう？」

「具体的には？」

「お前と絵の話をしているときとか、よく笑っている。公園に行ったときも楽しそうだったし、絵を描いているときもたいてい笑顔だな。それから……」

「兄上」

リシャールは途中でクラウスの言葉を遮った。

「そこまで言っていて気づかないの？」

「何がだ？」

「僕と婚約させたいって言いながらさ、その基準は全部兄上の基準なんだよ」

「もちろんだ。だからお前に……」

「兄上が好きだと思った女性をあてがおうとした」

「――――」

「気づいてよ。子供じゃないんだから。レナの笑顔とか性格とか、仕草とか、ずっと見ていないと気づかないよ。絵を描いているときにレナが笑っていたなんて、僕も知らなかった。別にさ、絵を描いているときに笑っていようがいまいが、関係なくない？　それは婚約者に選ぶ基準じゃないよね？　それは、兄上が好ましいと思ったレナの表情だ」

クラウスは愕然とした。

リシャールがカモミールティーをゆっくりと飲み干して、これ見よがしなため息をつく。

「レナのことが女性として好きなのは僕じゃない。兄上だ」

「…………それは……」

「無自覚だったのかもしれないけど、面倒ごとを避けたがる兄上が、あっさりレナをパートナーにしたこともおかしいんだよ。普通なら、しつこいくらいに調べるじゃないか。レナのことは多少知っているとはいえ、長い付き合いじゃない。それなのに僕の提案を呑んで、その場でパートナーにすることを決めるなんて、普段の兄上ならあり得ない。いい大人なんだから、自分の感情くらい自分で分析してよ」

「……だが…………」

「まだ否定要素がある？　ちなみに兄上、レナといるときはびっくりするくらい柔らかい顔をしてるよ。ほかの女性の前で見せたことがないような顔をね。というか、兄上レナに対してものすごく距離が近いから。僕にはそれは無意識な独占欲の表れに見えたけどね」

気が付かなかった。

（そんなに近かったか？）

クラウスは女性との距離感が少々おかしい。誤解させるから距離感には気をつけろとクラレンスにも言われたことがあった。だから、面倒ごとを避けるために最近は特に気を付けていたはずだ。それなのにリシャールが指摘するほどにレナに近づいていたのだろうか。

クラウスは一度口をつぐんで、カモミールティーに映り込む自分の顔を見下ろした。

「たとえそうだとしても……」

「たとえじゃなくて、そうなんだよ」

「そ、そうかもしれないが……その、私は女性に人気がない」

女性相手でも容赦のないクラウスは、女性を怖がらせてばかりだ。こんな男に好かれても、レナが困るだけだろう。

そう思っているのは実はクラウスだけで、女性は放っておいても彼の周りに集まってくるのだが、本人はこれっぽっちも自覚していなかった。

「それとレナから好かれないのは別物だよ。というか、それだけレナのことをよく見ているのに、どうしてもう一つ重要な点を見落とすんだろうね」

「重要な点？　なんだそれは？」

「教えないよ。教えたらレナに怒られそうだから」

リシャールはからになったティーカップをベッドサイドに置くと、ベッドに横になった。

「あとは自分で考えなよ。僕はもう寝る」

「リシャール……」

リシャールは情けない顔をするクラウスを見上げて、仕方がなさそうに小さく笑った。

「兄上が僕のことを大切にしてくれているのは知ってる。でもさ、そろそろ自分の幸せも考えるべきじゃないかな。僕は、僕のせいで兄上が自分の幸せから目を背けるのは嫌だよ。……おやすみ、兄上」

リシャールがそう言って目を閉じると、ややしてクラウスはのろのろと立ち上がった。

エルビスにティーカップを返して部屋を出る。

とぼとぼと廊下を歩いて、自室の近くまで来たとき、ふと足を止めた。

廊下の窓から爪痕のような細い月が見える。

(泣かせたかったわけじゃない……)

心の底から、レナにはリシャールがいいと思った。それは本当だ。クラウスが大好きで大切な二人だから、幸せになってほしいと思った。そこに自分がいなくても、あの二人が幸せならそれでいいと思っていたのに。

(まさか十歳の弟に諭されるなんてな……)

無自覚だったのは間違いない。

しかし自覚してしまうとどうしてか、欲が出る。

(私なんかに好かれて、迷惑ではないだろうか)

ほしいと思った。――リシャールの相手にではなく、自分に。

そんな自分に戸惑って、感情のままに行動していいのかどうかわからなくなる。

（いい年して、何をうじうじと悩んでいるんだろうな……）

クラウスは自嘲して、再びゆっくりと歩き出した。

☆

翌朝目を覚ましたレナは、鏡に映った自分の顔を見てはーっと息を吐きだした。

昨夜、泣きながら眠ってしまったせいで目が腫れてしまっている。

（クラウス様がわたしに興味がないことくらいわかっていたはずなのに、どうして泣いたりしたのかしら……）

突然泣き出して、叫んでパーティー会場から逃げ出して、きっとクラウスを困らせてしまっただろう。

（はあ……。次にお城で会ったときに、どんな顔をすればいいのかしら……）

二十二歳にもなって、あんなことで泣くなんて。

顔を洗えば少しは目の腫れも落ち着くだろうかと、レナはバスルームで念入りに顔を洗う。

（多少はましになった気もするけど、やっぱりまだ腫れているわね。ま、もともと美人でもないし、人から見たらそれほど変わらないと思うけど）

それでも敏（さと）いリシャールは気づいてしまうだろうから、今日がお城に行く日でなくてよかったと思う。

レナがクローゼットから自分でも着られるワンピースを出して着替えていると、キャサリンが様子を見に来た。昨夜レナが泣いていたことを知っている彼女は、心配そうな顔をしている。

「おはようキャサリン」

心配をかけまいと微笑めば、キャサリンはホッと胸を撫で下ろした。

「おはようございます。お支度はまたご自分でなさったんですね。呼んでくださいと毎回言っているのに……」

「今日はお城には行かないから」

登城するときはドレスだし、少しだが化粧もするのでキャサリンに手伝ってもらう必要があるが、そうでないなら身支度ぐらい自分でできる。

キャサリンに髪だけ軽く結ってもらって、レナは朝食を食べるために階下へ向かった。

「おはよう、姉様」

すでにダイニングにはアレックスがいたが、レナを見て怪訝がらないところを見るに、目の腫れには気づいていないようだ。

「お父様は？」

「昨日夜遅くまで伯母様に付き合わされて、まだ寝てるよ。今日はきっと二日酔いだね」

「そう。じゃあ、今日は静かにしていてあげた方がよさそうね」

レナは二日酔いになったことがないが、父によると二日酔いになると頭が痛くなるらしい。小さな音でもガンガンと響くらしいから、うるさくしては可哀そうだ。

「美術館にでも行ってこようかしら？」

「それがいいんじゃない？　僕は家庭教師が来るから家にいるけど、たまにはゆっくり遊びに行ってくれば？」

「そうね。何かお土産(みやげ)を買って帰るわ。何がいい？」

「甘いものがいい」

「わかったわ。美味しそうなものを探してくるわね」

父はおそらく下りてこないだろうから、弟と二人で朝食を取ったあと、レナはキャサリンに手伝ってもらって出かける準備を整えた。といっても少し化粧を施してもらっただけであるが。

馬車を出すかと訊(き)かれたが、なんとなく歩きたい気分だったので、美術館まで歩いて行くことにする。

一時間ほど歩いて美術館にたどり着くと、館内に入って、レナははーっと息を吐きだした。

（歩いたのは失敗だったわ……）

朝晩はまだ涼しいが、初夏に片足を突っ込んだ晩春ともなれば日中は暑い。一時間も歩けばすっかり体がほてっていた。美術館のひんやりとした空気が気持ちいい。

入館料を払って中に入ると、涼みたかったのもあって、レナはいつもよりもゆっくり絵を見て回ることにした。

館内の案内を見ると、レナが佳作入賞した例のコンテストが終わってしばらくたったのに、その絵はまだ場所を変えて展示されているというのがわかった。場所的に美術館の出口に近いのであとで行こうと決めて、レナは何度も見に来た絵を見ながらゆっくりと歩く。だが、いつもは絵画を鑑賞することに集中できるのに、今日はちっとも集中できなかった。

（どうしよう……。クラウス様、謝ったら許してくれるかしら……）

許してくれなかったらどうしようと憂鬱になって、レナははあと重たいため息をつく。

（考えてみたら、わたし、本当に失礼よね。昨日だってデミアンから助けてくれたし、すごく好条件で雇ってもらっているのに、感情的になって、ばか、なんて言っちゃって……）

王弟殿下に「ばか」なんて、不敬にもほどがある。

クラウスはきっと怒っているだろう。美術館に来る前に謝罪の手紙を書いて届けてもらった方がよかっただろうか。いやしかし、謝罪するのに手紙というのも失礼だ。やっぱり直接会って謝った方がいいだろう。

（泣き出した理由を訊ねられたらどうしよう。クラウス様が好きだからショックだった、なんて言えるはずがないし。でも、あのままだったら、リシャール殿下との婚約が嫌で泣いたみたいに思われるわよね。それってリシャール殿下にも失礼だわ）

自己嫌悪に陥りながら、レナはコンテストの作品が飾られているコーナーへ足を向ける。

そして、思わず足を止めた。

ドキリと心臓が跳ねる。

レナの描いた空の絵の前に、一人の男性が立っていた。

すらりと背が高くて姿勢もよくて、背中ほどの長さの銀色の髪を一つに束ねている。

（クラウス様？　……まさかね）

同じ銀色の髪をしている、たまたま背格好の似た男性だろう。そのはずだ。

そう思うのに、どうしてか確かめずにはいられなくて、レナはそっとその男性に近づいた。

レナの足音に気づいてか、その男性がゆっくりと振り返る。

「……クラウス殿下？」

まさか、信じられないことに本人だった。

レナは驚いたが、それはクラウスもだったようで、言葉をなくしたように立ち尽くす。

「レナ……どうして君が？」

「わたしは……絵を、見に来て……」

レナの声が震える。

（どうしよう……昨日のこと、謝らなきゃ……）

謝罪しなければと思うのに、声が出ない。

気まずい空気が落ちて、互いの間に沈黙が流れる。

どのくらいそうしていただろうか、クラウスがわざとらしく咳ばらいをした。

「館内のカフェに行かないか。いつまでもここにいては、人の邪魔になるだろうし……ちょうど、喉が渇いていて……」

「は、はい……」

美術館の二階には、休憩用のカフェが作られている。絵を見たあとにカフェで休憩する人は少ないので、いつも空席ばかりが目立つ静かなところだ。

クラウスとともに二階に上がり、いつも通り人気のないカフェの窓際の席に座る。クラウスが紅茶を二つと、レナのためにショコラケーキを頼んでくれた。

紅茶とケーキが運ばれてきて、互いに無言のまま口をつける。カフェに来たはいいが会話が弾むわけでもなく、レナも、どうやって謝罪を切り出したらいいのかがわからない。

（どうしよう……）

沈黙を切り裂く勇気が持てず、ショコラケーキをちまちま食べながら何か話のきっかけがないかと探していると、紅茶で喉を潤していたクラウスが唐突に頭を下げた。

「昨日はすまなかった」

レナは「……え？」と思わず訊き返してしまった。

何故クラウスが謝るのだろう。失礼なことをしたのはレナの方だ。

「正直に言うと、まだ、私の何が君を泣かせてしまったのか理由はわからないんだ。だが、私のせいだということはわかる。それに……昨夜、あんなことを言うべきではなかった」

ああなるほど――、とレナは合点した。

（クラウス様は優しいから、わたしが泣いたことに責任を感じているんだわ……）

それこそ、気にする必要はないのに。

レナが勝手に傷ついて、勝手に泣いて、そして無礼にも彼に対して「ばか」などと吐き捨てた。どこにもクラウスの落ち度はなく、むしろ全面的にレナが悪い。

「私は無神経だから、言葉も選ばず発言してよく女性を泣かせてしまうんだ。本当に申し訳ない。昨日私が言ったことは、都合のいい話かもしれないが、忘れてくれ」

（……たぶんだけど、女性が泣くのはクラウス様のせいではないと思うわ）

何となく、これまでにクラウスの前で泣いたという女性は、レナと同じ気がする。

希望もないのに勝手に期待して、勝手に恋焦がれて、そしてそれが叶わない現実なのだと突きつけられて泣いてしまう。

本当はとても優しいクラウスは、そのすべてに責任を感じてしまっているのかもしれないが、違うのだ。彼のせいではない。

確かに彼は、女性たちの――レナの恋心にはちっとも気づかなかったのかもしれない。だからといって、それを責めるのはおかしな話だ。何も言わないのに気づいてほしいなど、傲慢にもほどがあるのだから。

「クラウス様は何も悪くありません。失礼な態度を取ったのはわたしです。本当に、申し訳ありませんでした」

「いや、君は悪くない。君が泣くなんてよっぽどのことだ。私のせいだ」

クラウスはテーブルの上に置かれているティーポットからカップに紅茶を注ぐと、砂糖を一つ入れた。そしてまた一つ。もう二つ。またまた一つ。さらに一つ。

今日はやけに砂糖を入れるなと何気なく見ていたレナだったが、さすがにクラウスが七個目の砂糖に手を伸ばすのを見て慌てて止めた。

「クラウス様、さすがに入れすぎです」

合計六つの角砂糖を入れたクラウスは、どうやら自分が砂糖を入れていたことに気づいていなかったようで、ティーカップの底に溶け残っている砂糖を見て何とも言えない顔をする。

(今日はいったいどうしたのかしら?)

なんだかクラウスの様子がいつもと違う。レナの目には、今日のクラウスはちょっと落ち着きがなくて、そして緊張しているようにも見える。

いくら混ぜても大量の砂糖は全部は溶けないだろうに、クラウスはティーカップをくるくるとスプーンでかき混ぜだ。

「その…………昨日、リシャールに言われて気が付いたんだ」

「リシャール殿下？　ああ、それで美術館に？　お仕事ですか？　……すみません、紅茶のお代わりを」

砂糖の味しかしない紅茶をクラウスに飲ませるのは可哀そうで、レナは店員を呼んで新しい紅茶を注文した。

「い、いや、仕事ではなく……」

「殿下、それは甘すぎるから飲まない方が――」

「…………甘い」

(でしょうね)

砂糖が溶け残るほど入っている紅茶に、何故口をつけた。

レナはそっとクラウスの前から大量に砂糖の入ったティーカップを遠ざけて、店員が運んできた新しいティーカップを彼の前に置いた。砂糖を一つだけ入れてかき混ぜる。そして、念のため砂糖のポットはレナの手元まで回収した。今日のクラウスは様子がおかしいので、また同じことをしでかしそうだと思ったからだ。

（変なクラウス様……）

クラウスはどうやらレナに対して怒ってはいないようだ。しかし、彼が挙動不審すぎて、レナは素直に安堵できなかった。

クラウスは新しく置かれたティーカップを、じーっと穴があくほど見つめている。

「あ、あの……クラウス殿下……？」

「……だから、リシャールに言われて……」

「は、はい。リシャール殿下ですね」

クラウスにとってリシャールはこの上なく大切な存在だ。きっとリシャールとの間に何かあったのだ。そうでなければ、目の前のクラウスの様子は説明がつかない。

「リシャールが……」

「は、はい。もしかして喧嘩ですか？　心配しなくても、兄弟喧嘩は普通ですよ。わたしも弟と喧嘩したりしますし――」

「リシャールが言うことは……正しい」

「はあ……」

（するとつまり、今回の喧嘩で悪いのはクラウス様だったのかしら？）

だったら一言謝ればすむ問題だと思うのだが、よほど深刻な喧嘩なのかもしれない。

もしクラウスがリシャールに謝りたくて謝る勇気が持てないなら一緒についていってあげようかと思ったとき、ふとクラウスが顔を上げた。

真面目な色をした碧眼（へきがん）が、じっとレナを見つめる。そして――


「どうやら、私は君が好きらしい」


「……………え？」

「どうやら、という言い方はおかしいな。間違いなく、私は君が好きだ」

「ふぇ…………？」

レナは口を半開きにして、そのまま固まった。

あまりに突然、予想外の言葉を言われて、レナの耳はどうやらクラウスの発言を正しく認識できなかったようだ。

（なんかおかしな単語が聞こえたわ。耳がおかしくなったのかしら？　好きって言われたような……いえ！　あり得ないわ！　ええっと……そう！　そうよ！　リシャール殿下が好きなのよ。そうよね。私は弟が好きって言ったのね。そうに違いないわ！）

レナは震える手で砂糖の入ったポットを開けると、自分のティーカップに、一つ、また一つと入れていく。

(クラウス様はリシャール殿下が好き。もちろんよ。だから仲直りをしたいのよね。わかるわ。だからきっと、リシャール殿下に謝るときに側にいてくれって、そう言いたかったのよ！)

そうに違いない。そうであるべきだ。そうでなくてはいろいろおかしい！ いろいろが何かはわからないが、とにかくおかしいのだ！

「レナ、そんなに砂糖を入れては甘すぎると思うが」

「ひゃい！」

クラウスに話しかけられて、レナの心臓がドキンと跳ねた。声をひっくり返したレナに、クラウスが不思議そうな顔をして、レナの手から砂糖のポットを取り上げる。

レナはハッと自分のティーカップを見下ろして、先ほどのクラウスの紅茶と同じ状態になっていることに気が付いて頭を抱えたくなった。

(何をしているのわたし！)

クラウスの挙動不審が乗り移ってしまったのだろうか。

「大丈夫か、レナ」

「は、はい！」

「では、話の続きをしてもいいだろうか」

「はい！」

「ああ、その前に紅茶を新しくしよう」

クラウスが冷静に店員を呼びつけて、レナのために新しい紅茶を用意するように頼む。店員が「またか」と言いたげな顔をしたのが見えて、レナはいたたまれなくなった。きっと、変な二人だと思われているに違いない。

というか、さっきまで挙動不審なのはクラウスのはずだったのに急に冷静になっている。どういうことだろう。挙動不審は人に移ったら直るのだろうか？　風邪のように。

新しい紅茶が運ばれてくると、今度はクラウスがレナのために砂糖を一つ落としてくれる。

そしてレナがしたように、砂糖のポットは遠ざけられた。

「ええっと、昨日リシャールに言われたんだ。リシャールには君のような女性がいいと感じたその理由は、全部私がいいと思ったものではないのかと。つまりだな……私が君のことを好きだと思っていて……好きだからこそ、リシャールと婚約させても大丈夫だと、今考えると私にもよくわからない理屈が無意識のうちに働いて、結果、君にリシャールを勧めてしまったようなんだ。指摘されれば私もいろいろ思い当たる節があって、この年になって指摘されるまで気が付かないのもどうかと思うが、とにかく、そういうことだ」

いつもより早口でまくしたてるようにクラウスは言った。冷静さが戻ったのかと思ったが、どうやらまだ少し様子がおかしかった。顔も赤い。

レナは早口で言われた彼の言葉をゆっくりとかみ砕いて、それから理解すると、クラウス以上に赤くなった。

（えっと、それはつまり、間違いではなくて、クラウス様がわたしを好きだってこと⁉）

まずい。過呼吸になりそうだ。

レナがスハスハと浅い息をくり返していると、様子がおかしいと気が付いたクラウスが立ち上がり、レナの側に寄る。

「だ、大丈夫か」

背中をさすりながらクラウスが訊ねるが、レナは小刻みに首を横に振ることしかできない。

「息を吸うな。いいか、私の合図に合わせて呼吸をするんだ。ゆっくり息を吐いて。そうだ。まだだ。まだ息は吸うな。全部息を吐き出したらゆっくり吸って、そしてまたゆっくりと吐き出すんだ」

クラウスの指示に従って呼吸をくり返していると、だんだんと落ち着いてくる。

はたから見れば怪しい行動をとる二人に見えるだろうが、当の本人たちは気が付かなかった。

落ち着いてくると、再び先ほどのクラウスの言葉が蘇（よみがえ）ってくる。

（どうしようどうしよう、落ち着いてわたし、いえ落ち着けないわ！）

呼吸が落ち着いてくると、今度は涙腺が緩んでくる。

「な、何故泣くんだ⁉」

クラウスが慌ててポケットからハンカチを取り出して、レナの目元に押し当てた。

「泣くな。頼む。わ、私は何か手順を間違えたか？」

ぼろぼろと涙をこぼしていると、クラウスがだんだんと青い顔になる。

「め、迷惑だったな。そうに違いない。悪かった。さっきの話は忘れてくれ。私だって、私のような男にそんなことを言われても迷惑だとわかっている」

違う。そうじゃない。

逃げ腰になってレナにハンカチを押し付けたまま離れようとしたクラウスの手を、レナは咄嗟に掴む。わけがわからなくて半分パニックだが、今ここでクラウスを離してはダメだと心の中の自分が告げていた。

「き、昨日、わたしがどうして泣いたかわからないって、言いましたよね」

「あ、ああ……」

「わたしが泣いたのは、傷ついたからです」

「そ、それは、その、すまない。私のせいだな……」

「そうです」

「悪かっ――」

「好きな人に、違う人と婚約しろと言われたら、誰だって傷つきます」

「――」

クラウスが、ゆるゆると目を見開く。

「それは、つまり……」

レナは、ハンカチに目を押し当てて、こくりと頷いた。

「わたしも、クラウス様が好きです。……ずっと」

六年前のあの日からずっと憧れていた。そして、冷徹なだけでない彼の素顔を見つけて、もっと好きになった。リシャールに向ける優しい表情を、ほんの少しでもいいからレナにも向けてくれないだろうかと何度も思った。

でも、絶対に叶うはずのない想いだとわかっていたから、この気持ちは封印しようと思っていたのだ。

クラウスがレナの側に膝を折って、遠慮がちにレナの頬に手を伸ばす。

ハンカチをどけると、彼の指の腹が優しくレナの目元をこすった。

「君が好きだ」

もう一度繰り返される告白に、レナの心臓が跳ねる。

互いに赤い顔で見つめ合っていると、ふと突き刺さるような視線を感じてレナは顔を上げた。

見れば、カフェの店員たちが生暖かい目をしてこちらを見ていた。音が出ない程度の小さな拍手をしている店員もいる。

クラウスも背後を振り返り、店員たちの存在に気づくとバツの悪い顔をした。

(ひい！)

レナは目をむいて、それから両手で顔を覆った。

(恥ずかしすぎて、もうここには来られないわ!!)

ここが公共の場ということをすっかり忘れていた。

レナは顔から火が出そうな思いを味わいつつ、けれどもやっぱり嬉(うれ)しくて、ちらりとクラウスを見て、ふわりと笑った。

五　忍び寄る不安

（やっぱりこういうところは肩がこるな……）

夜。クレイモラン伯爵は葉巻の煙のくゆる室内で、こっそりと息をついた。

貴族令嬢や夫人がサロンで開かれる場で社交をするのに対し、貴族の紳士たちは、クラブと言われる集まりを社交の場とする。

カードゲームやビリヤード、チェスなど、それぞれのクラブには特色があり、だいたいが夜に酒を飲みながら開かれる、言い換えるならば、酒とゲームを楽しむ場だ。

クラブの参加には金がかかるため、クレイモラン伯爵はこれまで誘われてもやんわりと断り続けてきたが、今度からはそうも言っていられない。なぜなら娘のレナが、よりにもよって王弟で宰相のクラウスと付き合いはじめてしまったからだ。

今後は、レナのために、流行も知らない片田舎の伯爵と嗤われないよう、クラブにもたまには顔を出して世の中の情報を仕入れておく必要がある。

そんなことを考えていると、ふと、誰かが隣に座った気配がした。

それはギルメット伯爵だった。クレイモラン伯爵より四つ年下の三十八歳で、やり手の実業家でもある。たまに義務的に顔を出す社交パーティーで何度かあいさつ程度の話をしたことがあるが、なかなか人当たりのいい人物だった。

「珍しいですね、クレイモラン伯爵がクラブに顔を出されるのは」

「ええ、まあ。たまにはこういった場にも行くべきかと思いまして」

「そうですね。情報というものは特にこういった場に集まる。上に行くためには、このような場所での情報収集が不可欠ですよ」

なるほど、そういう考え方もあるのか。とはいえ、情報を仕入れたからといって、それをうまく使えるだけの技量が自分に備わっているかどうかは怪しいところだが。

（はあ、私もいい加減しっかりしないとな……）

亡き妻は、「あなたのそのギラギラしていないのんびりしたところが好きですわ」なんて可愛らしいことを言ってくれていたが、それは貴族としては褒められた要素ではない。

「そういえば、クレイモラン伯爵のお嬢様は、宰相閣下といいお付き合いをされているとか。閣下が特定の女性とお付き合いなさるのははじめてのことですから、皆様驚いておいでですよ。さぞ、素敵なお嬢様なのでしょうね」

「は、はあ……」

クレイモラン伯爵は娘の顔を思い浮かべて、何とも言えない顔をした。

不細工とは言わないが、レナはどこからどう見ても平凡な娘だ。刺繍も音楽の腕も平凡、ダンスもあまり得意ではなく、これといって特出したところはない。強いて言うならば、優しいことだけが特技のような娘なのだ。

（いまだに、閣下があの子のどこに惚れてくれたのか、よくわからんしな）

　クラウスともなれば、どんな美人もより取り見取りだっただろう。何故レナなのか。謎だ。

「もしかして、クレイモラン伯爵がこのような場に顔を出されたのも、お嬢様の件があってのことでしょうか？」

「え、ええ……まあ。私は少々世間に疎いのでね、娘を困らせないようにと思いまして。……せめて我が家が金持ちなら、娘に苦労をさせることもないのでしょうけど」

「確かに、王家が相手ともなると持参金の額もそれなりでしょうからな」

　クレイモラン伯爵はこれでもかと目を見開いた。

（その存在をすっかり忘れていた！）

　クレイモラン伯爵はごくりと唾を飲み込み、ギルメット伯爵を見やった。

「ち、ちなみに、持参金の額はいくらくらいになりますかね？」

「そうですね。おそらくは最低でも……」

　ギルメット伯爵が声のトーンを落として、クレイモラン伯爵の耳にささやく。

　その額を聞いて、クレイモラン伯爵は目を剝（む）いた。

「き、き、き、金貨一千枚⁉」

「しー！　声が大きいですよ」

　ギルメット伯爵が周囲を気にするそぶりを見せたが、それどころではない。

（小国の国家予算レベルだぞ！　無理に決まっている！　そんなに金がかかるのか⁉）

　蒼白（そうはく）になって黙り込んでしまったクレイモラン伯爵に、ギルメット伯爵がポンと手を打った。

「もしお困りなら、いい儲け話がありますが……ご紹介しましょうか？」

「本当ですか⁉」

クレイモラン伯爵は一も二もなく食いついた。

その勢いにギルメット伯爵が怯んだように身を引いて、苦笑いで頷く。

「ええ。ご興味ありますか？」

「もちろんです！」

レナのために何とかしなくてはと、クレイモラン伯爵は鼻息を荒くして、何度も頷いた。

☆

シャルロア国の王城のサロンは、華やかな笑い声で満ちていた。

王妃テレーズのお気に入りの友人たちだけを招いた茶会の席である。

テレーズの膝の上には四歳の息子ジョルジュがちょこんと座って、母やその友人たちの話は我関せずと、もぐもぐとお菓子を頬張っていた。お菓子がよほど美味しいのだろう、ふっくらとした頬を紅潮させ、キラキラとオレンジ色の瞳を輝かせる様は何とも可愛らしい。

「ジョルジュ殿下は本当にお可愛らしいですわね」

テレーズのお気に入りの一人であるダゲール侯爵夫人がジョルジュに視線を向けて、おっとりと頬に手を添える。

最愛の息子を褒められて、テレーズはほほほと扇の下で笑った。

「そうでしょう？　でも、こんな幼いうちから重責を背負わせるなんて、心配でたまらないわ。子供のうちはのびのびとすごさせてあげたいのに。アンリエッタと婚約したせいか、イザベル様が何かと口を出してきて、本当に……ねえ。この子の自由を奪わないでほしいわ」

「本当ですわね。教育なら孫娘だけにしていただきたいものです」

「まったくだわ。アンリエッタも子供らしさがなくって可愛げがないのよ。婚約パーティーのときも、幼いジョルジュが泣き出すのも仕方がないと思わなくて？　それなのに、アンリエッタが平然としていたせいで、イザベル様からお叱りを受けることになったのよ」

「アンリエッタ様はイザベル様によく似ていらっしゃいますが、性格まで似ていらっしゃるのでしょうか？」

「それは困るわ。イザベル様のような気性の強い女性と結婚するなんて、ジョルジュが可哀そうだもの。アンリエッタの教育にはわたくしも口を出さなくてはならないわね」

「それがよろしいでしょう。今からおとなしく口答えしない女性に教育しておけば、ジョルジュ殿下が王位を継いだ時も安泰というものですわ」

くすくすくすと、華やかな声が響く。その笑い声を遮ったのは、幼いジョルジュの声だった。

「ははうえー、ぼく、ねんねしたい」

「あらあら、そろそろお昼寝の時間だったわね」

テレーズはジョルジュを抱いて立ち上がり、部屋の隅に控えていた乳母に手渡す。

乳母に抱えられてジョルジュが退散すると、ダゲール侯爵夫人がふと真顔になった。

「王妃様。わたくし、今日は王妃様にお願いがございますの」

「あら、何かしら？」

テレーズは優雅にティーカップを傾けつつ、機嫌よく微笑む。

「実は、わたくしの長女のことなのですわ」

「長女というと、オレリーかしら？　綺麗な子よね」

「ありがとうございます。でも、王妃様のお美しさに比べたら足元にも及びませんわ」

「まあ、何を言うの？　オレリーは十八歳でしょう？　あの頃の美しさは、わたくしたちでは到底かなわない儚さがあるわ。それで、オレリーがどうかして？」

褒められてまんざらでもないテレーズは、ころころと笑って先を促す。

ダゲール侯爵夫人はわざとらしく困った顔をして、ほーっと息を吐きだした。

「それが、わたくしの娘が、恋煩いで食事も喉を通らない状況でして」

「恋煩い？　あらあら、お年頃ねえ。相手はどなた？」

「それが……………クラウス・アルデバード宰相閣下なのです」

テレーズは目を丸くした。

「まあ、クラウス殿下に？　でもあの方……」

「はい。これまではご結婚にご興味がないようでしたのでよかったのですが、最近、どこかの伯爵令嬢と恋仲だという噂が流れておりまして、それを聞いた娘がショックのあまり……」

「そうだったわね。確か、クレイモラン伯爵家のお嬢様だったかしら？　記憶にも残らないようなパッとしない子だったけど、大丈夫なのかしら？　確か、そのお嬢様はリシャール殿下の絵の教育係だそうね。もしかしたらリシャール殿下が口添えなさって、渋々お付き合いしているのかもしれないわね。ほら、クラウス殿下はリシャール殿下に甘いから」

テレーズは考え込むように視線を落として、それから一つ頷いた。

「あなたはわたくしの大切なお友達だもの。それに、クレイモラン伯爵家のような弱小伯爵家は、王家にふさわしくないものね。わたくしが、何とかして差し上げてよ」

ダゲール侯爵夫人はパアっと顔を輝かせた。

「王妃様は本当に、女神さまのような方ですわ」

「あら、まあ」

冬の日の昼下がり。

城のサロンでは、いつまでも、華やかな笑い声が尾を引いていた。

☆

「すっかり冬になったな」

木の枝に引っかかるようにして残っていた赤茶色の葉がひらりと風に飛ばされていくのを仰ぎ見ながら、隣を歩くクラウスが言った。

シャルロア国には四季は存在するが、冬が長い国で、夏と秋はあっという間に過ぎていく。今では秋の名残もほぼなくなり、これからおよそ半年ほど続く冬がはじまるのだ。

冬の明るさの乏しい空の下では寒々しくも感じる艶やかな銀色の髪が風に遊ばれている。背の高いクラウスに、ふくらはぎまである丈の長い黒いコートがよく似合っていた。

涼やかな美貌をちらりと見やって、レナはドキドキする胸の上を、もこもこの白いコートの上からそっと押さえる。

(本当、我が家とは全然釣り合いにならないわ……)

地位も身分もついでに美貌も兼ね備えているクラウスに対して、レナは小さくてお金持ちでもないクレイモラン伯爵家の令嬢だ。

いつまでも黙っておくこともできないので、秋を前に父であるクレイモラン伯爵にもクラウスと付き合っていると報告をしたのだが、驚愕のあまりひっくり返ってしまった。いまだに、クラウスがクレイモラン伯爵家を訪ねると、緊張でガチガチに固まって、冷や汗をかいている。

(クラウス様の領地に行くって言ったときも真っ青になっていたものね。おとなしくしておけとか、クラウス様に迷惑をかけるなとか、お父様はわたしを何だと思っているのかしら?)

レナとクラウスは現在、王都の隣にあるアルデバード公爵領の視察に来ていた。

彼が公爵である以上、宰相の仕事で多忙を極めていても領地を放置するわけにはいかない。

クラウスは信頼の置けるものに領主代行を任せ、各町にも代官が置かれているが、数か月に一度は領地に足を運び、実際の目で様子を確かめているのだという。報告書だけではわからないこともあるので、実際に見て、改善が必要だと思う部分はその後指示を出すのだそうだ。

むろん、公爵領は恐ろしく広いのですべてを回ることはできない。だから、領主代行から報告に上がる場所を重点的に視察していて、今日は近くオープンするスケート場がそれだった。

スケート場は、山間部に広がる湖に作られている。まだ薄い氷しか張っていないが、あとひと月もすれば分厚い氷が張り、人が大勢のってもびくともしなくなるらしい。

この湖、これまでは地元の子供たちが遊び場にしていたが、まだ氷が薄いときに氷の上にのった子供が湖に落ちて死にかけたという事故が二年前に起こってから、冬の間は立ち入り禁止にしていた。しかし子供たちが残念そうにしているという報告が領主代行に上がり、クラウスが考えて、スケート場として整備することにしたのだ。

一年かけて周囲に宿泊施設も整え、管理者も置いて、いよいよ来月にオープン。万が一氷が割れたなどの危険があってはいけないので、公爵領が抱えている軍から一部の兵士を警備として派遣するという徹底ぶりだった。きっちりしているクラウスらしい采配である。

(これだけお金もかけて、人手もかけているのに、ここを遊び場にしていた地元の子供たちが使う分には入場料を取らないとか、クラウス様は本当に優しいわ)

厳しい性格をしているクラウスは、言葉の鋭さも相まって他人から恐れられがちだが、本当はとても優しいのだ。

スケート場の収益の大半も、周囲の山の管理費に充てると聞いた。近くの山の管理は、このあたりの住人たちが自主的に行っていたが、今度からスケート場の収益をあてて、彼らにも還元されるようにするらしい。

「そういえば、大きな宿を作ったのに冬以外は閉めるんですよね？　綺麗な湖だから、夏場の水遊びにもよさそうなのに」

「ああ。この湖には美味い魚がたくさんいるらしくて、春から秋頃にかけて、村人たちの貴重な収入源になるからな。観光客が泳いでいたら、漁がしにくいだろう？」

「そういうことだったんですか」

「ああ。紅葉の時期には解放してもいいかもしれないがな。水遊びを楽しむ季節は閉めるつもりだ。それに、管理人を含めて数人は通年の雇用だが、それ以外のものは近くの村から臨時雇いでまかなうことにしたからな。年中拘束されては彼らも困るだろう」

地元の人間を雇うことで雇用も生まれるが、彼らにも家業がある。冬場の仕事が少ないときだけ手伝ってくれればいいとクラウスは考えているようだ。

「っくしゅ！」

冷たい風が流れて、レナが小さく身震いすると、クラウスが自分の首に巻いていたマフラーを外した。

「だから巻いてこいと言ったのに」

そう言いながら、レナの首にマフラーを巻いてくれる。

急に抱きしめられたときのように距離が近くなって、レナの心臓が大きく跳ねた。

クラウスからプレゼントされたコートがもこもこでとても暖かかったから、マフラーまでいらないだろうと思っていたのだが、クラウスの言う通り巻いてくれればよかった。

ドキドキしながらクラウスを見上げていると、クラウスの碧色の目がふっと優しく細められて、かすめ取るようなキスが唇に落ちる。

一度唇を離してから、クラウスがもう一度顔を近づけてきたときだった。

「領主様ー！　集まったよー！」

「ひっ！」

突然子供の声が聞こえてきて、レナは小さな悲鳴をあげて飛び上がった。

クラウスがちょっぴり残念そうな顔をして振り返る。

彼の視線を追えば、離れたところで子供たちが落ち葉の入った袋を抱えて手を振っていた。

「さすがにこれ以上は無理だな」

クラウスが苦笑して名残惜しそうにレナの唇に軽く触れてから、手をつないで歩きだす。

（み、見られなかったわよね……？）

お付き合いをはじめてから、クラウスと何度かキスをしたことがあったが、クラウスはたまにこういう不意打ちを仕掛けてくるから本当に困る。子供たちとの距離は離れているから見られていないはずだと思うけれど、恥ずかしさは消えず、レナは頬を押さえた。

「あ、あの子たちは何をしているんですか？」

「落ち葉拾いを頼んでいるんだ。近くの町の子たちでね。集めた落ち葉で焼き芋をしてやると言ったら喜んで協力してくれた。もちろん、ほかにも小遣い程度の収入は渡したんだが、あのくらいの子は金よりも焼き芋の方が楽しみなようだな」

　クラウスとともに子供たちの元に歩いて行くと、彼らはほこらしげに胸を張って、集めた落ち葉を見せてくれる。

「だいぶ集めたな。ありがとう。今日はもういいからジュペットに言って芋を用意してもらえ」

「「「はーい！」」」

　ジュペットというのは、クラウスが管理人として雇っている五十歳ほどの男性の名前だ。

　子供たちが落ち葉を詰め込んだ袋を抱えて、嬉しそうに駆け出す。

　子供たちの後ろ姿を微笑ましそうに見やっていたクラウスが、ぽつりと言った。

「……リシャールも連れてくるべきだったか」

「もしここにリシャール殿下がいたら、一日中外で絵を描いていそうですね」

「確かに。……風邪をひきそうだな」

　困った弟だと言うリシャールの表情は優しい。

　普段は冷気すら漂いそうなひやりとした雰囲気をまとっているクラウスだが、末の弟のリシャールのことを考えているときは表情がとても柔らかくなる。年の離れた弟を、本当に大切にしているのだ。

（ふふ、たぶん、スケート場がオープンした頃には誘うんでしょうね）

　クラウスが、宿の一番見晴らしのいい部屋をリシャールのために用意していることをレナは知っている。あの部屋だけは、どれだけ宿が忙しくなっても空けておいてくれとジュペットに言っていたのだ。リシャールがその気になったときにすぐに連れて行けるようにしているのだろう。クラウスは部屋に引きこもりがちの末弟を外に連れ出したくて仕方がないのである。

子供たちが芋と落ち葉を抱えて、宿から少し離れたところで焚火(たきび)をはじめる。子供たちだけだと危険なので、宿の中からジュペットも姿を現した。

「暖かそうだな。焚火のところに行こうか、レナ」

きゃあきゃあと歓声をあげている子供たちの声に微笑みつつ、レナはクラウスとともに彼らがはじめた焚火のところまでゆっくりと歩いて行った。

☆

アルデバード公爵領から王都へ戻って来て十日後――

クラウスが午後から時間が取れたので、レナとリシャールとクラウスの三人は、王都で最近流行りの観劇を見に来ていた。

劇も終わって、レナたちがいる二階の個室からは、一階の観客がぞろぞろと外に向かって移動しているのが見える。

劇に感動して泣いてしまったレナがぐすぐすと鼻を鳴らしていると、クラウスが遠慮がちに頭を撫(な)でてくれた。今日は一つにまとめて結い上げているので、髪を乱さないように気を付けているのがわかる。

「すまない、劇を選べばよかったな」

「いえ、すごくいい劇でした……！」

ただ、感動的すぎただけだ。

いつまでも泣いていたらクラウスもリシャールも困ってしまうだろうから、レナは必死に涙を止めようと上を向く。

しばらく上を向いて目をパチパチさせていると、ようやく涙が収まってきた。

「もう大丈夫です」

「そうか？」

クラウスがレナの目元に指先を這わせて、「少し赤いな」と眉尻を下げる。

「外気がひんやりしているので、そのうち落ち着くはずです」

「だといいが……このあとカフェに行く予定だったが、どうする？　やめておくか？」

「いえ！　ぜひ行きましょう！　ショコラケーキが……！　ね、リシャール殿下！」

向かう予定のカフェでは冬季限定のショコラケーキが販売されているのだ。毎年食べたいなと思いながら、高くて手が出せなかったケーキである。

（リシャール殿下も食べたがっていたから多少目が赤くなっていても絶対に行かなきゃ！　アレックスにもお土産で買って帰らないとね！）

レナが拳を握りしめて主張すると、クラウスが苦笑して手を差し出した。

片方の手をクラウスとつないでから、もう片方の手をリシャールに差し出そうとしたのだが、割り込むようにしてクラウスがリシャールと手をつないでしまった。

何故かリシャールが苦笑するのを我慢するような顔をしている。

(最近、クラウス様はリシャール様と手をつなぎたいみたいね)

レナがリシャールと手をつなごうとすると、決まって先にクラウスがリシャールと手をつないでしまう。弟をレナに取られる気がしてやきもちを焼いているのだろうか。可愛い。

本当は逆なのにそうとは知らないレナがほっこりしていると、リシャールが我慢の限界というように吹き出した。

「兄上さあ……」

「うるさいぞ、リシャール」

どうしてか、クラウスの顔が少し赤い。心持ちいつもより速足でクラウスが歩き出したので、もしかしたら寒いのかもしれない。

劇場からほど近いところにあるカフェに到着すると、事前にクラウスが二階の席を予約していたようで、すぐに二階の個室を案内された。

ややして、香りのいい紅茶と、白いプレート皿に載ったショコラケーキが運ばれてくる。皿の上にはフランボワーズソースで花の絵も描かれていた。

レナとリシャールがショコラケーキで、クラウスの前にはレモンチーズケーキが置かれる。

「わあ……！　美味しそうですね、リシャール殿下！」

「そうだね！」

リシャールと二人、フォークを握りしめてショコラケーキを味わっていると、それを眺めながらクラウスが笑った。

「そうしていると、姉弟のように見えるな」

「ふふ、レナみたいな姉上ならいつでも歓迎だね」

「わたしもリシャール殿下のような弟なら今すぐにでもほしいです！」

「今すぐかぁ。だって、兄上。何なら帰りに教会に寄って帰ってもいいんだよ？」

教会って何だろうと、リシャールの言葉の意味がわからずレナは首をひねった。クラウスは顔を赤くしてコホンコホンと咳をしている。外が乾燥していたから喉を痛めたのだろうか。

「何を言い出すんだ、お前は」

「でもそのつもりなんでしょ？　早いか遅いかの違いだと思うけど」

「大きな違いだ！　物事には順序というものがある」

「兄上って、固いよね」

クラウスとリシャールが内緒話のようにこそこそと何かを話している。二人で小声で話しているということは重要機密か何かだろうか。気になるが、レナが聞いていい話ではないかもしれないので、訊ねるべきではないだろう。

（それにしても、このショコラケーキ美味しいわ。せっかくだから、アレックスだけじゃなくてみんなの分も買って帰ろうっと）

クレイモラン伯爵家はお金持ちではないので、雇っている使用人もメイドのキャサリンともう一人キッチンメイド、それから御者兼厩舎係の男が一人だけだ。彼女たちは家族のようなものなので、せっかくの美味しいものは全員で楽しみたい。

店員が紅茶のお代わりを持って来た時に、持ち帰りのケーキを注文しておこうと思っていると、コンコンと個室の扉が叩かれた。店員かと思えば、入ってきたのは、焦げ茶色のきつい巻き髪のご令嬢だった。どこかで見た顔だなと記憶をたどって、レナはああと合点する。

(ジョルジュ殿下の婚約パーティーの日にクラウス様に話しかけてきたご令嬢の一人だわ)

少々気が強そうな目鼻立ちのはっきりした美人だったので、レナの記憶に残っている。

「ご歓談中失礼いたしますわ。ご挨拶をさせてくださいませ。クラウス閣下、リシャール殿下。わたくし、オレリーと申します。オレリー・ダゲールですわ」

華やかなドレスを優雅につまんで挨拶をしたご令嬢の名はレナも知っていた。というか、この店はダゲール侯爵家が出資している店なのだ。侯爵家というだけでクレイモラン伯爵家からすれば雲の上の存在だが、さらに超がつくお金持ちで、国内でも有数の資産家である。

自分よりずっと身分が上の令嬢を前に座ったままではいられず、レナが挨拶をしようと立ち上がりかけると、クラウスが手で制して、オレリーに冷ややかな視線を向けた。

「挨拶は結構だ。プライベートな時間なのでね、あまり邪魔をされたくない」

久しぶりに聞くひんやりとした声だった。見れば、クラウスの顔からごっそり表情が抜け落ちて「氷の宰相」の異名通りの顔になっている。

レナなら委縮してしまう氷柱（つらら）のような声にも、オレリーはひるむことなく顔を上げる。

「失礼いたしました。すぐに退散いたしますので、一つだけお許しくださいませ。実は、今週末に我が家で夜会を開きますの。閣下にぜひご出席いただけないかと思いまして」

「悪いが忙しい。ほかを当たってくれ」

「そう……ですか」

オレリーは残念そうに眉を下げたが、すぐに腰を折ると、宣言通り部屋から出ていく。

（ご挨拶しなくて、よかったのかしら？）

クラウスは何事もなかったようにティーカップに口をつけているが、レナはオレリーのダゲール侯爵家よりも下の身分だ。オレリーを軽んじたことにならないだろうか。

不安に思っていると、ぺろりとショコラケーキを平らげたリシャールが笑った。

「気にしなくていいよ。あそこの侯爵家は、僕も兄上もあまり好きじゃないから。……このケーキは美味しいけどね」

好きじゃないということは、過去に何かあったのだろうか。

クラウスがリシャールの言葉に同意するように頷いた。

「あれは虎の威というやつだからな。あまり言いたくはないが、ダゲール侯爵家は少々厚かましくて好かん」

（虎の威って、どういうこと？）

ますますわからなくなって、レナはきょとんと首をひねった。

☆

一度は断ったダゲール侯爵家のパーティーだが、翌日、強制的に参加させられることになったとクラウスが仏頂面で告げてきた。

何でも、ジョージル三世から命じられたらしい。国王夫妻が行くはずだったが予定が入ったのだそうだ。クラウスが申し訳なさそうに、パートナーを務めてほしいと言ってきた。

パーティー当日。レナはクラウスにプレゼントしてもらったクリーム色のドレスを身にまとって彼とともにパーティーへ向かった。社交シーズンがはじまる前に、付き合いでいくつかパーティーに参加させることになるはずだからと、クラウスが何着か贈ってくれた中の一着だ。

ダゲール侯爵邸は王城からあまり離れていない場所にあって、資産家だけあってとても大きな邸宅を構えていた。

ダゲール侯爵邸の前で馬車を降りたレナは、カチコチに緊張しながら大きな玄関をくぐる。

クラウスのエスコートで邸(やしき)の中に入ると、すぐさまダゲール侯爵その人がやってきた。

「これはこれは閣下。ようこそおいでくださいました。ご案内いたしましょう」

娘のオレリーと同じ焦げ茶色の髪の少しふくよかなダゲール侯爵は、びっくりするほど愛想がよかった。

しかし対照的に、クラウスの眉間には小さな皺(しわ)が寄っている。

「お招き感謝する。だが、案内は使用人で結構だ。侯爵も来客の対応があるだろう？」

「左様ですか……、では、のちほど」

もう少し食い下がるかと思ったが、ダゲール侯爵はあっさり引くと、メイドの一人にクラウスの案内をするように命じた。

メイドの案内でパーティーの会場に移動すると、クラウスがやれやれと息をつく。

「大丈夫か？　不快な思いをしなかっただろうか？」

心配そうに訊ねられたが、レナにはよくわからなかった。

「不快な思いですか？」

「侯爵の態度だ。君が大丈夫ならいいのだが……」

確かにダゲール侯爵はレナを一瞥もしなかった。眼中になかったのだろう。だが、高位貴族なんてそんなものなので、いちいち不快に思ったりはしない。

クラウスがドリンクをレナの分と合わせて二つ受け取り、壁際に移動する。

「侯爵は人を見下すところがある。不快に思うことがあればすぐに教えてくれ。君を我慢させてまで長居をしようとは思わない」

「はい。ありがとうございます」

レナは、クラウスに気遣ってもらえるだけで充分だ。

クラウスの優しさにほっこりしつつ微笑むと、クラウスがホッとしたように笑った。

（それにしても、豪華なパーティーね）

大広間は華やかに飾り付けられ、飲食スペースには豪華な食事が並んでいる。

ただ一晩パーティーを開くだけでもレナの感覚では目玉が飛び出るほどのお金が飛ぶのに、さらにこれだけ贅を尽くしているとなると、とんでもない出費になるだろう。クレイモラン伯爵家と比べることなどできないが、経済力の違いをまざまざと見せつけられた気がした。

(まあうちは、パーティーなんて主催しないんだけどね)

妻が死んで不在なのをいいことに、父は我が家でパーティーを開かない。お金の問題もあるが、何より準備や来客対応、片付けなどで疲れるからだ。また、使用人が厩舎係を含めても三人しかいないクレイモラン家でパーティーを開くとなると、人を日雇いで入れる必要がある。その給金を用意するのも、クレイモラン家では大変なのだ。

(お金があったとしても、お父様はパーティーなんて開かないでしょうけどね)

父は面倒なことや疲れることが嫌いな、その日さえ生きていられればそれでいいという低燃費な性格だ。つくづく、貴族に向かない性分である。

レナがクラウスとともに壁際でお酒を飲んでいると、ちらほらと挨拶する人が訪れはじめた。大勢押しかけてこないのは、クラウスの持つひんやりとした独特の近寄りがたい空気によるものだろう。冷徹王弟の異名は健在で、クラウスを不快にさせることを恐れているのだ。

(本当はすごく優しい方なのにね)

自分にも他人にも厳しい人だから、ついつい周囲へのあたりが強くなるだけなのだが、深く付き合わないとその本質はわかりにくい。けれど、中には彼の本質を理解していて、その氷のような空気にひるまない人物もいるのだ。

「閣下、先日は息子を税務大臣の補佐官に推薦していただき、誠にありがとうございました」

五十歳ほどの穏やかな紳士が挨拶にやってくると、クラウスはふと目元をやわらげた。

「ラポーレ子爵か。そなたの息子はそなたに負けず劣らず優秀だからな。税務省の人間を入れ替えたかったときに彼がいて本当に助かった。……私としては、そなたにも戻ってきてもらいたいところなんだが、そなたは父に忠誠を誓っていたからな、難しいことは承知している」

「お心遣い痛み入ります。私はすでに隠居を考えている身ですので、申し訳ございません。……ところで、そちらのお綺麗な方は、閣下のよき方でしょうか?」

綺麗なと言われて、レナは反射的に背後を振り返った。後ろに誰かいるのかと思ったが、そこには壁があっただけだった。

まさかと思ってラポーレ子爵を向くと、彼の視線はレナに注がれていて、レナは慌てて目の前で手を振った。

「いえ、その、わたしは……ええっと……」

綺麗だ、とかクラウスのよき人、とか言われて、否定するのも嫌だが肯定するのも恥ずかしくて、レナはしどろもどろになる。

クラウスが笑って頷いた。

「ラポーレ子爵が思っているとおりで間違いない」

「それはそれは。では、そのうちよいお知らせでもいただけますかな」

「そのうちな」

「その日を心待ちにしております。お時間をいただき失礼いたしました。私はこれで」

ラポーレ子爵が微笑みながら一礼して去っていくと、まだおろおろしていたレナの頬を、クラウスがそっと指先で撫でる。

シルクの手袋越しにクラウスの体温を感じて、レナの頬に熱がたまった。

「彼は父の代のときに宰相だった男なんだ。とても有能で、私もいろいろ指導してもらった。父が玉座から退くときに引退したが、私としてはもうしばらく政治の世界にいてほしかった。彼から学びたいことはまだまだあったし、有能な人材は抱えておきたかったんだがな」

子爵が宰相だったと聞いて、レナは目を丸くした。政治の世界に疎いレナは知らなかったが、先王陛下は実力主義者で、有能であれば身分の貴賤問わず重用していたそうだ。宰相職と訊くと、王族か、そうでなければ侯爵以上が務める印象だったが、先王陛下の時代は違ったらしい。

「父上が退くと同時に、人事が刷新されたからな。父上を慕って政から退く人間も多かった。有能な人間に大勢去られてしまって、あの時は本当に困ったものだ。何とか再び出仕してくれないかと掛け合うんだが、なかなかどうして難しい」

ラポーレ子爵が戻って来てくれたら私もかなり楽になるのだが——とクラウスが苦笑する。

「せめてエルビスがほしいんだが、リシャールが手放すとは思えないからな」

「エルビスさんですか？」

「ああ。エルビスは今はリシャールの側近をしているが、もともと政治の世界にいた人間だ。

ラポーレ子爵が宰相時代に補佐官に使っていた男だからな」

「それは有能そうですね」

「少なくとも私が使っている宰相補佐官三人を足してもエルビスにはかなわないだろうな。私の側近なら、二人を足して何とか太刀打ちできるくらいだろうか。エルビスは本当に有能なんだ。まあ、リシャールが信頼している時点で想像できると思うが」

　想像できると思うとクラウスは言ったが、全然想像できなかった。

（言われてみればリシャール殿下が何か頼む前に先回りして動いているし、……そっか、有能だからできるのよね。人当たりのいい方だとは思っていたけど、すごい方だったのね）

「リシャールに少しの間だけでも貸してくれと交渉したこともあるんだが、頑として首を縦に振らないから諦めた。リシャールはエルビスに懐いているからな、取り上げられると思って警戒しているのだと思う。……父上から、リシャールからエルビスを取り上げることは禁じられているから、完全に取り上げることはないというのにな」

「そうだったんですか？」

「父上が最後に出した命令なんだ。これには王である兄だろうと逆らえない。もっとも、兄上は爵位のない人間を重用することはないから、父上の命令がなくともリシャールからエルビスを取り上げることはないだろうがな」

　エルビスは、男爵家の出身だが三男で爵位を持っていないと聞いたことがある。先王エルネストは爵位の有無に限らず人を集めたそうだが、ジョージル三世は違うのだろう。

なんとなくだが、エルネストは、リシャールの心を守るためにエルビスをつけた気がする。そして、決して取り上げられないようにと命令を出した。厳しい人だと聞くし、今は離れて暮らしているが、エルネストの息子に対する愛情が垣間見えてレナは嬉しくなった。

（でも、わたしが思っていた以上にクラウス様は大変なのね……）

クラウスがいつも忙しそうなわけである。考えてみたら、少ない休日もレナやリシャールのために使っているクラウスに、本当の意味での休みはないのかもしれない。

（休みの日はできるだけゆっくりできるようにしてあげたいわ）

クラウスのことだ。デートはいいからゆっくりしろと言ってもしないだろう。ならば、デートの時にゆっくりできる場所に誘うしかない。

（来月にはスケート場がオープンするし、そこでならゆっくりできるかしら？）

スケート場がオープンしたら遊びに行こうと誘われていた。領主であるクラウスは、まったく仕事をせずに羽を伸ばすことはできないかもしれないが、余暇はのんびりとすごしてほしい。

「クラレンスの馬鹿は面倒くさいの一言で、政治に関わろうとはしないしな」

いつの間にか、クラウスの口調がちょっぴり愚痴っぽくなっている。

レナはクラレンスの顔を思い浮かべて、苦笑を何とか押し殺した。

（クラレンス様は、うん……そんな感じがする）

クラレンスはふらりとリシャールの元に遊びに来るので、レナも何度か会ったことがある。

いつも突然やってくる自由を愛するクラレンスが、真面目に仕事をする姿は想像がつかなかった。クラウスによれば、エルネストに鍛えられて育ったから、クラレンスは仕事をさせればできると言うが、本人にやる気がないらしい。

ぽつりぽつりとやって来ていた挨拶客が途切れて、クラウスが二杯目のお酒に手を伸ばす。レナはダンスが得意ではないし、クラウスも上手だが好きではないので、自然とお酒を飲みながら話すだけになる。

「パーティーの終了時間までいろとは命じられていないからな、適当なところで帰るか」

挨拶に来た人の相手を終えて、クラウスはすっかりやり切ったモードになっていた。まだパーティーがはじまって一時間もたっていないが、レナもパーティーはあまり好きではないので、その意見に否やはない。

クラウスがお酒を一気に飲み干して、レナを連れて会場から出ようとしたその時だった。

「閣下！」

後ろから呼び止める声がして、レナはクラウスとともに振り返った。

クラウスを呼び止めたのはダゲール侯爵で、彼の隣には妻らしき女性と娘のオレリーがいた。

クラウスが一瞬だが面倒くさそうな顔をして、すぐに無表情になる。

オレリーはきつく巻いた髪を百合を象(かたど)った華やかな髪飾りでまとめ、濃いピンク色のドレスを身にまとっていた。一目で高価なドレスとわかる豪華さだ。

オレリーはちらりとレナのドレスを見て、ふふんと鼻を鳴らすと、にこりとクラウスに微笑みかけてカーテシーで挨拶をした。

「閣下、本日は我が家のパーティーにいらしていただき、光栄ですわ」

「ああ」

対して、クラウスはそっけなく首肯しただけだった。

「閣下、よろしかったらこのあとサロンで一杯いかがですかな。なかなかいい酒が手に入りまして、ぜひご賞味いただきたいのですが」

「悪いが、酒の味にはあまり詳しくないんでな」

クラウスは付き合い程度に酒は飲むが、愛飲家ではなかった。普段から酒の集まりには行きたがらないので、誘っても無駄なのだ。

ダゲール侯爵は残念そうな顔をしたが、気を取り直したようにオレリーの肩を叩いた。

「それでは、せめて娘と一曲踊っていただけないでしょうか？　我が子ながらなかなか器量のよい娘でして、閣下とはぜひともいい縁を結ばせていただきたいと思っているのですが」

(いい縁……？)

レナはなんだか嫌な予感がして、クラウスの手をきゅっと握った。もやもやとした不安が胸の中に広がっていく。

クラウスが目に見えて不快そうになった。

「悪いが、私の縁はすでにここにいるレナと結んである」

「そうはおっしゃいましても……失礼を承知で申し上げますが、そちらのお嬢様はクレイモラン伯爵家のご令嬢でしょう？　名家ならばよいですが、何の後ろ盾もないクレイモラン家では納得しない方もおられるのでは……？」

（……そんな言い方しなくても）

ダゲール侯爵の言う通り、クレイモラン家は伯爵家とはいえ、その中でも末席の方に入る。お金持ちでもないし、強い後ろ盾があるわけでもない。領地はあるが、田舎で、しかも少し大きな町が一つ分くらいの広さの、これといった特産品もなければ事業もないところだ。領民から集まる税も微々たるもので、人のいい父はその年の農作物の出来が悪ければ税を免除したりするから、本当に平民に毛が生えたような名前だけの伯爵家なのだ。

だが、そうだとしても、人から言われると傷つく。

「クレイモラン家は四代前の国王陛下のときにその功績がたたえられて子爵家から陞爵し、領地が与えられた伯爵家だ。それを軽んじることは四代前の陛下の決定を軽んじることになるが、わかっているのか？」

「も、もちろんわかっておりますとも」

クラウスにじろりと睨みつけられて、ダゲール侯爵がしどろもどろになる。

「ただ、その、閣下のお相手の家柄としては、少々心もとないと申し上げたかっただけで……」

「余計なお世話だ」

ぴしゃりとダゲール侯爵の言葉をはねつけ、クラウスがレナの肩を抱いた。

「私たちはこれで失礼する。今日は世話になった。行こう、レナ」

「……はい」

レナはダゲール侯爵たちにぺこりと頭を下げて、クラウスに連れられてダゲール侯爵邸をあとにした。

玄関前に移動すると、ややしてクラウスが使っている王家の馬車が到着する。

クラウスのエスコートで馬車に乗り込むと、知らないうちに気が張り詰めていたのか、レナの口から自然とため息がこぼれた。

「すまない、疲れさせたな」

「いいえ、そんなことはないですよ。わたしよりクラウス様の方が大変だったでしょうし……」

それなりの人数が挨拶に来たし、ダゲール侯爵の相手もしていた。彼の方が神経を使っただろう。レナは隣で邪魔にならないように静かにしていただけだ。

だから気にしないでと微笑もうとしたが、頬の筋肉が強張って(こわば)いて、失敗してしまった。

(わたしがクラウス様に釣り合わないのはわかっていたことだもの……)

自分でもわかっていたのだから、他人から言われて傷つくことじゃない。誰かにそれを指摘されるたびに傷ついていたら、この先クラウスの隣に立っていられないから。

(でも……誰の目から見ても、オレリー様の方がクラウス様にはふさわしいのでしょうね)

クラウスは王弟で、宰相で、公爵で――オレリーどころか、クラウスが望めば、他国の王女すら伴侶に望める身分なのだ。

クラウスが望んでくれたのはレナだけれど、身分差を考えると、彼の隣に永遠にいられる保証はない。

考えても仕方のないことだと思うけれど、この数か月、当たり前のようにクラウスの側にいることを許されていたから、そこをほかの誰かに奪われる可能性を突きつけられただけですごく動揺してしまった。クラウスの隣にずっといたいけれど、そんな望みを抱くのは図々しいことなのかもしれないと思ってしまう自分がいる。

（ダゲール侯爵はわたしには何も言わなかったけど……身分をわきまえろって、言われた気がしたわ……）

貴族令嬢として生まれたレナは、貴族社会の身分制度をよく理解している。名門伯爵家ならいざ知らず、クレイモラン伯爵家では、逆立ちしたってクラウスと釣り合いが取れない。

（貴族や王族に、自由な恋愛や結婚を許していたら、貴族制度自体が崩壊してしまうものね……）

何事にも、釣り合いというものがあるのだ。

例えば、国王の妃にパン屋の娘が選ばれないように、貴族はその身分に見合った伴侶を得る必要がある。

もちろん、歴史を紐解けば例外も存在するが、誰しもがその例外をよしとしていたら、貴族という存在の根底を揺るがしかねない大問題に発展することになるのだ。

「レナ」

名前を呼ばれて、レナはハッとした。

　クラウスの大きくて繊細な手が、レナの頬を包んで上向かせる。

「ダゲール侯爵が言ったことは気にするな。あの男は身分こそすべてという古臭い考え方の持ち主だ。誰が何と言おうと、私は君がいい。君以外は、いらないからな」

　クラウスの言葉が本心とわかるからこそ、レナの胸が苦しくなる。

（でも、もし、国王陛下がお認めにならなかったら――）

　クラウスがよくても国王が駄目だと言えば、この関係は終わりになる。いくら王弟で宰相といえど、国王の命令には逆らえない。

「大丈夫だ。私を信じろ」

　まるでこれ以上の思考を封じるかのように、クラウスが唇を重ねてきた。

　不安に全身をがんじがらめにされていたレナは、唇を通して感じるクラウスの暖かさに、ゆっくりと、その不安が解けていくのを感じたのだった。

☆

　ダゲール侯爵家で開かれたパーティーから一週間がたったある日の昼下がり。

　レナは絵の具や紙を買いに王都の画材屋を訪れていた。

（少し曇っているから、急がないと雨か雪が降ってきそう……）

　今日は冷えるから、雨よりも雪の確率の方が高そうだ。クラウスからもらったもこもこのコートを着てきて正解である。

普段は歩くことの多いレナだが、今日は量を買う予定なので馬車を出してもらった。キャサリンにも荷物持ちでついてきてもらっている。

画材屋の近くは道が少し細いので、馬車は広場の端に停めてキャサリンとともに歩いて向かうことにする。

（そういえばうちの馬もだいぶ年を取ったわね。本当なら、そろそろ新しい子を追加した方がいいんでしょうけど……）

二頭の馬はまだ元気に見えるけれど、年齢からすればそろそろ引退させて領地でのびのびと余生を過ごさせてあげた方がいいだろう。

が、馬――特に、馬車を引くように調教された馬は高い。二頭とも入れ替えるとなると、それなりにまとまったお金が飛んでいく。

（わたしの給金で買えなくはないんだけど……）

レナのものすごく割のいい仕事は、クラウスの好意で続いているようなものだと思う。リシャールはレナの技術など必要としないほど優れた技量を持っているので、レナはいつ解雇されても文句は言えない立場だ。

リシャールとクラウスが望んでくれている限り大丈夫だとは思いたいが、給金が国庫から出ていることを考えると、いずれ無駄だと切り捨てられる可能性も充分にある。レナの給金がいいのは、リシャールが優秀すぎて本来学ぶべきことはすべて学び終えてしまったため、彼にあてられている教育費が余りすぎているからなのだ。予算とはややこしいもので、余っているからよそに回せばいいというものでもないらしい。だから、本当ならばこんなにもらっていいものではないはずなのである。たぶん。

ゆえに、収入があるときに蓄えておいた方がいいのではないかとも思ってしまって、大きな買い物は二の足を踏んでしまう。

(クラウス様との間に、将来のお約束があるわけでもないし……)

クラウスは誠実な人だ。彼の気持ちを疑ってはいない。だが、身分差を考えるとこのまま永遠にいられる保証はない。

(って、暗いことばかり考えてどうするの!)

レナはふるふると首を振って暗い考えを追い出すと、かわりに生産性のあることを考えることにした。金がないなら増やせばいいのだ。そう。今まで父の方針でのらりくらりと暮らしてきたが、馬を買うのも渋る伯爵家というのは悲しすぎる。もう少し上を目指すべきだろう。

「ねえ、キャサリン。うちの領地で何か収入になりそうなものはないのかしら?」

「どうしたんですか、藪(やぶ)から棒(ぼう)に」

「だってね、今はわたしのお給金があるから少しは生活に余裕が生まれたけど、わたしの仕事がなくなったら、またおやつも我慢しなくちゃいけない日々に逆戻りよ」

「たしかに、死活問題ですね」

最近、レナがおやつを買って帰るからそのおこぼれにあずかれているキャサリンは真顔で頷いた。クレイモラン家には借金こそないけれど、レナの給金がなくなれば、おやつも我慢しなければならない質素な生活に逆戻りである。

「領地で収入になるものがあれば、うちの伯爵家に支払われる税収も上がるでしょ？　そうなったら、使用人も増やせると思うし」

キャサリンともう一人のキッチンメイドに家の家事を任せるのは、さすがに無理がある。レナもアレックスも手伝っているが、彼女たちの負担は大きい。さほど大きな邸ではないが曲がりなりにも貴族の邸宅だ。それなりに部屋数はあるし、一部屋あたりの面積は広い。

しかしキャサリンはこれまた真顔で返した。

「いいえ。増やすくらいならお給金を上げてください。人員よりお金がほしいです」

「そ、そうね……」

（お給金がいいわけじゃない我が家でずっと働いてくれるキャサリンたちには、本当に頭が上がらないわね）

その分、主人と使用人の垣根が低いから、ずけずけと文句を言われるけれど、逆にそれが居心地よかったりもする。

「お嬢様には閣下がいらっしゃるので、ご相談してみてはいかがですか？　何かいい案をくださるかもしれませんよ」

「うちのことであまりお手を煩わせたくないわ」

「別に閣下に動いてほしいというわけではないのですから、いいのでは？」

キャサリンはそう言うが、クラウスのことだ。きっと親身になって聞いてくれて、最終的に彼自身が動きそうな予感がする。忙しいクラウスの仕事を増やすのはいやだった。

「まずお父様に相談するわ」

「旦那様は能天気ですから、無理だと思いますけどね」

「そうなのよねえ」

その日暮らしをよしとしている父は、お金儲けに興味がない。だが、アレックスはまだ十二歳。弟を焚きつけて動かすにはさすがに早すぎる。

(うちの領地、何かいいものないかしらね？　できれば一時しのぎの鉱物とかじゃなくて、半永久的なものがいいんだけど)

クレイモラン伯爵領も水晶なら採れるが、品質が良くないので、わざわざ人手を割いてまで採らない。大した儲けにならないからだ。それに、鉱物はいつかは採りつくされて底をつく。

(うちの領地ってほかにはオレンジしかないのよねー)

オレンジの木は昔からたくさん植えられていて、気候にあっているのか、たくさん実るのだ。近隣のほかの領地には売りに行っているようだが、全部売りさばくこともできず、大半を腐らせているらしい。もったいないが、遠くまで運ぼうと思うと輸送費もかかるので仕方がない。

(ほかっていったら、うちの領地にたくさん自生している小さな赤い実をつける変な木があるけど、種ばっかり大きくて、子供たちがおやつ代わりに食べてるだけだし……)

レナも食べたことがあるが、それ自体は甘酸っぱくて美味しいのだ。少しサクランボに似ている。だが、これこそ日持ちもしなければ可食部分が少ないので、売り物にならない。

（あー、やめやめ！）

すぐに結論が出る問題ならば、とっくに解決できていた。歩きながら考え事をしていると転びそうで怖いので、レナはあっさり脳内の議題を封印する。

画材屋に到着すると、レナはさっそくお目当ての絵の具を籠に入れはじめた。城で使う絵の具や紙はクラウスが用意してくれているが、家で描く分の絵の具が底をついていたのだ。もうじき王都でも雪が積もるようになるので、雪景色を絵に収めたいのである。

以前はお金がなかったので一つひとつ吟味して、多くの色を買うことはできなかったが、今はその心配もない。

（お給金以外にも、ちょっとだけど絵の注文が入るようになったものね！）

美術館のコンクールで佳作入賞を果たし、館内に絵が飾られた影響で、ちらほらだが、絵の注文が入るようになった。

部屋に飾る小さめの絵の注文ばかりだが、これがそこそこの収入になっている。

収入につながっているから、絵の具や紙も必要経費として、大手を振って購入できるのだ。

「お嬢様、買いすぎでは？　重たいですよ」

「馬車を停めている広場までだし、少しだけ我慢して。何度も来る方が大変でしょ？」

両手に大量に紙を抱えたキャサリンが咎めるような顔をしたが、レナの言葉に納得の表情を見せた。頻繁に買い物に付き合えるほど、クレイモラン家の些事を一手に引き受けているキャサリンは暇ではない。

レナも絵の具の入った袋を抱えて店を出ると、馬車を停車している広場へ向かった。

レナたちが歩いて行くと、御者が気づいて馬車の扉を開けてくれる。

「あら、あなたはこの前クラウス様と一緒にいた方よね？」

馬車に荷物を詰め込んでいたレナは、不意に背後から聞こえてきた声に顔を上げた。

振り返ると、そこにはオレリーが立っていた。

「まあ、オレリー様。先日のパーティーではろくにご挨拶もできず申し訳ございませんでした」

年齢は下でも身分はオレリーの方が上だ。

荷物をキャサリンに任せてレナが挨拶をすると、オレリーは「ええ」と短く答えて、じっと馬車を見つめた。

「その馬車はあなたのかしら？　……失礼だけど、随分古い馬車ね。よく壊れないものだわ」

確かに、クレイモラン家の馬車は祖父の代から使っている年代物だ。問題なく使えるのだが、デザインも古く、ところどころ塗装も剥げているので、壊れそうだと思われても致し方ない。

でも、使えるのだから買い替える必要もないだろう。レナが「見た目はあれですが、意外と丈夫なんですよ」と答えると、オレリーは唖然とした顔になった。

「伯爵令嬢が今にも壊れそうなゴミのような馬車で帰るなんて……信じられないわ」

ゴミは言いすぎだ。レナはムッとしたが、侯爵令嬢相手に文句は言えない。

「そ、そうは言いましても……我が家にはこれしか馬車がありませんし」

「嘘（うそ）でしょう？　こんなものしかないの？」

オレリーはますます唖然として、それから額を押さえて首を横に振った。

「あり得ないわ。……クラウス閣下は何を考えてあなたをお選びになったのかしら」

（正直に答えたのはまずかったかしら……）

オレリーのあきれように、レナは困ったように微笑むことしかできない。

「ねえ、あなたのせいでクラウス様が恥をかくことになるって、わかっていらっしゃるの？」

「え……？」

「いくらお遊びでも、あなたのような方を側に置いているなんて、クラウス様が周囲から笑われても仕方がないのよ？」

「お遊び……」

「あら、まさかクラウス様が本気であなたとお付き合いしていると勘違いしているの？　あり得ないでしょう。それとも、クラウス様から将来のお約束をいただいているのかしら？」

「それは……」

オレリーの言う通り、レナとクラウスは婚約しているわけではない。確かな約束は何もない。でも、遊びではないはずだ。そう信じている。

「よかったわ。その様子だと、お約束はいただいていないようね。わたくし、クラウス様をお慕いしていますの。いずれ妻にしていただくつもりですわ。わたくしは心が広いので、それまでのお遊びなら黙認して差し上げてよ。それでは、ごきげんよう」

オレリーは満足そうな顔で言いたいことだけ言うと、笑いながら侍女を連れて去っていく。

茫然としていると、荷物を積み終えたキャサリンが嘆息交じりに言った。

「どうして好き放題言われているんですか。言い返せばいいのに」

それができるなら、思い悩んだりしない。

（お遊び……）

違うと信じている。クラウスがそんな不誠実なことをするはずがないと、わかっているのに。

それなのに、どうしてこんなに胸が痛いのだろう。

レナはずきずきと痛む胸の上を押さえて、そっと息を吐きだした。

☆

「なんだか元気がないね。ため息も多いし」

リシャールに指摘されて、レナはハッと顔を上げた。

ローテーブルを挟んで対面のソファに座っているリシャールは苦笑して、エルビスを呼ぶ。

「紅茶が冷めたから、新しいのをお願い」

エルビスが笑顔で頷いて、暖炉で沸かされているお湯を取りに行く。

手慣れた手つきで新しい紅茶を淹れたエルビスがレナの前の紅茶を取り替えてくれた。

ぼーっとしていて口もつけていなかった紅茶は、すっかり冷めてしまっていたようだ。

「絵を描いているときもなんだか心ここにあらずって感じだったけど、どうしたの？」

十歳の子供とは思えない観察眼だ。いや、レナがわかりやすいのか。普段ならば絵を描いているときは周囲が目に入らなくなるリシャールが気にするほど、レナは浮かない顔をしていたのだろう。

（でも、オレリー様のことを言うわけにもいかないし……）

不用意なことを口にするわけにはいかない。クラウスにも「私を信じろ」と言われたばかりだ。不安になるのは、クラウスの言葉を信じ切れていないレナの心の弱さのせいなのだから。

「えぇっと……その、領地のことで、ちょっと」

誤魔化すために出た言葉だったが、領地のことで悩んでいるのはあながち嘘でもないので、レナはそのまま話すことにした。

「うちの領地、特産品がないんですよね」

「オレンジが有名じゃなかった？」

「よくご存じですね」

弱小伯爵家が治める小領地のことをリシャールが知っているとは思わなかった。

目を丸くすると、リシャールは「この国の中のことだったら、だいたいわかるよ」と答える。

相変わらず、びっくりするほど非凡な少年だ。

「確かにオレンジはたくさんとれますが、長距離の輸送には費用がかかるので近隣の領地に卸すだけなんです。だからちっともお金にならないし、食べきれずに大半を捨ててしまっているんですよ」

「捨てるくらいなら加工すればいいんじゃない？」

「加工？　ジャムとかですか？」

「ジャムでもいいと思うけど、ジュースとかね。あと、ドライフルーツなら嵩が減るし日持ちするから、輸送向きじゃないかな。加工したものの方が高く売れるし、確か今、王都ではオレンジの皮で香りづけされた紅茶が流行しているから、皮を乾燥させたものなら王都でも取引先が見つかるかもしれないね」

「…………え？」

「確かに生で食べた方が美味しいけど、腐らせるくらいなら加工して食べてもらった方がいいでしょ？　乾燥させたら一度にたくさん運べるだろうし、輸送費がかかっても、加工商品は高く売れるから充分利益が出ると思うよ」

（ちょ、ちょっと待って……）

あれだけ頭を悩ませていた問題にあっさり解決策が用意されて、レナはあんぐりと口を開けた。というか、何故今まで加工という手段を思いつかなかったのかがびっくりだ。レナも父もどうかしていた。果物はそのまま売るものだと思っていた。

「オレンジの収穫時期って来月あたりでしょ？　実験的に試してみれば？　兄上に言えば、オレンジの皮の卸先くらい簡単に見つけてくれると思うよ」

どうしよう。リシャールが賢すぎる。

「紅茶、また冷めちゃうよ？」

「は、はい……ええっと、加工……考えてなかったです」

「いつでも新鮮なものが食べられる環境だったら、わざわざ加工しようなんて考えないかもね。ほかにはないの？　特産品」

「特には。……赤い実をつけるよくわからない木が自生しているくらいです」

「赤い実をつけるよくわからない木？」

「ええ。ちょっとサクランボに似ていて、実は甘酸っぱくて美味しいんですけど、種がすごく大きくて。領地の子供たちがおやつにしているだけなので、特産品と言えるかどうかは……」

「甘酸っぱくて種が大きいサクランボに似た実……。その実はいつ頃とれるの？」

「ええっと、このくらいの季節から春先にかけてまでですかね？　赤くならないと美味しくないので、赤くなるまで待っているみたいです」

「香りとかある？」

「花が咲いた時は……ジャスミンみたいな香りがします。強い香りじゃないですけど」

「その木の絵、描ける？」

「描けますけど……」

どうしてそれほど食いつくのだろうか。レナは首をひねりつつ、スケッチブックに黒檀でさらさらと絵を描いた。

「こんな感じです。実がこんな丸い形をしていて……」

「種は？」

「種？　種は……確かこうだった気が……」

種の何が気になるのかと不思議がりつつ追加で絵を描けば、リシャールがポンと手を叩いた。

「やっぱり！　コーヒーの木だ！」

「こーひーのき？」

「知らない？　南の国で飲まれている黒い色をした飲み物で、この国にも数年前から輸入されているものだよ。まだあまり根付いていないしすごく高級品だから、お金持ちでないと買わないようだけどね。僕も何回か飲んだことがあるけど、砂糖とミルクを入れたら美味しかったよ」

「ええ!?　この木がそれなんですか!?」

確かにクレイモラン伯爵領はシャルロア国の南の端っこにある。南の国の国境と隣接しているが、子供のおやつにしか役に立たないあの木が、まさかそんな貴重なものだったなんて。

「使うのは種なんだ。種を乾燥させて焙煎(ばいせん)……ええっと、火で炒(い)るんだけど、加工は難しくないから、慣れれば誰でもできるよ」

（うわー。種がそんなに貴重だったなんて。うちの領地の子たち、実を食べたあとであっちこっちにぺって吐き出してたわ……。今までお金をドブに捨てていた気分ね……）

レナの頭がだんだん混乱してくる。

何もない小さな領地だと思っていたのに、見る角度でずいぶん変わるようだ。

(あれよね。今まで誰もどうにかしようと思ってこなかったから気づかなかったのよね……。領地に手紙を送って、実験的に試してもらおうかしら?)

父がずっと領地にいられない代わりに、領主代行を務めている親戚がいる。彼は年中クレイモラン邸に常駐しているから、手紙を送るだけで事足りるだろう。彼がうまくいくと判断したら、その時に改めて父に話せばいい。

レナは俄然(がぜん)やる気になって、リシャールにコーヒー豆の加工方法を聞いて紙にまとめると、家に帰ったあとですぐに手紙を書こうと決めた。

これで、多少なりとも領地の税収が上がってくれると嬉しい。

「リシャール殿下、ありがとうございます!」

「僕は何もしてないよ。ただ知っていたことを話しただけだし。でも、悩みが解決したのならよかった」

「はい!」

もう一つの、レナの頭の大半を占めている悩みは口には出せないが、領地問題には希望が見えた。

(クラウス様との身分差が埋まることはないけど……領地の状態が上向けば、少しくらいは近づくことができるのかな)

そうすれば、不安を感じずに彼の隣にいられるようになるかもしれない。

レナは頭の中からオレリーの存在を追い出すと、にこりとリシャールに微笑みかけた。

☆

レナは王都の南にある川沿いの公園に来ていた。

王都には朝からはらはらと雪が降っていて、木や屋根の上などをうっすらと白く染めている。

この時期、流れの緩やかな王都の南の川には、鴨(かも)や白鳥が渡来するのだ。今日はその鳥をスケッチするつもりだった。クラウスは鳥が好きだし、あまり外出したがらないリシャールにも見せてあげられるし、次の絵の題材にもなる。

レナは川の近くのベンチに腰を下ろすと、スケッチブックを広げた。

空から舞い落ちてくる雪をもろともせずに、夢中になって鳥たちをスケッチしていると、ふと、川べりを歩く男女が多いことに気が付く。

(今日はやけにデート中の人たちが多いわね。……クラウス様に会いたくなってきちゃった)

仲良さげな恋人同士がたくさんいるからか、無性にクラウスが恋しくなる。

(みんなお洒落だなぁ。パーティーのときとかはクラウス様が下さったドレスを着るけど……普段は適当だものね、わたし)

この白い可愛いコートの下も、暖かさ重視でえんじ色の、流行とは程遠いようなデザインのドレスを着ている。

オレリーの件があったからだろうか、おしゃれに無頓着な自分が無性に不安になってきた。クラウスとの釣り合いが取れないのは身分だけではない。見た目だってそうだ。レナは特別美人でもない平凡な外見なので、せめて服や化粧に気を配らなくては駄目ではなかろうか。

（デミアンと婚約していたときも、派手な格好と化粧をしろって言われていたものね。帰りに明るい色の普段着のドレスでも買って帰ろう……って、あの人たち、何をしているのかしら？）

ため息をついてほかの場所を描こうと移動しようとしたとき、レナは妙な二人組を見つけた。

一人はシルクハットをかぶっていて、見るからに金持ちそうなフロックコート姿の貴族の男だったが、彼が話している相手はその真逆で、つぎはぎだらけの汚れた服を着た男だった。貧民街で暮らしていると言われても頷けるような格好である。

（……どういう関係なのかしら？）

あまりにチグハグな二人だった。外見で人を判断すべきではないと思いつつも、顕著すぎる違いは不信感を抱かせるものだ。

シルクハットの男が、汚れた服を着た男に金を渡すのを目撃したレナは、スケッチブックのまっさらなページを開くと、その二人のスケッチをはじめた。

二週間後、スケート場のオープンを前に、レナはクラウスとともに彼の領地を訪れていた。

以前来たときは薄い氷しか張っていなかった湖は、すっかり分厚い氷で覆われている。強度を確かめるために大人が数十人のってもびくともしなかった。これならば安全にスケートが楽しめることだろう。

近所の村に住む子供たちが、湖のスケート場を滑りながら、落ち葉や小枝を回収していた。

湖の周囲に積もっていた落ち葉も、子供たちの頑張りでかなり少なくなっている。

湖の周りには、温かい食べ物や飲み物を販売する出店のテントも準備されていた。

「思ったより盛況だな」

宿の管理人の一人でもあるジュペットから宿の予約表を見せてもらっていたクラウスは、びっしりと並んでいる名前に目を見張った。

クラウスが宿代の安い部屋も用意するように手配していたからか、予約には平民の名前もたくさん並んでいる。

「さてと、今度は部屋の様子を見に行くか。ジュペット、案内を頼む。行こう、レナ」

「はい」

レナは差し出されたクラウスの手を握る。当たり前のように手がつなげるのが嬉しい。

宿の部屋は、宿泊費によってグレードを変えている。平民と同じ部屋では文句を言う貴族がいるからだ。「文句を言うような奴らからは、がっぽり宿泊費を分捕ればいい」とクラウスは少し悪い顔をして笑っていた。

ちなみに、今回レナはクラウスとともに、リシャールのために常に空けている一番見晴らしのいい部屋に宿泊予定だ。

同じ部屋といっても、続きで三部屋もあるそうなので、寝室は別々だ。寝室が同じだったらどうしようかとドキドキしていたけれど、別と聞いてホッとした。でもその中に少しだけ残念なような気持ちもあって、レナはそんな自分が恥ずかしくなる。

「問題はなさそうだな」

一通り見て回ったが、宿の運営はクラウスの満足のいくものだったようだ。

「滑り出しは順調そうですね」

「そうだな。正直、ここまで盛況とは思わなかったが、順調なのはいいことだ。クラレンスも来たいと言っていたしな。……最大の難関が一つあるが、それはまあ、おいおい考えよう」

「最大の難関？」

「ああ。父上と母上が来たいと言い出した」

「え？　……ええ!?」

クラウスの両親とは、すなわち前国王夫妻である。王都から離れたところでのんびり暮らしていると聞いていたが、スケート場をオープンさせると聞いて興味を持ったらしい。どうせ毎日暇だから長期滞在させろと言い出したのだという。

「あの二人に来られてみろ。大騒ぎになるからな」

前国王夫妻は国民たちの人気が非常に高い。それだけではなく、彼らに忠誠を誓っている貴族も大勢いる。前国王夫妻が来るとなれば大勢の人が押しかけてきそうだ。経済効果は見込めるだろうが、その分混乱も生まれそうである。

「それから、あの二人が来ることを許すと、陛下たちを止める言い訳がなくなるからな……」

（なるほど、国王陛下夫妻も来たいと言っているのね……）

クラウスが手掛けるだけあって、王族たちに大人気のようだ。

前国王夫妻にどうやって諦めさせるかと、クラウスがこめかみを押さえてぼやいている。

（どうやら、スケート場をオープンする以上に大変そうね……）

レナはそんなクラウスに苦笑して、彼とともに宿泊する部屋へと向かった。

☆

スケート場のオープニングセレモニーは滞りなく終わり、レナはクラウスとともに部屋の窓からスケートを楽しむ人々を眺めていた。領主がいては気を遣って楽しめないだろうと、クラウスはセレモニーの挨拶が終わるとともに部屋に下がったのだ。

領主としての挨拶があるため盛装していたクラウスは、部屋に戻るなりシャツとトラウザースといううくつろいだ服に着替えた。

暖炉で暖められた部屋の中はとてもポカポカしていて、レナにはちょうどいいのだがクラウスには少し暑いくらいのようで、襟元を寛げて袖を半分ほどまくっている。

「飲み物や食べ物の販売も好評みたいだな」

「そうですね」

飲み物や軽食を取るためのベンチも並べているのだが、そこには大勢の人が座って、温かいスープやシチュー、ドリンク、外でも食べやすい串焼きなどを食べているのが見える。

特に体が温まるシチューが人気で、販売している店のテントには行列ができていた。

「大浴場を作ったのもよかったですよね。体が冷えても、すぐにお風呂に入れますから」

「そうだな。単純に各部屋に湯を運ぶのは大変だろうと、従業員の仕事を減らすためにしたことだが、このような場にはあっているのかもしれない」

風呂は、貴族や富豪が泊まることを想定した豪華な部屋にしかつけなかったのだ。それ以外は、価格を抑える分、大浴場を使ってもらうことにしている。

「あ、見てください。子供たちが雪像を作っていますよ」

スケートに飽きた子供たちが、雪を集めて遊びはじめたらしい。雪もたくさん積もっているので、なかなか大きい雪像づくりにチャレンジするようである。

「雪像か。雪かきで集めた雪の利用にもよさそうだな」

「作って並べるってことですか？」

「ああ。集めた雪を山にしておくだけだと味気ないが、雪像なら見ても楽しいだろう。あとで子供たちに打診してみよう」

クラウスに頼まれた子供たちが嬉々として雪像づくりに励む様子を想像して、レナは笑った。あの子たちはクラウスが大好きでお手伝いがしたいようなので、喜んで協力するはずだ。

「私のことは気にせず、君は楽しんできてくれていいんだぞ？」

「いいえ。オープン前に楽しませていただきましたし、ここでクラウス様と一緒にいる方が楽しいです」

「……私と一緒にいて楽しいと言う女性は、あとにも先にも君くらいなものだろうな」

（そんなことはないはずだけど……）

クラウスは自分のことを過小評価していて、本人は女性に人気がないと思っているようなのだ。本当はすごく人気が高いのに。

「おいで。窓際は冷える」

クラウスに促されて、レナは暖炉の側のソファに彼とともに腰を下ろす。

赤々とした炎が揺れている暖炉の側は暑すぎるくらいに暖かい。

「お茶を淹れましょうか？」

暖炉の上には加湿もかねて水を入れた鍋がつるされていて、ぽこぽこと蒸気をあげていた。

「そうだな。ではお願いするよ」

「何がいいですか？」

　ソファから立ち上がって、レナがお茶の葉が置かれている棚を物色しつつ言えば、クラウスが少し考えて、オレンジティーと言った。お茶の葉に合わせて細かく砕かれたオレンジピールが一緒に交ざっている紅茶で、オレンジのさわやかな香りとほのかな酸味が楽しめる。

（リシャール殿下が教えてくださったやつだわ）

　リシャールのアドバイスを受けて、レナはさっそく領地の領主代行に手紙を送った。レナが生まれる前からクレイモラン家領主代行を務めている親戚も、二つ返事でその計画に賛同してくれ、現在、オレンジの加工と、コーヒーの製造を実験的に行いはじめている。

　棚に準備されているティーポットを使って丁寧に紅茶を淹れると、レナはティーカップを二つ持ってソファに戻った。

「どうぞ」

「ありがとう。……ああ。いい香りだな。君の領地のオレンジ加工は順調なのか？」

「まだ試作段階で、報告は上がってきていないんですけど……悪い報告がないってことは、順調なのだと思います」

　領主代行は、何かあればすぐに報告をしてくれる人だ。彼が何も連絡をしてこないということは、順調に進んでいると考えていいだろう。

「そうか。試作がうまくいって販売先を探すことになったら声をかけてくれ。今度は役に立ちたいからな」

　クラウスの声の中に少しだけ拗ねたような音が混じった。

クラウスは、レナが自分ではなくリシャールを頼ったのが面白くないそうで、レナは少し前に、次からは真っ先に自分に相談するようにと釘を刺されたのだ。

「はい。その時はよろしくお願いします」

忙しいクラウスの手を煩わせるのは嫌だったが、それで彼を不快にさせては本末転倒だ。

クラウスは笑って、それからレナとの距離を拳一個分詰めると、手の甲でするりとレナの頬を撫でた。甘い予感にレナの心臓が高鳴ったが、しかしそのとき、コンコンと扉を叩く音とともに「領主様、ご昼食はどうされますか？」という声がしてレナは飛び上がった。

「ぴゃあ!!」

クラウスが残念そうに顔を上げて、ソファから立ち上がる。

爆発しそうな心臓を押さえてうずくまるレナに微苦笑を浮かべ、クラウスは扉を開けて、廊下にいた従業員の女性と会話をはじめた。

「食堂の個室にもご用意できますが、現在混雑しておりまして、お部屋まで運ばせていただいてもよろしいでしょうか？」

「そうだな。君たちが手間でないなら頼みたい。忙しいなら時間をずらしても構わないが」

「領主様をお待たせしてはジュペットさんに叱られてしまいます。それではお二人分、運んでまいりますね」

「ああ。スケート場はどうだ？　トラブルは起きていないだろうか」

「好評すぎてシチューが売り切れてしまった以外、トラブルはございませんよ」

大きな鍋に用意していたシチューが、お昼を前にしてすでに売り切れて、露店の店主が大慌てでシチューの追加を作っているそうだ。

「そうか。そのくらいなら大丈夫そうだな。予定通り日が暮れる前にスケート場は閉めてくれ。宿の周りに灯り(あか)は焚(た)くが、薄暗いと危ないだろうからな。万が一事故でも起こったら大変だ」

「かしこまりました」

「ああ、それから子供たちに、スケート場を閉めたあとで雪像づくりを頼みたいから、何を作るか考えておいてくれと伝えてほしい。今日中に作り上げる必要もないから、大きなものでも構わない」

「伝えておきます。子供たちも喜びますわ」

いくつかのやり取りを終えて従業員の女性が去っていくと、クラウスが扉を閉めて、まだ赤い顔をしているレナを見て苦笑した。

「もうじき昼食だそうだ」

「そ、そのようですね……」

残念なような、ホッとしたような複雑な気持ちで、レナは両手で頬を押さえながら頷(うなず)いた。

夕方。スケート場が閉鎖されると、クラウスとレナは子供たちとともに宿の玄関前にいた。

宿の玄関横には、雪かきで集めた雪がこんもりと山になっている。

「いいか、お前たち。雪ならいくらでもあるから、どれだけ作ってもいいが、どうせ作るなら目立つ方がいい。大きめの雪像を作ってくれ。それから、火は焚いているが遅くなると危ない。夕食の時間までには中断して戻ってくるように。今日中に完成させる必要はないから、ゆっくり作るといい」

「「はーい！」」

クラウスが先日お駄賃代わりに与えたもこもこのコートとマフラー、そして手袋をしっかりと身に着けた子供たちが、両手を上げて返事をする。

（ふふ、可愛（かわい）い）

「しっかり固めながら作らないと崩れるからな」

「領主様、詳しいー！」

「お前たちくらいの頃に弟と作ったことがあるんだ。いいか、水で少しずつ固めながら作るんだ。ある程度雪を固めたあと、シャベルなどで形を作っていくと楽だぞ」

「「おー！」」

子供たちが我先にと雪めがけて突進していく。

さすがに子供たちだけを薄暗い外に残していくわけにもいかないので、今日はレナとクラウスが付き添うことにした。

クラウスたちが王都に戻ったあとは、必ず大人が一人以上付き添うように、クラウスがジュペットに命じているのも聞いた。いくら宿の玄関前とはいえ、何かあったら大変だからだ。

「レナねーちゃんもやろうぜー！」

「一つ目はドラゴンを作るんだ！」

子供たちに誘われて、レナはクラウスに断って彼らに合流する。

（なるほど、昼すぎにドラゴンの絵を描いてほしいって言っていたのはこのためだったのね）

昼食を食べてしばらくした頃に、子供たちがやってきてドラゴンの絵を描いてほしいと頼まれたのだ。ドラゴンは空想上の生き物で、レナも子供の頃に絵本で読んだだけのあやふやな存在だったが、子供たちはレナの描いたドラゴンに満足してくれたようである。

「ドラゴンって難しいと思うわよ？」

「大丈夫だって！」

「そうそう！　下絵を描いた本人がいるんだから！」

（それでわたしも誘われたわけね）

ちゃっかりしているなと苦笑しつつ、子供たちと一緒に雪を固めていく。

クラウスのアドバイス通り、水を使って雪を固めていくと、びっくりするくらいに固くなった。ここまで固ければ、ちょっとやそっとでは壊れないだろう。

（でも手が冷たい……）

子供たちは平気なようだが、手袋をしていてもレナの手は氷のように冷たくなってしまった。するとタイミングよく、ジュペットと数人の男たちが、大鍋を抱えてやって来た。大鍋の中にはお湯が入っている。

「しもやけになるといけないから、手が冷たくなったら温めながら作業しなさい」

「「はーい！」」

子供たちは元気に返事をするが、まだまだ平気なのか、誰も湯に近づこうとしない。

レナ一人、手袋を脱いで湯に手を入れて温まっていると、クラウスが喉の奥で笑った。

「あの元気さはどこからくるんだろうな」

「本当ですね。外で走り回って成長した子は違います」

弟のアレックスも彼らと同じ年頃だが、きっとレナのようにすぐに音を上げたことだろう。

いつの間にか子供たちは役割分担をはじめて、積み上げた雪の上に立って雪を固めていくもの、上にいる子に雪を渡していくもの、水をかけるものと数人ずつのグループになっている。

積み上げていく雪が、なだらかな台形の形になってきた。

「あんなに高いところまで登って、あの子たち、どうやって下りるつもりなんでしょうか？」

「斜面を滑り降りるつもりだろう。下りるときのことも考えて、傾斜を緩やかにしているみたいだからな」

なるほど、このあたりで生活している子供なので雪との付き合い方も熟知しているのだろう。

ある程度の高さになると、クラウスの予想通り、上にいた子供たちが滑り降りてくる。

「レナねーちゃん、ドラゴン作ろ！　最初は頭からな！」

子供たちに呼ばれて、レナは温まった手をタオルで拭くと、再び手袋を装着した。

「頭を作る前に、まず、全体の輪郭を引いた方がいいわよ。下絵見せてくれる？」

絵を描くのと少し勝手は違うが、下絵を描いてから作業した方が作りやすいのは間違いないはずだ。子供から借りた下絵を手に、レナはシャベルで雪像に輪郭を引いていく。

「おー！」

「ドラゴン！」

「まだざっくりとした輪郭だけど、大きいと迫力があるわね」

全体の輪郭を引き終えると、宣言通り、子供たちがドラゴンの頭から作りはじめた。しかし、頭が完成する前に終わりの時間がきて、ジュペットが呼びにくる。

「そろそろ夕ご飯だから、中に入りなさい」

子供たちは不満そうだったが、夕食までというクラウスとの約束があるので、素直に指示に従って宿の中に入っていく。

レナは子供たちのあとを追いかけながら、クラウスと顔を見合わせて微笑（ほほえ）んだ。

☆

次の日の夕方も、レナは子供たちとドラゴンの雪像づくりに励んでいた。

クラウスは宿の中で、昨日と今日のスケート場と宿の運営について問題点がないかどうか、ジュペットたちと話し合っている。

食堂から借りてきたスプーンで、レナが子供たちと一緒になって細かいドラゴンの牙を彫っていると、宿の玄関から一人の背の高い男が出てきた。外見からして二十代半ばほどだろうか。

明らかに貴族だとわかる高そうなフロックコート姿の男は、レナたちがせっせと作っている雪像に視線を向けて話しかけてきた。

「これはなかなか、迫力がありますね」

子供たちは貴族の男性を見て、さっとレナの背後に回る。親たちから、貴族に気安く話しかけないようにときつく言い渡されているのだ。

仕方なく、レナは彼の相手をすることにした。彼は年の離れている妹にせがまれて、昨日から四日間ほどここに泊まるそうだ。レナも年が離れた弟がいるから、妹のために来たと言う彼にちょっとだけ親近感が湧く。

「まだ作りはじめたばかりではありますけど、せっかく雪がたくさんあるからと、クラウス閣下の発案ですよ。まだ一つ目ですが、いくつか作る予定なんです」

「なるほど、閣下も面白いことを思いつかれますね。このような像がたくさん並ぶと、さぞ圧巻でしょう。しばらく見ていていいですか？」

「ええ、もちろん構いませんけど、作っている途中なので、面白みはないかもしれませんよ？」

戸惑いつつもレナが許可をすると、彼はなぜかレナのすぐ側までやって来た。

そして、ここはどうするのか、あそこはどうするのかと、細かく質問してくる。

（……なんか、妙に距離が近いわね）

こんなにくっつく必要があるだろうかと怪訝(けげん)に思うも、レナは仕方なく質問に答えていく。

下手に離れようとして気分を害されると厄介だからだ。レナ一人ならまだしも、ここには子供たちがいるのである。レナの態度で怒らせて、子供たちにまで害が及ぶのは避けたい。

子供たちはじりじりと警戒しながら彼から離れて、雪像作りの作業を再開した。

時間にして数分ほど作業したのち、子供たちの一人が、細かい作業のためにフォークを借りてくると言って宿の中に駆けていく。

男が、いつの間にか作りかけの雪像からレナに視線を移していた。

「あなたはいつまでここに滞在されるんですか？」

「明日には、王都へ戻る予定ですが……」

「なるほど、王都でお暮らしなんですね」

「ええ、まあ……」

レナがどこで暮らしているかを知ってどうするのだろう。

レナは滅多に社交界に顔を出さないため、彼はレナのことを知らないようだ。そういうレナも、彼の顔は見たことがない。貴族だろうと思うが、こちらから名前を訊ねるのも失礼だろう。

(名乗った方がいいかしら？　でも聞かれてないし……)

自分からクレイモラン伯爵令嬢です、とも言いにくい。紳士はともかく、貴族令嬢は家族や親族から紹介されることが多くて、訊ねられないかぎり自分から名乗ることは少ないからだ。

「ちなみに、お住まいはどのあたりなんですか？　私は子爵位を賜っておりまして、ボルソーラ通りの近くの……」

（ボルソーラ通りのっていったら、お金持ちばかりが住んでいるところね）

城から少し離れてはいるものの、ボルソーラ通りの近辺は高級住宅地だ。

ちなみにクレイモラン家はボルソーラ通りとは反対に位置する、中の上くらいの住宅地に小さな邸を構えている。

（でも、子爵様なのね。名前を名乗ったら困らせてしまうかしら？）

身分が上の家の令嬢に声をかけてはいけないというルールはないが、彼は気安すぎる。レナが伯爵令嬢だと気づいていないのだろう。というか、貴族令嬢だと思っていない節すらある。

（わたしのこの格好のせいかしら……？）

レナはふと、少し前にオレリーに言われたことを思い出した。

――いくらお遊びでも、あなたのような方を側に置いているなんて、クラウス様が周囲から笑われても仕方がないのよ？

レナは自分の着ている服を見下ろす。寒くないように厚着をしてコートを羽織っているが、寒さ対策しか考えていなかったので、貴族の令嬢が着るような華やかなドレス姿ではない。

（気を抜きすぎていたわ。クラウス様にふさわしい格好をしなきゃいけなかったのに……）

オレリーにそう言われてから、レナは服装を気にするようにしていた。けれど、王都から離れて安心し、服装のことが頭から抜け落ちていたようだ。

王都から離れていても気をつけなくてはとレナがしょんぼりと俯いた時だった。

「レナ！」

焦ったような声をあげながら、玄関からクラウスが飛び出してきた。

「閣下!?」

男が驚いて、慌てたように腰を折るが、クラウスは彼を無視してレナの側まで駆けてくる。

レナの肩を抱いてじろりと彼を睨(にら)みつけた。

「私の連れに、何の用だ」

その声が、周囲の雪よりも冷たく感じられて、レナは目を丸くしてしまった。

クラウスに睨まれた男は、慌てたように去って行った。

(クラウス様、会議だったんじゃ……?)

レナがきょとんとしていると、先ほどフォークを借りてくると言って宿に入っていった男の子がニッと笑って親指を立てている。

あの子が、レナが困っていると思ってクラウスを呼びに行ってくれたのかもしれない。

「あの、クラウスさ――」

「子供たち、今日の雪像づくりは終わりだ。宿の中に入りなさい」

会議の邪魔をしたことを謝罪しようとしたレナは、しかし最後まで言わせてもらえなかった。

クラウスが驚くほど硬質な声で子供たちに命じて、むんずとレナの手をつかんだからだ。

「君もだ、レナ。部屋に戻るぞ」

「……は、はい」

よくわからないが、クラウスが怒っている。

いつもより強い力で手をつかまれて、レナはわけもわからず動揺しながら、ずんずんと廊下を進むクラウスについて行く。

（どうしたのかしら？）

怒っているのはわかったけれども、レナにはクラウスが怒っている理由がわからず、ただ戸惑って小走りでついて行くしかない。

宿泊している部屋に入ると、ぱたんと背中で扉が閉まると同時にクラウスが振り返った。

「あの男は知り合いか？」

レナは目を丸くして首を傾げた。

「さっきの男は知り合いかと聞いている」

「えっと……違いますけど……」

クラウスの質問の意図がわからず、レナは混乱した。

ぐっときつく眉を寄せているクラウスは、どう見ても機嫌が悪い。

だが、普段は怒れば怒るほど冷ややかになっていくクラウスなのに、今日はそれとは違うようだった。

レナをじっと見つめる碧眼は、冷ややかさとはかけ離れた熱を持っている。レナの目には、怒りが爆発しそうなのを必死に抑え込んでいるように見えた。

クラウスを怒らせた原因が何かはわからないが、レナに向ける視線から考えるに、どうやら彼を怒らせたのはレナのようだ。

「あ、あの……ごめんなさい」

理由がわからないにせよ、怒らせたのは間違いなさそうなので謝罪すると、ピクリとクラウスの眉が揺れた。

「どうして謝るんだ」

「……クラウス様を、ご不快にしてしまったみたいですから……」

「確かにイライラしているが、君は私が不快に思った理由がわかっていて謝罪したのか？」

「それは……」

レナはまるで尋問を受けている気になった。

今なら、クラウスの叱責を受けて逃げ出す文官の気持ちがよくわかる。

理由もわからず口にした謝罪は、クラウスには一切通じなさそうだった。

（でも、じゃあどうしたらいいの……？）

クラウスは怒っている。原因はレナらしい。だから謝ったのに、それが受け入れられないとなると、どうしたらいいのかもわからない。

扉の前に立ち尽くしたまま、レナはおずおずとクラウスを見上げる。

「クラウス様が何に怒っているのか……わたしにはわかりません……」

「それなのに君は謝るのか」

「だって……」

レナはきゅっと唇をかんだ。クラウスに怒られるのは嫌だし、喧嘩もしたくない。だから謝ったのに、謝ったことでさらに怒られるなんて理不尽だ。

（だいたい、怒っているなら理由を教えてくれたっていいじゃない。わからないんだから、わたしだってどうすることもできないのに……！）

レナはだんだんムカムカしてきた。

怒っているクラウスは、もしかしたらその怒りをレナにぶつけるつもりはなかったのかもしれない。怒りが自然と自分の中で消化するのを待っていたのかもしれないけれど、彼がレナの何に怒ったのかわからなければ、レナはまた同じ過ちを犯すかもしれない。

（それに、わけもわからないまま責められるのは納得いかないわ……！）

レナが不用意に謝ったことが要因ではあるが、それで責めるくらいなら理由を教えてくれてもいいと思う。両想いになる前にレナが一方的に怒ってクラウスを困らせたことがあったが、今度はクラウスがそれをするのだろうか。

（あんな喧嘩をするのはもう二度と嫌だと思ったのは、わたしだけだったの？）

レナはじろりと上目遣いにクラウスを睨んだ。

「怒ってるならちゃんと理由を教えてください。そうでないと納得いきません！」

「理解できない君に、言葉で説明する気はない」

「なんですかそれ！」

理解できないから説明してほしいのに、理解できないから説明の必要がないときた。これではいつまでもレナは彼のことがわからない。

(理由を説明されなくても察しろってこと？　わたしは天才じゃないんだから無理よ！)

もしかしたらリシャールはそれができるのかもしれない。だが、前国王から幼少期にすでに王の器を認められたリシャールと一緒にしてほしくない。土台が違うのだ。逆立ちしたって無理なのである。

「教えてください」

「必要ない」

「どうしてですか！」

「……とにかく、必要ない」

クラウスはぷいっとそっぽを向くと、「夕食前に風呂に入る」と言って、レナを置いてさっさとバスルームへ向かってしまった。

(なんなの⁉)

残されたレナはバスルームの扉を睨んで、むぅっと口をへの字に曲げたのだった。

☆

「それで、喧嘩しちゃったわけ？　それは兄上が悪いよ」

スケート場から王都に戻ってきたクラウスは、土産(みやげ)を持ってリシャールの部屋を訪れていた。

　土産の木彫り人形を持って来たクラウスの顔を見たリシャールは、すぐにクラウスの異常を感じ取ったらしく、何があったのかと訊ねてきた。

　昨夜レナと口論になって以降、まともに口をきいていなかったクラウスが弱り顔でぽつりぽつりと事情を説明すると、リシャールはあきれ顔を浮かべた。

「わかっている。……あんな小さなことで苛立った私が全面的に悪い」

「そうじゃなくって」

　木彫りの鹿人形をテーブルの上に置いて、リシャールははーっと息を吐きだした。

「言えばよかったのにってこと。言わなきゃレナだって戸惑うのは当然じゃないか」

「だが……」

　クラウスはバツが悪そうな顔をして、ふいっと横を向いた。

「……いい年をして、嫉妬したなどと言えるか。それでなくとも……いや、なんでもない」

　子供相手に言うような内容でもないだろうとクラウスは口をつぐんだが、敏いリシャールは気が付いたらしい。

「付き合いはじめて独占欲が強くなったって？　まあ僕にもたまに嫉妬しているくらいだから、ほかの男が近づいたりしたら理性が飛ぶのもわかるけどさ」

（どうしてわかるんだ!?）

　リシャールの言う通り、クラウスはレナと付き合いはじめてから自分でもあきれるほど独占欲が強くなったと感じていた。言い換えれば狭量になったのだ。レナが男と話をしているのを見ると、それだけでもやもやしてしまう。いつもはそれでも我慢しているが、あの日のようにあからさまにレナに好意があるようなそぶりを見せられるとダメだった。リシャールの言う通り、見事に理性が吹っ飛んで感情的になってしまったのだ。

「だからって、察してもらえなかったことに腹を立てて、喧嘩するのは本末転倒だと思うよ」

「………それはそうだが」

一日経って、冷静さを取り戻したクラウスはリシャールの言うことも理解できた。

クラウスが嫉妬したと白状したら、レナはあきれるかもしれないが、喧嘩するよりはマシだった気がする。

「だいたい察してほしいとか傲慢だよ。人の感情なんて言わなきゃわからないじゃないか」

「……お前はだいたいわかるだろう？」

「表情から当たりをつけているだけで、理解しているわけじゃないよ。そんな芸当、それこそ神様でない限り無理だから。兄上だって、レナの表情だけで彼女が何を考えているかなんてわからないでしょ？　自分にできないことを他人に求めるものじゃないと思うけどな」

「う……」

リシャールの言うことは正論すぎて、クラウスには返す言葉もなかった。十歳の子供に男女のことを諭される自分が情けなくなってくる。

「その調子だと、そのうちレナに愛想をつかされても知らないよ？　それが嫌なら、少しは自分のことを口に出した方がいいって」

そうは言うが、クラウスは昔から、自分のことを語るのが苦手なのだ。今どう思っているか、何を感じているか——そんな当たり前のことを口にすることが、どうしてかできない。

クラレンスのように喜怒哀楽に素直で、自分の感情を口に出すことを厭わない性格ならどんなにかよかっただろう。

気が弱い兄ジョージル三世と自由奔放な弟クラレンスに挟まれて育ったせいか、クラウスはいつの間にか自分のことを後回しにするようになっていた。自分のことを口にできないのも、おそらくそのせいだと推測するが、理解しているからといってすぐに変われる問題でもない。

その点、リシャールも自分のことを口にしたりしない子だが、彼の場合は意図的にそうしているだけで、生来の性格に由来しているわけではなかった。

（十歳の末の弟が一番感情のコントロールが得意なんて……兄として情けない）

人に自分の気持ちを伝えるのが苦手な上に、人付き合いもあまり得意でないクラウスは、誰かに嫉妬した経験もほとんどない。

はじめてできた恋人に対して、紳士で物分かりのいい男であり続けたいと願っているのに、どろどろとした感情を前に自分を抑えきれなくなってしまった。

「あのさ、あの父上でさえ母上と喧嘩するんだよ？　兄上は口には出さないけど顔には出るタイプなんだから、諦めて口に出す努力をしなよ。特にレナにはさ」

「……父上と母上が喧嘩？」

「知らない？　父上は思ったことは口に出すタイプだし、オブラートに包むってことを特に身内に対しては知らない人だから、母上とは季節に一回くらいの頻度で衝突していたかな。あの二人の喧嘩は結構激しいよ。何回か見たことがあるけど」

「いや、知らない」

おそらくジョージル三世もクラレンスも知らないだろう。というか、クラウスも兄も弟も必要以上に父と母と関わったことがない。両親は教育には口を出すが、クラウスたちが子供の頃は若くして王位を継いだばかりで忙しく、些事は乳母に任せっきりにしていたからだ。

「そういえばお前は、幼い頃は母上のもとで育ったんだったな」

どういうわけかリシャールには乳母がつけられなかった。上の三人と年が離れてできた子だったからなのか、母が自分の手元で育てることを望んだからだ。

「そうだけど、あれは正直教育上よろしくなかったと思うな。三歳だった僕の前で、父上に向かって皿を投げてたから。穏やかそうに見えて、怒ると激しいんだよね、母上。たぶん、本気で怒ったら父上より母上の方が怖いと思うよ」

「はあ？」

「イザベル伯母上もそうだけどさ、女性は怒らせるものじゃないっていうのを、僕は母上から学んだよ。喧嘩になったら男の方が折れた方がいいね。大惨事になる前に。ま、状況にもよるんだろうけどさ。……ジョージル兄上のあれは、喧嘩を未然に防ぐっていうよりは、我儘を黙認しているってやつだから論外だし」

どうしよう、十歳の弟が妙に達観している。

（いったい何を見て育ったんだ……？）

唖然としていると、リシャールが木彫りの鹿の鼻をちょんとつついて笑った。

「そういうことだから、正直に白状して、レナと早く仲直りした方がいいよ」

「そう、だな。……そうする」

レナがリシャールの言う母のような行動を取るとは思えなかったが、この喧嘩は拗らせない方が正解だろうというのはわかった。早めに昨夜の態度を謝罪しないと、レナに本当に愛想をつかされかねない。

クラウスは明日にでもレナに謝罪しようと心に決めたのだが、今日の夜、事態は思わぬ方向へ進んでいくことになる――

☆

（どうしよう、喧嘩しちゃった）

奇しくも同日、レナはクラウスと同じ悩みを抱えていた。

アルデバード公爵領から戻る馬車の中の気まずい空気を思い出して、レナはため息をつく。

クラウスが何に怒っているのか知りたかったのは本当だが、喧嘩をするつもりはなかった。

（感情的になりすぎちゃった。……どうしよう、早く謝らなくちゃ）

早く仲直りしないと、クラウスに愛想をつかされてしまうかもしれない。

謝らなくてはと思うのに、怒っていたクラウスを思い出すと怖くなる。

どうしようどうしようと思っている間に、窓の外の空が暗くなっていく。

（喧嘩って長引かせない方がいいって聞くし、早く仲直りしないといけないんだけど……）

元婚約者デミアンとは、喧嘩になったことがなかった。レナが一方的に言われることはあったけれど、言い返したりしなかったからだ。

クラウスに言い返してしまったのはレナに甘えがあったからだろう。クラウスが優しいからつい我慢するのを忘れてしまった。レナの何に怒ったのかは知りたかったけれど、クラウスの気分が落ち着いてから改めて訊ねればよかっただけの話だ。短気を起こすべきではなかった。

（よし、悩んでも仕方がないわ！　明日はお城に行く日だから、早く謝って仲直りしましょう！）

レナが覚悟を決めて、くっと顔を上げたそのときだった。

「レナ‼」

バタン！　と扉を開ける大きな音とともに、父が血相を変えて部屋に飛び込んできた。

「お父様、そんなに慌ててどうしたの？」

びっくりして振り返ったレナに、父があわあわしながら言う。

「お、お、お前！　お前、クラウス閣下と婚約したのか⁉」

レナは目を見開いて、それからこてんと首を傾げた。

「はい？」

七　冷徹王弟の婚約

その一報は、昨日の夜のうちにクラウスの耳に飛び込んできた。

夕食を終え、少し早めにベッドにもぐりこんで、どうやってレナに謝罪しようかと考えていた時のことだった。

血相を変えて部屋に飛び込んできたユーグの報告を聞いたクラウスは、あまりに寝耳に水すぎてあんぐりと口を開けたものだ。

曰く、「王弟クラウス婚約」の噂が、王都で広まっているらしい。

自分のあずかり知らぬところで広まっていた噂を苦々しく思いながらも、クラウスは動揺を禁じ得なかった。おかげで、昨夜は一睡もできなかったほどだ。

（どういうことだ。レナにはまだ求婚していないのに……）

もちろん、いずれは求婚しようと思っていた。

しかし、どのタイミングで求婚するのが最善かがわからず、また、交際をはじめてから数か月しかたっていない現在では早すぎる気がして、それをほのめかしてすらいなかったはずだ。

クラウスの婚約という噂は広まっているものの、相手については憶測ばかりが広がっていて、どこそこの王女が相手だとか、公爵家の令嬢が相手だとか、見当違いな内容が飛び交っている。

それだけならまだいい。

付き合いはじめてからというもの、周囲に憚ることなくレナを連れ歩いていたクラウスである。当然クラウスとレナがただならぬ関係だというのは噂になっていた。だからだろう。クラウス婚約の噂と合わせて、二人が別れたとまでささやかれはじめたのだ。さらには、身分差がどうとか、レナが年を取りすぎていたからだとか、余計な詮索までされている始末である。

（くそっ、仕事が終わらない！）

クラウスにはやましいところは何もない。すぐにでもレナの元に行って妙な噂を否定したかったが、領地から帰ったばかりで仕事が溜まっていて、なかなか時間が作れないことに苛立ちばかりが募っていく。せめて手紙をと思ったが、手紙すら書く時間がないのだ。

「あとどれだけある？」

「あとこちらと、治水工事の計画書ですね」

こちらと、こちらと、と示された先には書類の山があった。これだけあれば、今日一日は拘束される。

（いったいどこのどいつだ！　ふざけた噂を流しやがって!!　……いや、待てよ）

クラウスがあれだけ堂々とレナを連れ歩いていたにもかかわらず頓珍漢な噂がされはじめたということは、噂の出所はそれなりの筋からであろう。それこそ、身内からでないと――

（……やってくれたな）

クラウスが領地に行く前には、このような噂の気配はなかった。つまり、僅かな間に瞬く間に噂が広まったということだ。よほど出所が確かでなければ、あり得ない速度である。

クラウスは紅茶を飲み干すと立ち上がった。

「用事を思い出した。補佐官たちが戻ってきたら、明日の会議の準備をしていろと伝えてくれ。——それから、残った書類はすべてまとめて国王の執務室へ運んでおけ」

「はい？」

ユーグがぱちくりと目をしばたたいたが、クラウスは彼に構わず部屋を飛び出した。向かうのは王の執務室である。この時間なら兄は休憩中だろう。兄は性格には問題があるが仕事はできるので、午前中の仕事を早めに片づけて、昼前には休憩していることが多いのだ。

「陛下！」

ノックもなしに執務室に入ると、案の定、茶を飲みつつ菓子を食べていた兄が飛び上がった。

「わ！　どうしたクラウス！　言っておくが、さぼってないぞ！　仕事は片づけたからな！」

クラウスの剣幕に怒られると早とちりしたジョージル三世が、仕事は終わったと必死で言い張る。確かに執務机の上は片づいているから、仕事はすべて終わったようだ。

つかつかと執務机まで歩いて行くと、クラウスは机に両手をついた。

「兄上。どうやら私について妙な噂が広まっているようです。ご存じないですか？」

「な、何のことだ……？」

ジョージル三世は空っとぼけたが、視線が泳いでいる。

（やっぱりな！　犯人は兄上か!!）

噂の出所が国王となれば、広まる速度が異常なのも頷ける。

クラウスは眉をつり上げて、バシン！　と机の上を叩いた。

「どういうつもりですか⁉」

「だ、だから、その……」

「だから⁉　その⁉」

「ええっと……ちょっと頼まれて……」

「頼まれた？　誰に⁉」

　クラウスはジョージル三世の襟元をつかむと、ぐいっと引き寄せる。

「さっさと白状するのが身のためですよ。今なら一週間、昼夜問わず仕事漬けにするだけで許してあげます。ちなみに私の仕事も代わりにお願いしますね？　できないとは言わせません」

「それはすでに許していないのではないか⁉」

　ジョージル三世が悲鳴をあげたが、クラウスはまったく顧慮しなかった。

「素直に白状しないなら、一か月監視付きで執務室に拘束しますが？　物理的に！」

「物理的に⁉　待て！　言う！　白状するから！」

　クラウスの本気度合いを悟り、ジョージル三世があっさり白旗をあげた。このままだと椅子に縄で拘束される危険を感じ取ったのだろう。

「だ、だが一週間は長くないか？　お前の仕事をするのもちょっと。せめて三日……」

「二週間に増やしますか？　各大臣の仕事を全部持ってきても構いませんよ⁉」

「一週間で結構だ！　それから大臣たちの仕事はいらん！」

　ジョージル三世が半泣きになったが知ったことではない。

（私の仕事はたくさんあるからな。この際全部回してやる！）

そしてクラレンスを監視につけよう。仕事を押し付けようとしたら逃げる弟だが、兄の監視となれば面白がって嬉々としてやってくれるはずだ。

ジョージル三世をして、激怒した時は父にそっくりだと言わしめるクラウスは、今度ばかりは一切の手加減をするつもりがなかった。それだけ怒っているのだ。

「それで？　何故、私が婚約したという噂を流したんですか？」

「それはだな……ちょっと、王妃に頼まれて……。ほら、知っているだろう？　テレーズと仲のいい友人たちの中に、ダゲール侯爵夫人がいることを。そこのな、娘のオレリーが、どうもお前が好きらしくて……」

「で？」

「テレーズがな、お前とオレリーを婚約させたいというから……」

「はあ⁉」

「ぅ……わ、私も頑張ったんだぞ！　婚約する前から相手の名前を出すと問題になるし、お前にはクレイモラン家の令嬢がいるから、変にダゲール侯爵令嬢の名前を出すとお前が不実を働いたと思われるだろうと一生懸命テレーズを説得したんだ！」

「それで⁉」

「……それで、最終的に相手の名前は出さずに『婚約したらしい』という噂を流すだけにすることで、とりあえずテレーズを納得させたんだが」

「馬鹿なのか！　この状況で、何を自分は頑張ったみたいな顔をしているんです⁉」

褒めてほしそうな顔をしてもダメだ。余計なことをしやがって。

「だいたい、何ですか！　ダゲール侯爵令嬢？　ふざけるな！　私が了承するとでも⁉」

「私もな、そう言ったんだぞ？　だがテレーズが噂になれば諦めるはずだというから……」

「つまり兄上も私にダゲール侯爵令嬢と結婚しろと⁉」

「い、いや、そこまでは……。ただまあ……悪くないかな、とは思ったが。ほら、そうなるとテレーズの機嫌もいいだろうし」

「王妃の機嫌など知るか！　国王ともあろう人間が妻の顔色ばかりうかがって情けない‼　大概にしないと父上を呼びつけるぞ‼」

「わー‼　やめろ！　それだけはやめてくれ‼」

怒られる自覚があるらしいジョージル三世が真っ青な顔で懇願してくる。

クラウスも、本音を言えば父を呼びつけるのは避けたいところだった。ジョージル三世の王としての器に疑念を抱かれたが最後、再びリシャールを担ぎ上げようとする可能性があるからだ。兄に雷が落とされるのは構わないが、リシャールに迷惑がかかるのだけは避けたい。

ようやくリシャールも落ち着いてきたのに、再び王位問題で弟を煩わせたくない。昔のことがあって、リシャールはまだジョージル三世を苦手としているのだから。

（いい加減に王妃と離縁してくれないだろうか。あれさえいなければ、兄上もまだまともなはずなのに）

今ならば、ジョージル三世がテレーズを伴侶に選んだときに、反対した父の気持ちがわかる。父の治世のとき、仮の措置で長子のジョージル三世に王太子の位が与えられていたが、父はギリギリまで次の王を誰にするか決めかねていた。リシャールが拒まなければリシャールを次の王と定め、弟が成人するまで父は玉座に留まっただろう。

そのような背景もあり、父は息子たちに婚約者をあてがわなかったのだ。特にジョージル三世に婚約者をあてがうと、その娘やその生家は、自分が次期王妃だと思い込む。そうなると、ジョージル三世を王太子の位から降ろすことになったときに、婚約者の家族や親類まで出てきて厄介なことになる。

ゆえに、クラレンスもジョージル三世も、自分で伴侶を選んだ。二人が結婚したときはまだ父が次の王を決定していなかったから、テレーズは当然として、クラレンスの妻フローラも王妃教育を受けさせられた。もっともフローラは従妹で、サラバード公爵家の令嬢として申し分ない教養を身に着けていたから改めて教育を施す必要はなかったのだが、体裁上、二人とも城に呼ばれて母ユリアーナから指導を受けたのだ。

はっきり言えば、この国の成人女性の中で母に次いで王妃の素質があるのはフローラだとクラウスは思っている。口に出せばトラブルになるので絶対に言わないが。

(兄上が選んだテレーズには王妃の素質はないからな……)

結局ジョージル三世は王太子の位を返上することなく王位を継いだので、結果だけ見れば、早くから兄に優秀な婚約者をあてがっておけばよかったのだが、それは後の祭りだった。

「私だってな、お前の意思を無視するのはまずいかなーと思ったんだぞ？　だからダゲール侯爵家の名前は出さないように頑張ったんだ」

「何が頑張っただ。いいですか、兄上。もし無理矢理ダゲール侯爵家の娘と私を結婚させようとしたら、私は全力で侯爵家とついでに王妃の実家を叩き潰しますからそのつもりで」

脅しのつもりだったが、半分は本気だった。本気になれば、ダゲール侯爵家どころかテレーズの実家だって潰せるだけの力をクラウスは持っている。なぜならクラウスの意見に賛同する貴族は多いだろうからだ。少なくともクラレンスとイザベル、そして前王夫妻は乗るだろう。そうなればジョージル三世とテレーズでは太刀打ちできない。

「ま、待て！　何もそこまで……」

「それとも、父上を呼び寄せる方がお望みですか？」

「わかった！　わかったから！　これ以上余計な噂が広まらないようにしておくから！」

それだけは勘弁してくれと喚く兄にクラウスはふんっと鼻を鳴らして、くるりと踵を返した。

「後程、仕事を持ってこさせます。今日から一週間、寝る間も惜しんで身を粉にして働きなさい。いいですね⁉」

兄に暇があるから余計なことをしでかすのだ。それならばこの噂を片付ける間、暇を与えなければいい。これ以上何かされてはたまらない。

ジョージル三世はしおしおと縮こまり、「はい」と蚊の鳴くような声で返事をした。

☆

（クラウス様が婚約って、どういうことなのかしら……）

昨日の夜、レナの部屋に飛び込んできた父曰く、王都にクラウスが婚約したという噂が広まっているらしい。

婚約と聞いて思い出すのは、なぜかオレリー・ダゲールの顔だった。

当然のことながら、レナはクラウスから求婚されていない。だから噂のクラウスの婚約相手はレナではないのだ。

婚約したと噂が流れた以上、クラウスはレナ以外の誰かと婚約してしまったのだろうか。

（喧嘩しちゃったから？　それとも、やっぱりわたしの身分じゃ釣り合わなかったから？）

ただの噂だと笑うことは、レナにはできなかった。クラウスがレナに黙ってほかの誰かと婚約するはずがない。そう信じているのに、不安は時間が経つほどに膨らんでいく。

今日はリシャールの絵の教師として登城する日だ。

レナが登城するときはクラウスもリシャールの部屋に顔を出すから、そのときにでもスケート場での喧嘩を謝ろうと思っていた。

だが、クラウスに会って、もし彼の口から誰か別の女性と婚約することになったと聞かされたらどうしよう。

もちろん、クラウスは誠実な人だ。もし本当にレナ以外の誰かと婚約することになったとしても、クラウスならば事前にレナに教えてくれるはずである。

きちんとお別れを、してくれるはずで――

（お別れ……）

もし噂が本当だったら、クラウスとはもうこれでおしまいなのだろうか。

クラウスのような真面目な人が、婚約者がいるのに別の女性と付き合い続けるはずがないから、そうなるに決まっている。

不安で押し潰されそうだった。

早くクラウスから否定の言葉が聞きたいと思う一方で、彼の口から肯定の言葉が出たらと思うと身がすくむようである。

城からの迎えの馬車に乗り込んで、レナは人知れずため息をついた。

（クラウス様に会うのが怖いわ。わたし、いつからこんなに憶病になったのかしら……？）

デミアンに婚約破棄されたあと、アレックスをしっかり一人前にすることだけを考えて生涯独身を貫こうと考えていたときは、もっと強かった気がする。

一人で生きていくために手に職を得るのだと意気込んでいたときも、前だけを向いていた。

一生独り身で大丈夫だと思っていたあのときからそれほど時間は経っていないはずなのに、今はこんなにも、クラウスとの別れが怖い。

レナの心の中のように、馬車の窓外から見える空はどんよりと重い灰色をしていた。

馬車が城の前に到着したとき、空からはらりと白いものが落ちてきて、雪が降りはじめたことを知る。

白いもこもこのコートの袖からのぞく手に「はー」と息を吐きかけると、息が白く凍った。

(今年は去年より寒いみたいだけど、アレックスとお父様のコートは新調したし、去年までみたいに薪をケチらなくていいからよかったわ)

今はレナの収入を充てているが、もしレナの仕事がなくなっても、現在領地で試作中のオレンジの加工品とコーヒー豆がうまくいけばこの先も安泰だろうか。

(って、仕事までクビになると決まったわけじゃないでしょ)

悪い想像に脳内が傾いているせいか、余計なことばかり考えてしまう。

城の玄関の前でコートを脱いで中に入ると、持参したスケッチブックと脱いだコートを抱えてレナは与えられている城の部屋へ向かった。

レナはいつも、ここで絵を描くための汚れてもいいワンピースに着替えてリシャールの部屋に向かうのだが――、部屋の近くまでやって来たレナは、驚愕して足を止めた。

レナの部屋の前に、王妃テレーズが立っていたからだ。

一目で一級品とわかる豪奢なドレス。人を傅かせることに慣れた威圧的な表情。リシャールの部屋に乗り込んできたときの理不尽さを思い出して、レナの心臓がひやりと冷える。

「ご、ごきげんよう、王妃様……！」

レナが慌ててカーテシーをすると、王妃は整った顔に薄い笑みを浮かべてみせた。

「ごきげんよう、クレイモラン伯爵令嬢。待っていたのよ」

わざわざ王妃がレナの部屋の前で待っているなんて何事だろうか。

戸惑っていると、王妃は隣の侍女に向かってくいっと顎をしゃくった。

侍女が慇懃に一礼して、レナに革袋を手渡す。

王妃と侍女を交互に見て、レナがおずおずと革袋を受け取ると、中からジャラ……と重たい音がした。驚いて中を確かめると、金貨が十枚ほど詰まっている。

「それは手切れ金です」

「……え？」

「あなたはまだ知らないでしょうけど、クラウス殿下は、わたくしのお友達の娘と婚約することになりましたの。だからあなたにいつまでもクラウス殿下の側にいられると困るのよ。世間の目ももちろんですけど、何よりわたくしの大切なお友達の娘が、不快に思うでしょう？」

「…………」

レナは茫然と金貨の入った革袋に視線を落とした。

（つまり……金貨十枚で、クラウス様と別れろってこと……？）

カタカタと、革袋を持つ手が震える。

絶望に似た何かが足元から這い上がってくると同時に、言いようのない怒りを覚えた。

（こんなもので……別れろって、こと？）

馬鹿にされているような気がした。

金貨なんかいらない。レナはお金が欲しくてクラウスの側にいたわけじゃない。

王妃の言ったことが本当で、クラウスと別れる必要があったとしても、レナはお金なんかいらない。ただ――王妃ではなく、クラウスの口から、真実が聞きたかった。

王妃はぱらりと扇を広げると、顔に憐憫を浮かべた。

「クレイモラン家の財政状態は知っていますよ。それだけ差し上げるから、感謝して持って帰りなさい」

まるで、これは慈悲だとでもいうような言い方だった。

「わたし、は……」

いらないと言いたかった。信じないと言いたかった。それなのに唇が震えて、まともに言葉が紡げない。

「それから、リシャール殿下の絵の教師の件も、わたくしの権限で解雇いたします。この部屋も片づけさせますから、お帰りなさい。ここにはもうあなたの居場所はないのだから」

（……そんな）

手から力が抜けて、だらんと落ちる。

スケッチブックと金貨の入った革袋が廊下に落ちた。

王妃はぱちりと扇を閉じると、話は終わったとばかりに踵を返す。

「あなたたち、この娘を外に連れ出しなさい」

王妃に命じられた衛兵が、同情めいた視線をレナに向けて、そっとレナの腕を取った。

振り払いたかったのに力が入らず、半ば引きずられるようにしてレナは歩き出す。

城の玄関まで連れて来られると、兵の一人がスケッチブックと金貨の入った革袋をレナの手に押し付けた。

納得がいかなくて、せめてクラウスに一目会いたくて、レナは閉ざされた城の玄関扉を見上げるけれど、そこを守っている衛兵が扉を開けてくれるとは思えなかった。

むしろここにいつまでも居座っていたら、王妃の命令に逆らったとして、レナの代わりに家長である父が罰せられるかもしれない。

レナはやっとの思いで城に背を向けると、重く感じる足を引きずるようにして、とぼとぼと歩き出す。

舞い落ちる粉雪がレナの頬をかすめていくが、氷のごとく冷たくなったレナの頬は、雪が触れても冷たいとも感じなくなっていた。

頭も、麻痺(まひ)してしまったように何も考えられない。

手足が凍えて、頭もぼーっとして、金貨を入れた右のポケットだけが、ズシリと重たい。

のろのろと歩いているうちに、凍える頬に温かいものがつーっと伝った。

どうやら自分は泣いているらしいと、レナはどこか他人事のように考える。

悲しくて、悔しくて、どうしようもないのに、まるで足元から雪に呑(の)み込まれていくかのように、全部が白く塗り潰されてわからなくなる。

どうすればよかったのか。

どうすればクラウスを失わないですんだのか。

レナが、もっと高位の貴族の生まれだったら、違ったのだろうか。

(わたしが、もっとクラウス様にふさわしくあろうと努力していたら、こんなことにはならなかった……?)

答えのない問いばかりが、鈍く凍りつきかけた頭の中に浮かんでは消えていく。

いつの間にか城の敷地の外にいて、知らない路地を歩いていた。

氷のように冷えた足がもつれて、石畳の上に膝をつく。

一度座り込むと、立ち上がれなかった。

「――っ」

空を仰いで、嗚咽を殺す。

はらはらととめどなく溢れて頬を伝う涙が熱かった。

道行く人が不思議なものを見るようにレナに視線を向けていく。

レナがコートの袖で涙を拭いて、震える足を叱咤して立ち上がろうとしたときだった。

「あれ? こんなところでどうしたの?」

ふと、灰色の空が紅色に変わった。どうやらそれは傘の色で、誰かがレナの頭上に傘を差しかけてくれたのだとわかる。

レナはぼんやりと傘を差しかけてくれた相手に視線を向けて、そして目を丸く見開いた。

☆

会議を終えてリシャールの部屋にやって来たクラウスは、外出の支度を整えている弟に目を丸くした。

「リシャール、どこかへ行くのか？　それに、レナはどうした」

「そのことなんだけど、レナが来ないからエルビスに調べさせたら、お馬鹿さんがまた余計なことをしでかしたことがわかったんだ。僕は今からクレイモラン伯爵家に行くつもりなんだけど、時間があるなら兄上もどう？」

「余計なこと？」

「簡単に言うと、レナが解雇されたんだよ」

「なんだと⁉」

クラウスは驚愕して、思わずリシャールに詰め寄った。

「どういうことだ！」

「どうもこうもいつもの人が勝手に動いたみたいだね。エルビスが調べてくれてね。ちょうどその現場にいた衛兵から証言が取れたんだ。ね、エルビス」

「はい。王妃殿下がレナ様に解雇を告げて城から追い出したそうです」

それを聞いた瞬間、クラウスの頭にカッと血が上った。

無言でくるりと踵を返そうとしてクラウスを、リシャールが呼び止める。

「王妃を怒る前にさ、傷ついているだろうレナを慰める方が先決じゃないかな？」

クラウスはドアノブに手をかけたままピタリと動きを止めた。

（そうだ……あの馬鹿の追及はいつでもできる）

それに、テレーズを咎めたところで、いつもながらジョージル三世が庇っておしまいだ。分が悪くなるとテレーズはいつも夫に泣きつき、妻の涙に弱い兄は全面的に妻の味方をする。

（まったく忌々しい……！）

とはいえ、テレーズは小物なので、所詮は自分の手のひらで管理できる内容にしか興味がない。だから自分の手におえない政まで引っ掻き回したりしないので、それだけは救いだった。ゆえにクラウスも、テレーズの行動が目に余らなければ口を出さずにいたが、さすがにレナにまで手出しされては我慢ならない。

「急いで支度をしてくるから待っていてくれ。私も行く」

「うん。わかった」

コートを着こみながらリシャールが笑顔で頷く。

クラウスはリシャールの部屋を飛び出すと、はやる気持ちのままに廊下を駆け抜けた。普段ならば廊下を走るという無作法な真似はしないが、今のクラウスの頭からは礼儀作法などすっかり抜け落ちている。

嫉妬心を起こしてレナと喧嘩をしてしまって、それが解決する前に王妃によってレナが解雇された。王都に広まっているクラウスの婚約の噂もあって、どうしようもなく焦ってしまう。

（喧嘩なんかするんじゃなかった！）

普段のレナならば、テレーズから城を追い出されて動揺しても、時間が経って冷静になればクラウスに確認を入れるだろう。しかし今は喧嘩の真っ最中で、くだらない噂話まである。レナはあれで意外と臆病なところがあるので、喧嘩や噂話を勘違いして関連付けて不安に思っているかもしれない。

泣き出しそうなレナの顔が脳裏をちらつく。

クラウスは、早く可愛（かわい）い恋人を抱きしめたくて仕方がなかった。

☆

パチパチと薪がはぜる音がする。

さっきまで凍えるほど寒かったはずなのに、暖炉に暖められている部屋の中にいるからか、それとも温かい紅茶を飲んでいるからか、今ではすっかり血の巡りもよくなった。

（それにしても、まさかクラレンス様に助けていただくなんて……）

ここは城からほど近いところにあるクラレンスの邸宅――サラバード公爵家だった。

クラレンスは、従妹のフローラと結婚し、サラバード公爵家の婿養子になっているのだ。サラバード公爵はご健勝だが、のちのちクラレンスが公爵家を継ぐことになる。

「体調はどう？　少しは体が温まったかしら？」

「えっと……大丈夫だと思います」

目の前に座っているのは、ライラックの品のいいドレス姿の少し色素の薄い金髪の美人、フローラである。彼女はレナと同じ年らしい。フローラの隣には、母親と似た金髪の三歳の少年——天使のように愛らしいクラレンスの一人息子リオンも座っていた。

どうしてレナがこの二人とお茶を飲んでいるのかといえば、時間は少し遡る。

道に座り込んでいたレナに傘を差しかけくれたのは、クラウスの弟のクラレンスだった。

クラレンスはレナの青白い顔を見て何かを察したのか、家においでと誘ってくれたのだが、彼自身はレナを連れて帰宅してしばらくしてどこかへ出かけて行ったのだ。

そして、体が冷えているレナのためにフローラが温かいお茶を用意してくれて、どうせならおしゃべりしましょうと誘われて今に至る。

「急にお邪魔してしまいまして、本当にすみません。それで、フローラ様、そのぅ……」

いつまでもここにいるわけにもいかないので、そろそろお暇しようとレナがフローラの顔を窺うと、彼女はにこにこと笑った。

「フローラでいいわよ。同じ年でしょ？」

いくら同じ年でも、身分の違いというものがある。

レナが困っていると、フローラは拗ねたように口を尖らせた。

「様をつけて呼んだら返事してあげないんだから。わたくし、ずっとあなたに会いたかったのに、うちの夫ったら、お願いしても全然会わせてくれないんだもの。ひどいと思わない？」

「ええっと……」

公爵令嬢で王弟夫人を呼び捨てにするのは躊躇（ためら）われたが、フローラの様子だと「様」付けで呼んだら機嫌が悪くなりそうだ。

「その……フ、フローラ」

おずおずとレナが呼べば、フローラが一転してにこにこと笑顔を浮かべた。

「なあに、レナ」

「あの、そろそろお暇しようと思うんですが、クラレンス様はまだお戻りではないですか？」

「えー、もう少しいいじゃない。あの人のことは気にしなくていいのよ。ねえリオン？」

「うん、わるだくみしながら、お出かけしたもんね、ははうえ！」

（悪だくみ!?）

レナはギョッとしたが、何より驚いたのは、クラレンスが「悪だくみしながら出かけた」という事実を笑いながら話す母子だ。

フローラがそこで、思い出したようにポンと手を叩いた。

「そうそう、あの人、あなたのスケッチブックを勝手に持って行っちゃったのよ。大丈夫だったかしら？」

「すけっちぶっくをみて、にやにやわらってたね」

（にやにや!?　もしかしてこっそり描いていたクラウス様の絵を見られた!?）

「これで一網打尽だとか言っていたわねぇ」

「わるいひとをせいばいするんだって」

クラウスの絵を見られたのかとレナは真っ赤になったが、話を聞くにどうも違うらしい。

「ええっと、スケッチブックは大丈夫なんですが……あの……」

もう少しレナにもわかるように説明してくれないだろうか。悪い人を成敗とは何だろう。

けれどフローラは夫が何を企んでいようとさほど気にならないらしい。

「あの人が悪だくみをするのはいつものことだから、気にしなくっても大丈夫よ。そんなことより、わたくしはレナのお話を聞きたいんだけどー？　何があったの？　そろそろ教えてくれてもいいんじゃない？」

「えっと……」

フローラは夫の動向にこれっぽっちも興味がないらしい。

求められるまま、お茶を飲みながら何があったのかを説明すると、フローラが素っ頓狂とも表現できそうな声をあげた。

「まあー！　そんなことがあったの!?　お義姉様って相変わらず好き勝手なことするわねー」

レナの中で「お義姉様」と王妃がすぐに一致しなかったが、王弟の妻であるフローラは王妃と義理の姉妹の関係になると思い出して不思議な気持ちになった。

この二人の組み合わせが想像つかなかったのだ。性格的に合わなさそうだから。

(数えるほどしか会ったことないけど、王妃様ってなんていうか、神経質そうな方だものね……)

レナがそんなことを考えていると、フローラがくすくすと笑いながら、優雅にティーカップに口をつける。

「ふふ、レナってば考えていることが顔に出やすいのねぇ。ご想像通り、お義姉様とわたくしは仲良くないわよ。というか、顔を合わせるたびにチクチク嫌味を言われるから苦手なのよねー。だから、クラウス様が選んだのがレナでとっても嬉しいわ」

　選んだというが、それが、クラウスとお付き合いしていることを指すならば、今日終わったばかりだ。クラウスはテレーズの友人の娘と婚約し、レナはもう二度と彼に会うことは――

「あ、不安そうな顔してる！」

　フローラがレナの鼻先にぴっと指先を向けると、彼女の膝にいたリオンも真似をして「してる！」と母親の真似をしてレナに小さな手を向ける。……可愛い。

「そんな顔をしなくても、今回の件はクラウス様の意思ではないはずよ」

　フローラはレナに突きつけていた指を今度は自分の顎に当てた。

「お義姉様っていつも勝手なことをするから、今回も自分の思い込みと価値観で動いているんだと思うわ。だってお義姉様、お友達の娘って言ったんでしょ？　クラウス様、お義姉様のお友達、全員大っ嫌いなのよね。だから、たとえ政治的なことが絡んだとしても、そこだけは避けると思うのよ。好き嫌い以前に、バランス的な問題でもね」

「バランス？」

「そう。今のバランス、微妙なのよ。これはクラウス様がうまく立ち回っているおかげとも言えるんだけど、お義姉様の実家って陛下と結婚するまではそんなに身分が高くなかったのよね。

でも王妃の実家だから、体裁を整える必要があって、陛下が即位したときにお義姉様の実家も伯爵家から侯爵家に陞爵（しょうしゃく）されているの。まあこれは仕方のない措置だったんだけど、おかげでお義姉様の実家の発言力が上がっちゃってね。権力欲しさにお義姉様に取り入ろうとする貴族も多くて……ああ、それがお義姉様のお友達なんだけど、政治的な問題に疎いお義姉様がなんやかんやと融通するものだから、面倒な派閥が出来上がっちゃったのよ」

「は、はあ……」

レナの父は政治の世界に首を突っ込んでいないため、派閥と言われてもよくわからない。だが、王妃の腰巾着たちが権力を持ちはじめているということだけはわかった。

「それで、クラウス様が面倒な王妃派閥を抑え込むために、前国王陛下に忠誠を誓っていた貴族たちをまとめて別の派閥を作ったの。ジョージル三世の治世になってから、政治の世界から足を洗った方も多いんだけど、その発言力は新興の王妃派閥の比ではないわ。だから今のところ、王妃派閥の勝手な意見は全部抑え込めているんだけど、もしそこの家の誰かがクラウス様と結婚したりしたら、クラウス様の意思は関係なく王妃派閥の発言力がぐんと増しちゃうの。そうなると政治もやりにくくなるわけよ」

「な、なるほど……?」

「ちなみにクラウス様が作った派閥の中心がわたくしのお父様なんだけど、お父様だって、もしお義姉様の話が本当だったら黙ってはいないわ。その反対を押し切ってまでお義姉様が自分のお友達の娘をクラウス様に押し付けることは不可能よ。本当、お義姉様って周りが見えてないのよね。自分の意見がすべて通ると思わないでいただきたいわ」

（こう言っちゃなんだけど……王妃様よりフローラの方が王妃の素質がある気がするわ）

さすが公爵令嬢と言うべきか。びっくりするほど聡明だ。

「ほかにも調整役の前王妃ユリアーナ様のご実家を中心とした派閥とかあるんだけど、どこの派閥も、今回のお義姉様の意見には賛成しないでしょうし。だから安心していいのよ」

「でもフローラ……わたしの実家は……」

「クレイモラン伯爵家でしょ？　いいじゃない、クレイモラン家はどこの派閥にも属していないし、変なしがらみがないもの。だからクラウス様がレナと結婚しても今の力関係に変動はないし。クラウス様が国王になるっていうなら、お義姉様の実家にしたように陞爵なりなんなりして体裁を整える必要があるかもしれないけど、クラウス様は王位に興味なさそうだし。だいたい、あのイザベル様がレナを是としたのよ？　誰が反対するというの？」

「イザベル様が……？」

ジョルジュとアンリエッタの婚約パーティーの時に挨拶をした、前国王の姉イザベルの顔を思い出してレナは驚いた。

「そうよ？　わたくしも、立場上勝手に賛成はできないから周囲の動きは見ていたのよ。でも、イザベル様が是と判断したから、わたくしも大手を振ってあなたの応援ができるってわけ」

王妃の実家よりも位が上の公爵家の令嬢で、かつ王弟クラレンスの妻であるフローラが下手に王妃と対立するような形を取ると、勘違いした周囲が王位問題に発展させる恐れがある。

クラレンスは兄から玉座を奪おうとは思っていないし、フローラも王妃の椅子に興味がないから、そんな面倒ごとは避けたいそうだ。ゆえに、フローラが賛成できる材料を探していたところ、イザベルがレナを認める発言をしたという。

「とまあ、こういう裏事情があったんだけど……、まだちょっと納得してない顔をしてるわね。レナは何が不安なのかしら？　聞いてあげるから、全部吐き出しちゃいなさいな」

優しく微笑まれて、レナはきゅっと唇をかむ。

誰にも相談できずにずっと不安だったこの気持ちを、この場で吐露していいのだろうか。促されて、レナはおずおずと口を開く。

「その……クレイモラン伯爵家は、伯爵家でも下の方ですし貧乏なので、王家に嫁げるような高い身分ではなくて。わたしもこれといって自慢できるような特技もありませんし、特別な教育を受けてきたわけでも……それどころか、ほとんど独学で……、こんなわたしより、クラウス様にふさわしいご令嬢はたくさんいるわけで……」

「うんうん、それから？」

フローラがリオンの口にクッキーを運びながら先を促す。

優しいフローラの雰囲気に後押しされて、レナは気づけば胸の中に溜め込んでいた不安を全部吐き出していた。

クラウスとの身分差にはじまり、教養のなさ。容姿。クラウスにふさわしい女性にいつか彼を奪われるのではないかという心配。信じてほしいと言われたのに、信じ切れない自分の心の弱さ。もともとそれほど弱くなかったはずなのに、どんどん心が弱くなっていくような不安。うまく言葉にできない部分も含めて、すべてを。

リオンの頭を撫でながら相槌を打って聞いていたフローラは、突然くすくすと笑い出した。

「ふふ。わかるわぁ、その気持ち。わたくしもクラレンス様と結婚する前は不安だったもの」

「そう、なんですか……？」

「ええ。だってクラレンス様って誰にでも愛想がよくって、すっごくモテてたのよ。絶対この人浮気するわ、信じろって言われても信じられないわーって思っていたのよね」

「な、なるほど」

「でも蓋を開けてみると、意外と真面目で。あ、ちゃらちゃらしてるから、信用できないかもしれないけどね？　だから、もっと最初から信じてあげればよかったわーって思ったものよ」

「ええっと、フローラはどうしてクラレンス様が信じられたんですか？」

結婚したということは、最終的にフローラはクラレンスを信じたということだろう。そこが聞きたくて身を乗り出すと、フローラは茶目っ気たっぷりに片目をつむった。

「難しいことを考えずに、単純なことに――根底にあるものだけに目を向けたからよ」

「根底にあるものって？」

「わたくしがクラレンス様を好きな気持ちと、クラレンス様がわたくしを好きな気持ちね。余計なおまけには目を背けることにしたの。ほら、そういうものって、一つが解決してもまた新しく生まれてくるものじゃない？　きりがないなって」

レナは目を見開いた。

フローラは微笑みながら続ける。

「レナはクラウス様が好きなんでしょう？　そして間違いなくクラウス様もレナが好きだわ。その気持ちまで疑ってしまったらどうしようもないけど、そこは疑わないでしょう？」

「もちろん……」

「じゃあ、それでいいのよ。クラウス様がレナとの未来を手に入れようといろいろ裏で手を回しているんだから、レナはその気持ちだけ信じていればいいの。身分差とか教養とか、そんなおまけに一喜一憂なんてしたらダメよ。そんなものどうにでもなるもの。周囲がうるさければお義姉様のときにしたように無理やり陞爵するって手もあるし、教養なんてその気になればあとからでも身につけられるんだから。それから、どんなに小さなことでも、不安があればクラウス様にぶつけてみることね。陰でばかり動いて口に出していなかったクラウス様が悪いんだけど、たぶんあの方、言わないと教えてくれないと思うのよ。クラウス様って、仕事はできるんだけど、自分のことになると本当に不器用だから。リオンはあんな風になっちゃだめよ？」

「うん。ちちうえみたいになる」

「……それもそれで心配だわ。どうせ目標にするならリシャール様にしておけば？」

「りしゃーるおじ？　わかった！　じゃあ、えをかかないと」

「そこじゃないのよ、リオン」

フローラが苦笑してティーポットに手を伸ばす。からっぽになったティーカップに、自ら紅茶を注ぎ入れて、砂糖を一つ落とすと、見惚れるような優雅なしぐさで口に運んだ。

同じ年なのに、フローラは指の先まで洗練されている。化粧も濃いわけではないのに、一目で上流階級とわかるほど品があって、すべてにおいてレナとの格の違いを感じさせた。

（教養はあとから身につけられる……。頑張れば、わたしもフローラのようになれるのかしら？）

クラウスの気持ちは信じられる。あと残った自分の自信のなさは、フローラの言う通り、努力で埋めていけばいい。陸爵は置いておくとしても、教養やセンスなら、頑張ればなんとかなる気がした。そうして不安を埋めていけば、この自信のなさも消えるだろうか。

（クラウスの様の気持ちなら信じられるもの。……大丈夫）

根底にある気持ちを信じて、不安になるものを消していこう。全部は無理でも、自分の自信につながるものが増えれば、フローラの言うところの「おまけ」で心が揺れることもなくなるはずだ。

（クラウス様を信じて、わたしは自分ができることをしよう……）

そして、彼にふさわしくあるためにはどうすればいいのか――その答えが、目の前にある。

レナは意を決して顔を上げた。

「あ、あの、フローラ！」

「なあに？」

リオンの頭を撫でながら、フローラが首を傾げる。どうして首を傾げるだけの仕草を優雅に感じるのだろうと思いながら、レナは彼女に向かってがばっと頭を下げた。

「わ、わたしの、先生になってください！」

クラウスにふさわしくなりたいのだ。レナがそう力説すると、最初は目を丸くしていたフローラだったが、面白そうににんまりと口端を持ち上げる。

「うふふ、なんだか面白そうね。いいわよ。じゃあ、とりあえずは……お着替えしましょ！」

フローラは可愛らしく片目をつむって、そう言った。

☆

クラウスとリシャールを乗せた馬車がクレイモラン伯爵家へ到着すると、邸の中からクレイモラン伯爵が真っ青な顔で転がり出てきた。

「か、閣下……！　この度は、娘が何かご迷惑を……！」

前触れもなく王弟二人がやってきたので、何か勘違いをさせてしまったようだ。

小心者の伯爵の性格を思えば仕方がなかったが、王妃がレナを追い出したと聞いたばかりのクラウスは、レナのことばかりが頭を占めていて伯爵を安心させる配慮まで頭が回らなかった。

「レナは帰っていますか!?」

焦っているクラウスの表情は怒っているように見えるのだろう。クレイモラン伯爵の顔が青を通り越して白くなる。

「あ、あああ、あの、うちのレナが何かご迷惑でも……」

今にも倒れそうになってしまった伯爵を見て、リシャールがやれやれと額を押さえた。

「兄上、落ち着いてよ。突然来てすみません、伯爵。お会いするのははじめてですね。リシャールです。レナにはいつもお世話になっております」

「こ、こちらこそ、娘が大変お世話に……」

すっかり委縮してしまっているクレイモラン伯爵が、ぺこぺこと十歳のリシャールに頭を下げるのは、なかなかにシュールな光景だった。

伯爵とともに玄関に出てきていたアレックスが、戸惑ったように二人を見ている。

クレイモラン伯爵では話にならないと判断したクラウスが、何度か顔を合わせたことのあるアレックスにレナのことを訊ねると、彼は不思議そうな顔をした。

「姉なら、お城に行って、まだ帰って来ていませんよ」

「帰っていないのか!?」

クラウスはさっと顔色を変えた。

「兄上、だから待ってってば。探しに行ったら入れ違いになるだけだよ。少し待たせてもらおうよ。そのうち帰ってくるかもしれないしさ」

踵を返しかけたクラウスの手をつかんでリシャールが止める。

「だが、外は雪が降って……」

「大雪じゃないから大丈夫だよ。少し待って戻って来なかったら、捜索隊を手配した方がいいかもしれないし。でも大事にしたらレナもクレイモラン伯爵も困るでしょ？　だからもう少しだけ待ってみようよ」

「……そう、だな。義父君、待たせていただいても？」

「は、はい！　もちろんでございます！」

クラウスに義父と呼ばれてカチンコチンに固まったクレイモラン伯爵に代わって、アレックスがサロンへ案内してくれた。

「うちの父がすみません。小心者なもので。それより、姉に何かあったんですか？」

クラウスとリシャールをサロンに案内して、メイドにティーセットを用意するように命じると、アレックスが苦笑しつつ訊ねてくる。

アレックスは十二歳という年の割に落ち着いたしっかりした少年だ。クラウス相手にも委縮せず真っ直ぐ目を見て話せるアレックスは、案外将来大物になるかもしれない。

レナのことが心配で落ち着かないクラウスに代わり、リシャールがかいつまんで説明した。

クラウスはちらちらと時計を見やりながら二人の会話を耳半分で聞く。

（今日は冷える。風邪などひいていないだろうか……）

時計を見ていると、リシャールとアレックスの会話はほとんど耳に入らなくなってきた。時計の秒針の音だけがやけに大きく聞こえてくる。一秒一秒がやけに長い。

そんなクラウスをよそに、リシャールとアレックスの会話は続いていた。

「ええっと、つまり、それは姉がクラウス閣下の相手にふさわしくないと王妃様に判断されたということですよね……？」

「一応はそういうことだけど、王妃の判断はこの際どうだっていいんだよね。兄上の結婚問題に王妃は関係ないから。王妃が何をしたところで、クラウス兄上が手を回しているから、レナが害されることも、クレイモラン家に迷惑がかかることもないし」

「そ、そうなんですか？」

「うん。そうだよね、兄上？」

話を振られて、クラウスがハッと時計から視線を戻す。

「何の話だ？」

「だから、王妃が何を画策しようと、クレイモラン家には迷惑はかからないよねって話だよ」

「ああ、そうだな」

リシャールの言う通りだった。

レナのことはすでに多方面に根回し済みで、テレーズが何を言おうとレナがクラウスから遠ざけられる心配ない。もちろんそれが理由でクレイモラン家が窮地に追いやられることも。

イザベルもそうだが、レナのことは両親――すなわち前国王夫妻にもすでに了承を取り付けている。国王と王妃が反対したとしても、この三人の力でねじ伏せることが可能だ。

だから問題はテレーズの反対ではなく、テレーズが勝手にレナに接触し、彼女を追い出したことにある。状況判断ができないあの無能ものは、ジョージル三世が不用意な噂を流したせいで気を大きくして、すべて自分の望む展開になると盛大な勘違いを起こしたのだ。クラウスもここまでテレーズが馬鹿で身勝手な行動に出るとは思っていなかったので油断していた。テレーズは王妃という立場を得て助長しすぎているようだ。これ以上調子に乗る前に早々に手を打つべきだが、今はテレーズの無能問題よりもレナの方が大事である。

（レナに護衛をつけておけばよかった。私の落ち度だ）

アレックスは安心した顔になって、それから時計を確認して眉を寄せた。

「だとしたら、姉がまだ戻って来ていないのはおかしいですね。姉がお迎えの馬車に乗ったのは正午頃でしたから」

「正午か……」

ならば、レナはいつも通り城に登城したと見ていいだろう。

（すると……もう四時間も経っている……）

城からの帰りは馬車が用意されなかったと聞いた。しかし徒歩とはいえ、一時間もあれば帰りつく距離だ。雪で慎重に歩いていたとしても二時間もかからない。

「兄上。捜索隊は早いかもしれないけど、私兵は出した方がいいかも。兄上の公爵家の私兵、王都にも何人かいるでしょ？」

クラウスは仕事柄、城で寝泊まりしているが、王都にも邸を構えている。邸には何かあったときにすぐに動かせるよう、アルデバード公爵領の私兵を十数名待機させているので、動かそうと思えばいつでも可能だ。

「そうだな。ちょっと出てくる」

「あ、僕が行くよ。ギルバートに頼んでくればいいんでしょ？」

クラウスとリシャールとともに、ギルバートがついて来ている。今頃、馬車を降りてクレイモラン伯爵家の一室で休憩しているはずだ。

リシャールが席を立つと、クラウスはふぅと息を吐きつつ目頭を押さえる。リシャールはおそらく、クラウスが冷静でないから自ら動いたのだろう。気を遣わせてしまった。

（少し冷静にならないとな……）

外は吹雪いているわけではないし、まだ日も暮れていない。城からクレイモラン伯爵家への帰り道で、治安の悪いところもない。レナはきっと、ちょっと寄り道しているだけだ。クラウスはそう自分に言い聞かせて心を落ち着けようとした。

「失礼いたします」

冷静になろうと努めていると、まだ少し顔色の悪いクレイモラン伯爵がやってきた。伯爵が入ってくると、アレックスが自分の役目は終わったとばかりに一礼して部屋を出ていく。

自分の邸なのに、まるで知らない場所に来たような所在なさげな様子で、伯爵がクラウスの対面に腰を下ろした。

伯爵の後ろからメイドが入ってきて、三人分のティーセットを準備して去る。

「どうぞ、大したおもてなしもできませんが……」

「いえ、こちらこそ、急に来てしまって申し訳ありませんでした。驚かせてしまったようで」

「いえいえ！　きっとレナが何かご迷惑でもおかけしたのでしょう。本当に申し訳ありません。

誰に似たのか、少々そそっかしい子でして……」

「まさか、レナにはいつも助けられていますよ。リシャールもよくなついていて、本当に感謝しているんです」

クレイモラン伯爵が何やら勘違いをしているようなので訂正しつつ、クラウスはティーカップに手を伸ばした。

紅茶の香りに、気分が少し落ち着いてくる。ゆっくりと紅茶を飲みながら何気なく部屋の中に目を向けたクラウスは、ふと部屋のあちこちに妙なものが転がっていることに気が付いた。

(なんだ、あの変な壺は。同じようなものがたくさんあるが……)

飾り棚の中にも、床にも。飾るにしては趣味が悪すぎる気がするが、あれはなんだろうか。

「義父君、つかぬことを聞くようですが、あの壺は何ですか？」

怪訝に思いつつ訊ねると、なぜかクレイモラン伯爵がぱあっと顔を輝かせた。

「あれにお気づきになるとは、さすが宰相閣下ですね！　実はあの壺は、数年後にすごく価値が上がるだろうと言われる陶芸家が作った壺なんですよ！」

「……数年後に価値が上がる陶芸家の作った壺、ですか？」

「そうなんです！　いやはや、私は娘と違って芸術にはまったく理解がないのですが、あの壺を見ていると、なんかこう、胸の中が激しくかき乱されると言いますか」

(そ、それはそうだろう。あんな奇抜な色の壺を見ていれば落ち着かなくなるはずだ)

クラウスにはまったく理解できないが、芸術というものは感性の問題だ。あれが素晴らしいと思う人間も、一万人に一人くらいはいるはずなので、クレイモラン伯爵の趣味をとやかく言うつもりはない。ただ解せないのは、その壺が無数にあることと、そして「数年後に価値が上がる」と言った理解しがたい言葉だった。

（……なんだか嫌な予感がするな）

この伯爵とはレナを介して何度か会ったことがあるが、本当に、びっくりするくらい善良な人間なのだ。言い換えるならば騙されやすそうな人間である。

クラウスは不安を覚えて、伯爵の気分を害さないように気をつけながら訊ねた。

「あのようにたくさんの壺を、どうされるおつもりですか？」

「数年後に売ろうと思っているんですよ！　いや、商売の才能もからっきしなのですが、親切な方に巡り合いまして、この壺を取り扱う商人をご紹介いただいたんですよ。数年後に売り払うと、購入資金の十倍はくだらないとかで」

満面の笑みで答える伯爵に、クラウスは絶句した。嫌な予感的中だ。

確かに、流行というものはどう転ぶかわからない。クラウスに理解できない壺に将来高値がつくことも、もしかしたら十万分の一の確率くらいで存在するかもしれない。だが、将来何に価値が出るかなど、誰にもわからないのだ。数年後に儲かるといって商品を購入させられるのは、十中八九詐欺である。それしかない。

「義父君、ちなみにこの壺は、どれだけ購入したのでしょうか？　金額は……？」

「金貨百枚ほどでしょうか？　我が家にはそんな大金はないんですが、領地を抵当に入れたら貸してくださるという親切な方がいらっしゃいましてね！」

クラウスの顔からさーっと血の気が引いた。

「そ、それはレナも知っているんですか!?」

「まさか。いや、レナが閣下とのことがあるので、もし将来いいお話をいただいたときの持参金のためにこっそり買ったんです。驚かせたいので、レナには内緒にしていてくださいね」

クラウスはくらくらと眩暈を覚えた。

（なんてことだ！　領地を抵当!?　間違いなく借金が返せなくなって領地を奪い取られるぞ!?　前から思っていたが、義父君は人を疑うことを知らなすぎる！）

伯爵は親切な人間と言ったが、その親切な人間と商人はグルだ。詐欺師である。

急いで対策が必要だがどうしたものかとクラウスが頭を抱えていると、リシャールが戻って来て目を丸くした。

「どうしたの、困った顔をしてるけど」

「どうもこうも、大問題だ」

クレイモラン伯爵はまだ事の重大性に気づいておらず、にこにこしている。

伯爵のこの騙されやすさは改善が必要だが、今はそれよりも、騙された金を取り戻す方法を練る方が先決だ。さすがに領地を奪い取られたとなると、レナとの結婚は絶望的だからである。

（勘弁してくれ……。だいたい持参金など考えてすらいなかったのに）

クレイモラン伯爵家の財政はわかっているし、アルデバード公爵家には掃いて捨てるほど金があるので、持参金なんて必要ないのだ。そんなものに金を使うくらいなら、今、レナやアレックスに美味しいものでも食べさせてやってほしい。

それに、王家に嫁いでくる人間の持参金などは、あくまで体裁を整えるために必要とされているだけで、ほぼ花嫁の支度金に使われる。見栄っ張りのテレーズですら、嫁いでくるときに用意した金額は金貨五十枚ほどだった。必要だと言われれば、それっぽい箱だけ用意していればいいのだ。わざわざ持参金の額など公表しないから、中が空っぽであろうとクラウスが了承していれば関係ないのである。

(婚約する前に持参金の話などできないとはいえ、事前にそれとなく話しておけばよかったな。私の落ち度だ)

だが、まさか未来の義父が暴走するとは誰も思うまい。いや、伯爵の不安に付け込んだ相手が巧妙だったのか。いったいどこの誰からそんな話を持ち掛けられたのだと問い詰めたかったが、いいことをしたと思い込んでいる伯爵に、これは詐欺だと伝えるのは心苦しい。

クラウスが思い悩んでいると、クレイモラン伯爵家の玄関の呼び鈴が鳴った。

やがて、メイドが慌ててサロンに駆け込んでくる。

「旦那様、大変でございます!」

「今は閣下たちがいらしている。客人には悪いが、断りを述べて帰ってもらってくれ」

「いいえ!　とんでもない!」

メイドの慌てように、クレイモラン伯爵が首をひねる。

クラウスとリシャールもただ事ではなさそうだと警戒したその時、メイドの背後から、勝手に家に上がり込んだ「客人」がひらひらと手を振った。

「クラレンス⁉」

「ひぃ！」

クラウスがぎょっとするのと、文字通りクレイモラン伯爵がひっくり返るのは同時だった。

王弟三人全員が自宅に揃っているという状況に、伯爵が蒼白な顔でガタガタと震えはじめる。

伯爵がひっくり返った大きな音を聞いて、アレックスが部屋に飛び込んできた。

「父様、なにが…………え？」

さすがのアレックスも、目が点になっている。

クラウスは額を押さえて、ひっくり返ったまま魂が抜けたような伯爵にひどく同情した。

さすがにこの場にいさせるのはあまりに可哀そうだったので、気分が落ち着くまで伯爵を別室で休ませるようにアレックスに言うと、彼も察したような顔をして、詫びを入れつつ父親を引きずるようにして部屋を出ていく。

兄弟三人だけになると、クラウスはじろりとクラレンスを睨みつけた。

「何故お前がここにいるんだ！」

「うわ、いきなり怒らないでもいいだろ。それに、今回は褒められてもいいと思うけど！」

「兄上、褒められるってどういうこと？」

リシャールも冷ややかな視線をクラレンスに注ぐ。

クラレンスは口をとがらせた。

「二人そろってひどいよな。せっかくレナちゃんを保護してあげたのに」

「なに？　どういうことだ！」

レナの名前に、クラウスは腰を浮かせた。

「うわ、何で怒るんだよ！　保護って言っただろ？　雪の中に座り込んでいたから我が家に連れて帰ったの！　泣いてたけど、あれ、兄上が泣かしたんじゃないんだろう？」

(泣いていた……)

ショックを受けて固まったクラウスの横で、リシャールがため息交じりに言う。

「クラウス兄上が泣かせたわけじゃないけど、クラウス兄上が原因でもあるかな」

「なんだ、兄上が泣かしたのか。女の子は大切にしないとだめだぞ？　そんなんだから朴念仁とか、冷徹公爵とか言われるんだ」

「……うるさいぞ、クラレンス」

「こわっ！　とりあえず、体がすっかり冷えちゃってたから、休んでもらってるよ。うちの奥さんに落ち着いた頃にここまで送ってあげてねって言ってあるから大丈夫」

「それなら、お前は何をしに来たんだ」

「兄上に報告があって」

「報告？　……まあいい。聞いてやるから少し待っていろ」

クラレンスの家にいるのならば今から向かいたくて仕方がなかったが、フローラに頼んだのならばレナはきちんと送り届けられるだろう。

　クラウスが席を立とうとしたが、リシャールが気を利かせて先に動いてくれた。ギルバートに、アルデバード公爵家へ捜索を打ち切るように伝えて戻ってくる。

　丁度リシャールが戻ってきたとき、クラレンスが部屋の中にあった奇抜な壺を見つけて目を丸くした。

「驚いたな。報告って言うのがさ、この壺に関することだったんだよね」

「その奇々怪々な壺がどうかしたのか？　どうせ詐欺だろう？」

「はは！　奇々怪々って言い得て妙だね！　その通り詐欺なんだけどさ、問題はこれと似たような壺が王都のあちこちで詐欺に使われているってことなんだよね。将来価値が上がるとかいって高値で壺を売りつけるんだ。騙されたと気づいても背後に貴族がいるから泣き寝入りするしかないって聞いてさ、貴族がらみなら調べた方がいいだろうなって調査してたわけ。そしたらさ、ちょっと面白いことがわかったんだよね。面白いと同時に厄介でもあったから、取り扱いに悩むものではあるんだけど、たぶん今の兄上の役に立つと思うよ」

「面白くて厄介でクラウス兄上の役に立つって……なに？　王妃がらみだったりするの？」

「さすが我が弟！　聡明だな！」

「褒められても嬉しくないよ。それに、あんまりじらすと怒られるよ？」

　リシャールの言う通り、今のクラウスにはクラレンスの無駄話をのんびり聞いてやれる心の余裕はない。イライラしていると、クラレンスがひくりと頬をひきつらせて話を続ける。

「結論から言えば、詐欺の主犯はギルメット伯爵だ」

「ギルメット？　……ギルメット伯爵と言えば、ダゲール侯爵家と関係がなかったか？」

「そうそう。さすが兄上、よく知ってるな！　ダゲール侯爵の妹の嫁ぎ先がギルメット伯爵家だ。で、ここからがさらに面白いわけだが」

「……まさか、詐欺にダゲール侯爵も噛んでいるのか？」

「そのとおり！」

「証拠は？」

「もちろんある。レナちゃんもいいもの持ってたからねー」

レナの名前に首を傾げると、クラレンスが手に持っていたスケッチブックを差し出した。

それはレナが普段から使っているスケッチブックだった。何気なくめくったクラウスは、そこに自分の顔が描かれているのを見て反射的に頬を染める。

クラレンスが怪訝そうな顔をして、「ああ、そこじゃない」と言ってクラウスからスケッチブックを取り上げた。

「クラレンス」

「見たいならあとで見ればいいでしょ。今は……そう、ここ」

「……なるほど」

クラレンスが開いたページを覗き込んだクラウスは、一転して難しい表情を浮かべる。

リシャールもスケッチブックを覗き込んで苦笑した。

「レナってば、いつの間にこんなものを描いたんだか。ばっちり日付も入っているね」

「ね？　ここから裏が取れるよ。今うちのものを調査に向かわせてるから、言い逃れできないだけの証言と証拠を集めてくると思う」

「でかした、クラレンス」

今のままでもテレーズの身勝手な暴走を突っぱねることはできるが、この際、二度と馬鹿なことを思いつかないように叩いておくのも悪くない。

クラウスはクラレンスの持っている壺に視線を向けて、にやりと笑った。

☆

フローラとともに、彼女が用意したサラバード公爵家の馬車でレナがクレイモラン伯爵家に帰宅すると、そこにはクラウスをはじめ三人の王弟が勢ぞろいしていた。

クラウスの顔を見て、反射的に体を強張らせてしまったレナを、彼がホッと安堵した顔で抱きしめる。

「よかった。……心配したんだ」

「クラウス様……」

その腕の温かさに、涙腺がじわじわと緩んでいくのを感じて、レナはクラウスの腕の中で何度も目をしばたたいて涙を我慢した。ここで泣くと、クラウスを困らせるだけだ。

　フローラがくすくすと笑って、クラレンスを見やる。

「その様子だと、悪だくみはうまくいきそうなのね」

「そういえば、悪だくみって何だったんですか⁇」

　気になったレナがクラウスの腕の中から顔を上げてクラレンスとフローラを見るが、二人そろって悪い笑顔を浮かべているだけで説明してくれる気配はない。

　首をひねっていると、レナを抱きしめたままのクラウスが聞き捨てならないセリフを吐いた。

「義父君の金も取り返さなくてはならないからな」

「お金を取り返す……？」

　どういうことだろうかと思っていると、父が気まずそうな顔で玄関に顔を出した。

　その顔を見て、父が何かをやらかしたのだとレナは直感する。

「お父様、いったい何をやらかしたの⁉」

　疑う余地もなく何かしたのだと決めつけると、父がしおしおと縮こまった。

「まあ、そう責めてやるな。義父君も、君のためにしたことなんだから」

「そうそう、レナの持参金を作ろうと頑張ったみたいだよ」

　クラウスに続いて、リシャールが楽しそうな顔をして笑う。

「持参金……？」

「兄上に嫁ぐなら多額の持参金が必要だって言われて騙されちゃったみたい」

「え⁉」

驚愕するレナに、クラウスが事の顚末を教えてくれる。

サロンや廊下に趣味の悪い壺があることはレナも知っていた。どこかで拾ってきたか、その辺の露店で声をかけられて断り切れずに買ってきた安い壺だろうと勝手に思い込んでいたが、大金をはたいて購入したものらしい。我が父ながら、何て騙されやすいのだろう。壺や絵画を高値で売りつけられそうになったらまず詐欺を疑えと、レナの母方の祖父からも口を酸っぱくして言われていただろうに。

(そんなことより持参金って……早とちりもいいところよ！　もう、恥ずかしい……)

クラウスに求婚されたわけでもないのに、突っ走りすぎだ。

(でも、お父様がお金の心配なんて……はじめてのことじゃないかしら？)

儲け話にはちっとも興味のない父が、見当違いとはいえ金を稼ごうとした。父の中でも少しくらいは意識改革があったのだろうか。だとしたら、現在レナが領地で試作させているオレンジの加工品やコーヒーの話にも聞く耳を持ってくれるかもしれない。

クラウスの腕の中におさまったままそんなことを考えていると、こほん、とフローラがわざとらしく咳ばらいをした。

「それでクラウス様、いつになったら感想を言ってくださるのかしら？」

「感想？」

クラウスが怪訝そうな顔をすると、フローラが笑顔で舌打ちして「この朴念仁が」と悪態をつく。笑顔で悪態をつくとか、なかなか器用だ。

「レナの格好ですわよ！　せっかく可愛く着飾ったのよ？　何かないの？」

フローラが腰に手を当てて文句を言う。

レナは恥ずかしくなって俯いた。レナは今、フローラのドレスを着ているのだ。

レナがクラウスにふさわしくなりたいと言うと、とりあえず今日は外見から入ろうと言い出したフローラによって、あれよあれよと着飾られたのである。

今のレナは、お姫様のような薄ピンク色のドレス姿で、キラキラと輝く宝石を身につけている。いつもよりしっかりと化粧もされていて、鏡を見たときは別人かと思ったほどだった。

（っていっても、元がもとだから、すごい美人になったわけじゃないけど……）

それでも、自分自身ですら感動するほど変わったのだ。クラウスも、少しは可愛いと思ってくれるだろうか。

ドキドキしながらクラウスの返答を待っていると、彼はレナを見下ろして、真顔で言った。

「何を言うのかと思えば。レナはいつも可愛いだろう」

「――――」

ボッとレナの顔が、火がついたように熱くなった。

対して、フローラが「はー」と息を吐く。

「そういうことじゃないのよ。頑張っておしゃれをした恋人にかける言葉は、そうじゃないの。昔から本当に朴念仁なんですもの、あきれちゃうわ」

クラウスがむっと眉を寄せると、クラレンスがけたけたと笑い出す。

「ドレスが可愛いとか、化粧が似合っているとか、いろいろあるだろ？　だからモテないんだ、兄上は」

「モテなくて結構だ」

ふん、とクラウスが鼻を鳴らして、改めてレナを見下ろしてきた。

そして碧色の双眸をやわらかく細めると、レナの頬に指先を滑らせる。

「いつも可愛らしいが、着飾っているのも悪くないな」

「――っ」

クラウスの笑顔に加えての甘い発言に、心臓が壊れそうだ。

レナが赤い顔のままぷるぷると震えはじめると、クラウスが心配そうな顔になった。

「どうした？　熱でもあるのか？」

「だ、大丈夫です！」

ふるふると首を横に振るレナの耳に、はーっという盛大なため息が三つ聞こえてくる。

「だから、ちょっと違うのよねー」

フローラが諦めたような顔で、そんなことを言った。

「さてと、これからどうするかだけど」

これからのことを話し合う必要があるとクラレンスに言われて、レナは玄関からサロンへ移動した。

父とアレックスは王族だらけの席に同席させるのが可哀そうだったのと、いても役に立たなそうだったので外してもらっている。

クラレンスが口を開くと、クラウスが怪訝そうな顔をした。

「どうするも何も、証拠を揃えているのだろう？　それを持って、ギルメット伯爵とダゲール侯爵を糾弾すればいいだけだ」

「詐欺の件は兄上の言う通りそれでいいけどね、問題はもう一つ残っているだろ？」

「問題？」

クラウスがますます不可解そうな顔になると、リシャールが苦笑した。

「兄上。自分の噂のこと忘れたの？　兄上は自分のことを後回しにしがちだけど、さすがにこれは後回しにはできないよ」

リシャールに指摘されて、クラウス同様、レナもハッとした。

(クラウス様の婚約の件……)

父が耳にしてきたくらいだ、少なくとも王都中に噂が広まっていると考えていい。

所詮噂であっても、さすがにこれは無視できない問題である。

「……そうだったな」

クラウスがこめかみを押さえて瞑目(めいもく)した。

「噂の出所が出所だからな、これを放置すれば王族の信用問題にかかわる」

「まさか国王がデマを流したなんて言えないからね」

「ええ!?」

まさか国王が噂の出所だとは思っていなかったので、レナが素っ頓狂な声をあげると、フローラが頬に手を当ててのほほんとした声で言う。

「あら、それは困りましたわねぇ。相手の名前が噂されていないことが不幸中の幸いですけど、さすがに放置も否定もできないでしょうね」

放置どころか否定もできないと聞いて気持ちが沈みかけたが、レナは深呼吸してどうにか心を落ち着けた。

(大丈夫、わたしはクラウス様が大好きで、クラウス様もわたしのことを好きでいてくれているんだから……)

クラウスはレナと結婚するために動いてくれているとフローラから教えてもらったのだ。もう、些細(ささい)なことで一喜一憂してはいけない。クラウスの気持ちを信じて、彼にふさわしくあるために努力すると決めたのだから。

クラウスがレナを安心させるように肩を抱いた。

レナがクラウスを見上げて微笑んだ時、クラレンスがぽん、と自分の膝を叩いた。

「そこで、だ！　逆にその噂を逆手に取ればいいと思わないか？　なあ、リシャール？」

「そうだね。それがいいかも。それが一番簡単にまとまるし、国民に不信感を抱かせずにすむ方法だと思うよ」

(逆手？)

「待て。私は――」

「あんまり時間がないから諦めてよ兄上。一番いいのは、ギルメット伯爵とダゲール侯爵を詐欺罪で糾弾する前なんだ。正式文書はあとでもいいけど、噂だけはできれば今日中に流した方がいい。噂が広がるのにも少し時間がかかるし、順番が逆になると、今回の件に変に関連付けて見る人が出るかもしれないからね。レナも、申し訳ないけど我慢してほしい」

「我慢、ですか？」

話についていけないでいると、クラウスが気まずそうな顔をこちらへ向けた。

「レナ……つまりだ、世間で噂されている私の婚約の話題にかぶせて、婚約者は君だという新しい噂を流せと、リシャールたちは言っているんだ」

「ええ!? 婚約!?」

「正式に求婚する前なのに、こんなことになって本当にすまない」

「え、いや、あの……」

さすがに混乱してきた。

（婚約？ わたしとクラウス様が？ でも、身分とか……、あ、身分問題はクラウス様が根回ししたってフローラが……あれ？ じゃあ、本当に？ そんな、どうしよう……！）

レナは両手で顔を覆った。

そうでもしていないと、いろいろな感情が爆発しそうだったからだ。

こんな時なのに、嬉しくて、恥ずかしくて、なんだか泣きそうで、でもにやけてしまいそうで――きっと今、レナは相当変な顔をしている。

「レナ……その、嫌か？」

レナが急に顔を覆ってしまったので、クラウスが戸惑ったような声を出した。

レナは顔を覆ったまま首を横に振る。

嫌ではない。嫌ではないけど――

「えっと、その……びっくりして……頭がついていかなくて……」

まるで、自分に都合のいい夢を見ているような気分だった。

今日の昼、テレーズからクラウスがほかの誰かと婚約すると告げられて、追い出されて、絶望のどん底まで突き落とされたと思ったのに、今は足元がふわふわする。

一日の間に、最低な気分から最高の気分までを経験して、自分のことなのに感情の振れ幅についていけない。

（でも、これだけはわかるわ。わたし、クラウス様とこれからも一緒にいられるのね……）

難しいことはわからないが、もう、レナはそれだけで充分だった。

☆

レナとクラウスの婚約の噂が広まって三日後。

クラレンスが用意した証拠をもとに、ギルメット伯爵とダゲール侯爵を詐欺罪で捕縛し、クラウスは二人の爵位剥奪の書類を整えていた。

二人の財産も押収し、彼らの詐欺の餌食になった人々の救済もはじめている。とはいえ、詐欺に遭った金額のすべてを返金するのはどうしても難しいだろう。今は詐欺に遭った人数と被害額をまとめ、押収した財産をどのようにして被害者に割り当てるかを考えている最中だ。

ちなみに、クレイモラン伯爵家については、借金の抵当に入れていた領地についてはその書類を破棄している。これはギルメット伯爵とクレイモラン伯爵の間で交わした書類だけだったので、破棄は簡単だった。が、ギルメット伯爵から借りた金貨百枚以外にもクレイモラン伯爵が壺の購入に充ててしまった金があって、それの返済は難しいのではないかと思っている。クレイモラン伯爵だけ全額救済してしまうと、ほかから不満が出るのは必至だからだ。

レナはぷんぷん怒っていたが、幸いにしてレナが領地のオレンジ加工とコーヒー豆の事業をはじめようとしているので、損をした額はすぐに取り返せるだろうと思われる。

オレンジの加工品とコーヒー豆の卸先はクラウスが口添えして、契約にも立ち会うつもりだ。そうでもしないと、あのクレイモラン伯爵はうっかり不利な条件で契約を交わしそうだからである。せっかくレナが頑張っているのだから、取れる利益はしっかり取ってあげたい。

（まあ、今回のことで義父君も相当懲りたみたいだからな。大丈夫だとは思うが……）

不幸中の幸いと言うか、これまでのらりくらりと生きてきた伯爵が、今回のことで金の大切さが身に染みたのか、領地経営に乗り気になっている。これを機に公爵家から人を貸し出して彼を鍛えるのもいいかもしれない。

「これを刑務部に出してきてくれ」

書類を補佐官に手渡して、クラウスが一息つこうとしたときだった。

ユーグが大慌てで執務室に飛び込んできた。見れば、その顔が青ざめている。

「か、閣下！」

「閣下、大変でございます！　エルネスト先王陛下とユリアーナ王太后様が先ほど城におつきになられまして……！」

「ああ、思ったより早かったな」

「思ったより!?　ご存じだったんですか!?」

泡を食ったようなユーグに、クラウスは側近には告げておくべきだったかと少し反省する。

国王夫妻に灸をすえるために、リシャールと相談して両親に連絡を入れたのだ。

到着前に逃げられると困るので、そのことは誰にも告げていない。両親も、わざと先ぶれを入れずに突撃してきたようだ。

（事の顛末をすべて書いて送ったからな、相当怒っているはずだ）

こちらからの手紙は早馬で届けさせたが、それでも三日で王都にやってくるとは相当急がせたに違いない。馬車ではなく馬を駆けてくるくらいのスピードだからだ。おおかた昼夜問わず馬車を走らせたのだろう。さらに、礼儀を完全に無視して先ぶれなく突撃してくるあたり、父と母の怒り具合がわかろうというものだ。

「安心しろ。出迎えの準備が整っていなくとも叱責されることはない。今回は例外なんだ。数日は滞在するだろうから、女官長に報告し、侍女とメイドに指示を出させて部屋を整えさせろ。慌てなくていいと告げておいてくれ。まあ、女官長なら察するだろうがな」

「は、はあ……」

クラウスが側近とそんな話をしている間にも、開け放たれた扉の外から、「お待ちくださいませ！　陛下はただ今会議中で……」と慌てた声が聞こえてきた。

「やかましい！　会議？　いったい何の会議だ！」

対して、機嫌の悪そうな父の声もする。

声だけで激怒しているのがわかるので、できればクラウスの執務室は素通りしてほしかったが、足音はこちらへ向かって来ているようだ。

案の定、開けたままの扉に眉を顰めつつ、父が顔を出した。

「ジョージルはどこだ」

「執務室にいると思いますよ。今日は会議の予定はありませんからね」

父は、クラウスでも身がすくみそうになるほど怖い顔をしていた。

あっさりと兄の嘘をばらしてやると、父の表情がさらに険しくなる。

父は追いすがるジョージル三世の側近を無視して踵を返すと、すたすたと国王の執務室へ向けて歩き出した。

（ま、しっかり反省するといい）

今回ばかりはクラウスに兄をかばう気はない。

やがて、国王の執務室に、久々に先王エルネストの特大の雷が落っこちた。

☆

ジョージル三世がエルネストに容赦なく怒られているのと同時刻。

王妃テレーズの部屋に何の前触れもなく現れたのは、王太后ユリアーナだった。

突然の義母の登場にテレーズは蒼白になり、慌てたように立ち上がった。

(どうしてお義母様が!?)

ユリアーナは年を経てもなお健在の美貌を微笑ませていたが、背後に何か黒いものを感じ取ってテレーズは震えあがった。

「お久しぶりね、テレーズ」

「お、お久しぶりでございます、お義母様……」

おっとりと優しい雰囲気のユリアーナだが、実は怒るとものすごく怖い。

苛烈な性格のエルネストと長年夫婦でいられるだけの女性なのだ。イザベルとは違った恐ろしさがある人なのである。

ちなみに、イザベルが相手ならば夫に泣きついてどうにかすることが可能だが、ユリアーナは無理だった。そういう意味ではテレーズにとってイザベル以上に怖いのがこの義母なのだ。

「突然ごめんなさいね。今日は予定がないと聞いたわ。少しお時間いいかしら?」

予定がないのに付き合えないはずはないでしょう？　という脅しに似たなにかが聞こえた気がした。

ユリアーナがテレーズの侍女たちに、お茶と茶菓子を用意して控室に下がるように告げる。テレーズの侍女たちだが、ユリアーナの気迫に逆らえるものなどいるはずもなく、大慌てでティーセットを準備して逃げるように部屋を出ていった。

ユリアーナは優雅にソファに腰を掛けると、立ったままのテレーズに座るように言った。優しい口調だが、これは命令だ。

ガクガク震えながらユリアーナの対面に腰を下ろすと、ユリアーナは淑女の手本のような所作でティーカップに口をつける。

「――さてと」

ゆっくりと紅茶の味と香りを楽しんだあとで、ユリアーナがティーカップを置いた。顔からは笑顔が消え、ぞくりとするような冷ややかな空気が彼女の周りを取り囲む。

テレーズはすでに泣きそうだった。テレーズが王妃ではなく王太子妃だった時代、どれだけこの人に怒られたことか。思い出すだけで震えが止まらなくなる。

（ようやくいなくなったと思ったのに、どうして……）

退位したエルネストとユリアーナが城を離れ別邸で暮らすと聞いたときは天にも昇る気持ちだった。なのに、どうしてまた戻ってきたのだろうか。しかも先ぶれもなかった。事前に知っていたら理由をつけて逃げることもできたのに。

「あなたのお友達……ダゲール侯爵夫人だったかしら？　そのダゲール侯爵家が、今回とんでもないことをしてくれたみたいね？」

「そ、それは……わたくしも知らなかったことなのです！」

「そう。それで？」

「ですからわたくしは、何も悪く……」

悪くない、と言いかけた瞬間、ユリアーナの目がすーっと細められた。

「交友関係には気をつけなさいと、あれほど教えたことをもう忘れたのかしら？　あなたは王妃なの。知らなかったですまされると思っていて？　だいたい、今回の件も、あなたが無駄にダゲール侯爵夫人を可愛がったから、彼女たちが気を大きくして起こした問題ではないと言い切ることができるのかしら？　そうそう、クラウスからも聞いたわよ？　詐欺を働いた家の娘をクラウスにあてがおうとしたそうね」

「――――っ」

「本当、未然に防げてよかったわ。万が一そんな話が噂にでもなっていたらと思うと、ゾッとするもの。王家の信頼は失墜。最悪あなたとジョージルには責任を取ってもらうしかなかったでしょうね」

「せ、責任……」

「そうね。ことの大きさにもよったでしょうけど、退位後幽閉……王家の威信の失墜度合いでは、最悪、次期王の手で処刑ということもあり得たかしらね？」

うふふ、とユリアーナは微笑みながら言うが、笑いながら言えるような内容ではなかった。

「王家の信用問題というものは、それほど重たいの。わかるかしら？　王家の信用が傾けば、国民の不満がやがて内乱にも結び付くでしょう。国の終わりというものはね、意外とあっけないものなのよ。わたくしが何度も教えたから、当然頭に入っているわよね？」

「は、はい……」

「そう、よかったわ。それで、今回の件はどう責任を取るつもりなのかしら？　まさか、傍観者でいられると思っているわけじゃないわよね？」

テレーズは冷や汗をかいた。

ここで回答を間違えると、自分はただではすまないかもしれない。そんな予感がする。

ガタガタと震えながら必死で頭をフル回転させて、テレーズは答えを出した。

「こ、交友関係のある家に不正がないかどうか調べさせます」

「それから？」

「そ、それから……こ、交友関係は、一度まっさらな状態に、いたします……」

「それがいいでしょうね？　あなたはいい顔をしすぎたようだし。まあ、及第点ではないけれど、いいでしょう。ただし、次はないと思ってちょうだいね」

ユリアーナは静かに立ち上がると、「話は以上よ」とテレーズに背を向ける。

ユリアーナが本気になれば、テレーズの何もかもを簡単に奪うことができるのだと再認識させられて、テレーズはしばらく、立ち上がることができなかった。

エピローグ

騒動から十日ほどたって、レナはクラウスとともに彼の領地のスケート場に来ていた。

クラウスは前国王エルネスト夫妻にジョージル三世とテレーズの監視を押し付けて、一週間の休暇をもぎ取ったのだ。

エルネストもユリアーナも、今回の件でレナに迷惑をかけたから二人の時間がほしいと言えば、二つ返事で了承してくれたそうだ。何でも、すべきことをきちんとしていれば、理不尽に怒るような二人ではないのだと言う。

ここに来る前にレナも前国王夫妻に会ったけれど、普通に優しそうな二人だった。クラウスを頼むと言われて、ユリアーナからは今度ゆっくりお茶をしようと誘われもした。クラウスにふさわしくないと言われるかと不安だったが、そんな心配が杞憂に終わってホッとしたものだ。

スケート場に到着すると、宿の前に迫力のあるドラゴンの雪像が完成していた。

子供たちは次の雪像に取りかかっているようで、玄関を挟んで反対側に作られた台形の雪山の前には、「狼作成予定」という木製の看板が立てられている。

（ふふ、狼とか、また難しそうなものにしたのね）

宿の玄関に入ると、そこには子供たちが一列に並んでクラウスを待っていた。

クラウスに褒めてほしそうにキラキラと目を輝かせている。

「立派なものを作ったな」

クラウスが小さく笑って子供たちの頭を撫でると、彼らは誇らしげに胸を張った。

「それで、頼んでいたものはできたのか？」

(頼んでいたもの？)

雪像以外に、クラウスは何か子供たちに頼みごとをしていたのだろうか。

首を傾げるレナを子供たちがちらちらと見ながらニヤニヤと笑い、大きく頷く。

「うん！　宿の裏の目立たないところに作っておいたよ！」

「そうか、世話をかけたな。土産だ。分けて食べろよ」

「「「やったー！」」」

クラウスから王都の土産のクッキーを受け取って、子供たちが歓声をあげて駆け出した。

それを見ていたジュペットが「お客様の迷惑になるから走らない！」と注意している。

宿は相変わらず盛況で、一か月先までほとんどの部屋が予約で埋まっているそうだ。

クラウスが子供たちにした頼みごとは少し気になるけれど、何でも訊ねるのはよくないだろう。気になりつつもレナはクラウスとともに先日来たときと同じ部屋へ移動すると、まず持って来た荷物を片付けるところからはじめた。

今回は一週間の滞在なので荷物がたくさんあるのだ。

身の回りの世話に誰かを連れてこようかとクラウスに訊ねられたが、たいていのことは一人でできるからと言ってお断りしたので、荷物は自分で片付けないといけない。

せっせと寝室のクローゼットの中に着替えを片付けて、続き部屋に戻ると、クラウスが窓からスケート場を眺めていた。スケート場も、その周りの露店もにぎわっている。

レナが彼の隣に立つと、クラウスが自然な仕草でレナの肩に手を回す。

「スケッチブックは忘れず持って来たのか？」

「はい、大丈夫です！」

リシャールから、スケート場の様子をスケッチしてきてほしいと頼まれているのだ。

二人の男の絵が描かれた、これまで使っていたスケッチブックは詐欺の証拠品として回収されてしまったので、クラウスがお詫びにと新しいスケッチブックを買ってくれたのだ。

休暇といっても領主であるクラウスはスケート場の運営報告を聞いたり、相談に乗ったりと忙しいはずなので、彼が忙しくしている間は、絵を描いて過ごすつもりだ。

レナがそう言うと、クラウスは少しだけ困ったように笑った。

「休暇だから私も仕事は抑えるつもりでいるが、どうしてもいくつか確認事項があるからな。君を放置するようで申し訳ない」

「気にしないでください。絵を描いたり子供たちと遊んだりしてすごしますから。……その分、時間があるときは側にいてくれると嬉しいですけど」

最後は少し恥ずかしかったので小声で言うと、クラウスが優しく目を細めてレナを背後から抱きしめた。

「ああ。約束する。……それからもう一つ。今日の夜に行きたいところがあるんだが、ついて来てもらってもいいか？」

つむじの上に顎をのせてクラウスが喋るから、なんだかクラウスの声が直接体の中で響いているような錯覚を覚えた。

鼓膜を震わせる低めの艶のある声にドキドキしながら、レナが「はい」と返事をすると、チュッと頭のてっぺんにキスが落ちてくる。

（なんか……甘い……）

クラウスはいつも優しいけれど、今日はどうしてかいつもよりも彼の雰囲気が甘い気がする。

窓に映る自分の顔が真っ赤に染まっていることに気が付いたレナは、背後から回されているクラウスの腕をきゅっと握って、赤い顔を隠すように俯いた。


夜――

夕食を終えて、クラウスが向かったのは宿の外だった。

宿の周りには灯りが灯されているが、どうやら少し歩くようで、クラウスの手にはランタンがある。

「暗いから足元に注意してくれ」

宿の玄関前は雪かきをしているのでそれほど深く雪は積もっていないが、宿の裏は表ほど頻繁に雪かきをしないので、歩こうとすると簡単に足が埋まってしまう。ひざ丈のブーツなので靴の中に雪が入ることはないが、確かに注意しないと転んでしまいそうだ。

クラウスに先導されて歩いて行くと、やがて、暗いはずの夜の闇の中に灯りが見えた。

最初はぎくりとしたが、クラウスが気にする様子がなかったので安心してついて行くと、その灯りの正体が徐々に見えてくる。

「わぁ……」

正体がわかった途端、レナは思わず足を止めた。

それは、雪で作られた小さな祭壇だった。

長方形の祭壇の周りにはたくさんの蝋燭が並んでいて、オレンジ色の炎が揺らめいている。

遠くから見えた灯りはこの蝋燭の炎だったのだ。

その炎が、雪に反射してキラキラと輝いて見える。

周囲の木々もオレンジ色に照らされて、見上げれば銀色の星が宝石のように輝いていて――まるで一枚の絵画を見ているような気分になった。

あまりの美しさに声を失っていると、クラウスがレナの手を引いて祭壇の前まで連れていく。

「子供たちに作ってもらったんだ」

見上げると、クラウスの綺麗な銀色の髪も蝋燭の炎の色で染まっていた。

(子供たちへの頼みごとって、これだったの？)

でもなぜ、宿の裏手――しかも、少し離れたところに作ったのだろうか。これほど美しいものなら、もっと人目につくところに作ればいいのに。

きっと喜んで人が集まるだろうと思っていると、クラウスが真剣な顔でレナに向きなおる。

「レナ、前回ここに来たときには、嫉妬心を起こして君につらく当たってすまなかった」

「い、いえ、わたしの方こそカッとなって……って、ん？」

喧嘩の仲直りをする前にごたごたがあって、お互い謝罪をしていなかったと思い出し、レナも謝罪を口に仕掛けたのだが、ふとそれよりも気になる単語を耳にして首をひねる。

「嫉妬心……？」

クラウスに似つかわしくないその単語を不思議に思っていると、クラウスが顔を赤く染めた。

「あ、いや……その、白状すると、君がほかの男と話しているのを見て嫉妬したんだ。我ながら大人げないと思うが……あの時は自分の感情を持て余して、君に当たってしまった。カッコ悪いだろう？」

「そんなことないです！」

つい食い気味に否定してしまったら、クラウスが目を丸くする。

「だが、やはり狭量すぎるのもどうかと思うからな、これからはできるだけ泰然と構えていられるように努力しようと思う。すぐには変われないかもしれないが、頑張るから――」

クラウスはそこで言葉を切って、ゆっくりとその場に片膝をついた。

「本当はもっと早くにこうしたかったんだが……、あの噂のせいで順番が逆になってすまない」

まるで繊細なガラス細工を手に取るように、クラウスが恭しくレナの手を取って、コツンと自分の額に押し付ける。

その、まるで物語の中の王子様のような仕草に――実際王子様なのだが――、ドキリとレナの心臓が大きく高鳴った。

「改めて、自分の言葉で伝えさせてくれ」

（言葉って……）

レナの勘違いでなければ、これは――

「レナ。私は君のことが好きだ。君には一生、私の側にいてほしいと思っている」

「――っ」

レナの唇が震えた。

あっという間に目に涙の膜が張って、レナを見上げるクラウスの顔がぼやける。

「だから、どうか私と結婚してくれないか？」

その言葉を聞いたら、もう駄目だった。

ボロボロと涙が溢れて止まらなくなる。

唇だけではなく喉まで震えていたが、それでもきちんと返事はしなければと、レナは嗚咽（おえつ）を殺しながら口を開いた。

「は、はい……！」

それだけ言うのが精一杯だった。

そのまま泣き崩れてしまうと、クラウスが立ち上がり、レナをすっぽりと抱きしめる。

「君を一生守ると誓うよ」

もう声を出すこともできず、腕の中でこくこくと頷くと、なだめるように頭が撫でられた。

クラウスとレナの婚約は王都で噂になっているが、クラウスから直接言われたわけではなかったので、あまり実感がなかった。

嬉しいけれど、現実ではないようなふわふわした感じがしていたのだ。

けれども今、クラウスの口から求婚されたのだ、という自覚が、胸の中に広がっていく。

「レナ」

呼ばれて、涙でぐちゃぐちゃな顔を上げると困った顔をされた。

「泣きすぎだ」

クラウスの指がレナの目元に触れる。

涙を払うように指の腹で何度か撫でられて、そのあとで、顔を支えるように彼の手が頬に添えられた。

ゆっくりとクラウスの顔が近づいてくる。

そして、彼の吐息がレナの唇にあたって――

レナは、そっと目を閉じた。

はじめての××

それは、レナがクラウスと両想いになって、二週間ほどが過ぎた日のことだった。

（デート、デート……これって初デートよね？）

レナが登城しているときはリシャールの部屋に顔を出してくれるが、クラウスと二人っきりで出かけたことはまだない。そんな多忙を極めているクラウスからデートに誘われたのが三日前で、今日が待ちに待ったその日だった。

天気はカラッとした夏晴れだ。この上なくいい天気で、絶好のデート日和である。

外を歩くから日傘を持っていた方がいいと言われて、新調したばかりの白いレースの日傘を手に、レナがそわそわと玄関ホールで待っていると、クラウスを乗せた馬車が到着した。

私服の紺色のシャツがまぶしい。城で見るクラウスはピシッとした格好をしているが、少し着崩した私服姿は、レナが見慣れないからだろうか、よくわからないが神々しささえ感じる。

（私服のクラウス様カッコいい……）

夏服なので袖は二の腕の半ばまでしかなく、袖口からのぞく腕につい視線が吸い寄せられる。

宰相職のためインドア派に思えるが、クラウスは文武両道だ。適度に筋肉がついている引き締まった腕にドキドキする。

（今日、お父様がいないのが幸いね。クラウス様が迎えに来たって知ったら卒倒するわ）

そろそろ伝えなければと思ってはいるが、クラウスとお付き合いしていることはまだ父には報告していない。勘がよければ言わなくても気づくだろうが、父は鈍感でなおかつ娘が王弟と交際する可能性はこれっぽっちも考えていないはずだから、絶対に気が付いていないだろう。

馬車に乗り込み、自然とクラウスと隣り合わせで座る。

馬車が動き出すと、レナはまだ聞いていなかった今日の行き先を訊ねた。

「今日はどこに行くんですか？」

「郊外の滝に行こうと思う。王家が所有している山だから、あまり人が近づかず静かなところなんだ」

山のふもとに王家の別荘があり、そこに馬車を停めて滝まで歩くそうだ。滝があるところまでは歩道が整備されていて、急斜面になっているところもなく安全だという。

クラウスの説明を聞きながら馬車に揺られて二時間ほどで別荘に到着する。

使用者がいないときは管理人しか置かれていないため、クラウスは料理長に頼んで昼食の弁当を用意させたらしい。

別荘でのんびり昼食を取ってから、レナとクラウスは護衛としてついてきたギルバートを別荘に残し、二人っきりで山に入った。

ギルバートは心配そうだったが、デートに側近がついてくると落ち着かないので、二人きりになれるのは嬉しい。

「たまに木の上にリスや鳥が留まっているから、確認しながら歩くのも面白いぞ。上ばかり見すぎて足元への注意が散漫にならないようにしてくれ」

クラウスがそう言うそばから、歩道の周りの木々が落とす木陰に小さな鳥の影を見つけてレナは見上げた。目を凝らすと、細い枝の上にお腹が白くて丸い鳥が留まっている。王都では見かけない鳥だった。鳥好きなクラウスが柔らかく目を細めて名前を教えてくれる。

（ふふ、クラウス様は本当に鳥が好きね）

レナが描いた青い鳥の絵も、いつの間にかリシャールがクラウスに渡していて、彼の自室に飾られていた。それを知ったときは恥ずかしくなったが、気に入ってくれているようなので嬉しい。今度はまた違う鳥の絵を描いてプレゼントしてみようと思っているので、この場で見かけた鳥を参考にしてもいいかもしれない。

「レナ、ここからは木の根が飛び出していて少し足場が悪くなる。手を」

クラウスがそう言って、すごく自然にレナの手を取った。

クラウスと手をつないだことは過去にもあるけれど、まだ慣れなくて、レナの顔が赤くなる。クラウスが忙しすぎて、彼とはまだ手をつなぐ以上のことはしていないけれど、手をつないだだけでこんなに恥ずかしいのならこの先は一生無理な気もしてきた。というか手をつなぐだけで死ぬほど幸せだ。

この時間が永遠に続けばいいのにと思いながら歩くこと三十分。歩道が途切れ、目的の滝が姿を現した。

山に入ったときからザァ……という滝の音は聞こえていたけれど、近づくとその水音はとんでもなく大きかった。白い水しぶきをあげながら真っ逆さまに落ちていく滝の下は泉のようになっていて、そこから水はゆるい傾斜を川となって流れていく。

滝の下の方には煙のような水しぶきに日差しが反射して、虹もかかっていた。

「うわぁ……綺麗……」

滝壺はクラウスの瞳のように碧く、透明度も高くて、とにかく幻想的だ。ここにキャンバスを持ってきて絵を描きたくなってくる。

「水しぶきを浴びることにはなるが、もう少し近くまで行かないか？　あの、虹のあたりまで」

小さな声では滝の音に攫われてしまうため、クラウスがいつもより大声で言う。

「はい、ぜひ！」

「滑るから気をつけろ」

クラウスがしっかりとレナの手を握って、足元に注意しながら滝の近くまで連れて行ってくれる。水しぶきがもろにあたってくるが、夏場だからこれも涼しくていい。

滝とそこにかかる虹を見上げていると、クラウスがレナの肩に手を回した。思わずびっくりして彼を見上げると、どうしたのだろう、ちょっとそわそわしているように見える。

「レナは、その……『妖精の悪戯』という本を読んだことがあるか？」

「あ、はい！　知っています。二年くらい前に流行った本ですよね？」

それは、仲のいい恋人たちに可愛い悪戯をする妖精の物語だ。妖精は、キスをする二人の頭上に現れては、天使の輪のような虹の輪っかを作り出す。この虹の輪の下でキスをした二人は、永遠に別れることはできない魔法にかかるのだ。

どうしていきなり『妖精の悪戯』の話になったのかは不明だが、クラウスが可愛らしい本を読んでいたと知って微笑ましくなる。そういえばリシャールが以前に「意外と可愛いもの好き」と言っていたが、それは本にも当てはまるのだろうか。

そんなことを考えていると、クラウスがごほんとわざとらしく咳ばらいをした。

「その、だから……ここにはもちろん妖精は存在しないんだが、ええっと……」

「？」

だんだんクラウスの顔が赤くなる。クラウスはちらちらと虹を見て、ごにょごにょと何かを言っているが、残念ながら滝の音に打ち消されてレナの耳には届かない。

「だから……いいか？」

最後の「いいか？」だけが聞こえた。何が「いいか？」なのかは聞こえないのでわからなかったが、きゅんとしてしまうような赤い顔のクラウスにいいかと訊かれて否と答えるレナではなかった。何かわからなくても、そんな顔のクラウスに訊ねられたら反射的に是と答えるのがレナである。

「あ、はい！　――え？」

何も考えずにそう答えたレナは、直後、人生最大の大混乱に陥った。

クラウスがすっとレナの腰に腕を回して引き寄せたかと思うと、信じられないくらい近くまで顔を近づけてきたからだ。

唇に吐息が当たって一瞬頭の中が真っ白になりかけたレナは、ここにきてハッとした。

（だ、だから『妖精の悪戯』……！）

何故気が付かなかったのだろう。ここには虹があって、つまり、『妖精の悪戯』を出してきたということはそういうことで、「いいか？」というのはだからつまり――

あわあわしてももう遅い。

混乱と緊張と動揺と、そしてとんでもなく大きな鼓動にレナの思考は完全に停止した。

気が付けば唇が重なっていて、レナは慌ててぎゅうっと目をつむる。

唇が火傷（やけど）しそうに熱くて、離すまいと強く引き寄せられる腰がしびれたようになって、人生はじめてのキスに頭の中がぽーっとなった。

長かったのかそれとも短かったのか。触れていたときには永遠に思えたのに離れた瞬間あっけなくも思えて、レナがゆっくりと瞼（まぶた）を持ち上げると鼻先が触れるくらい近くにクラウスの顔があった。

とろんと、幸せそうに細められる碧眼（へきがん）。

（もしかして、クラウス様って、すっごくロマンチストなのかしら……？）

もう一度唇に触れた吐息に目を閉じながら、レナはそんなことを考えた――

あとがき

こんにちは、狭山ひびきです。本作をお手に取っていただきありがとうございます。

えー、本作は、調子に乗って加筆した結果、ギャフンと叫ぶことになった作品です。馬鹿な狭山は、なんと百ページも削らないと一冊に収まらないという事態を巻き起こし、担当様にぎゃーっと泣きついてアドバイスをもらいながらなんとか削り切ったのですよ（一番大変だったのは間違いなく担当様です……。反省）。

さて、気を取り直しまして……。表紙でお気づきかと思いますが、本作のイラストはぽぽるちゃ先生にお願いしました！　ぽぽるちゃ先生、快くお引き受けいただきありがとうございました！　もう、クラウスが格好良すぎて、キャララフをいただいたときに叫びましたよ。眼福眼福。幸せ♡

それでは、最後になりましたが、担当様をはじめ、この本の制作に携わってくださった皆様、そして何より、ご購入くださった読者の皆様に最大限の感謝を！

またお逢いいたしましょう！

IRIS
ICHIJINSHA

憧れの冷徹王弟に溺愛されています

2023年 7 月 1 日　初版発行

初出……「憧れの冷徹王弟に溺愛されています」
小説投稿サイト「小説家になろう」で掲載

著　者■狭山ひびき

発行者■野内雅宏

発行所■株式会社一迅社
〒160-0022
東京都新宿区新宿3-1-13
京王新宿追分ビル5F
電話03-5312-7432（編集）
電話03-5312-6150（販売）

発売元：株式会社講談社
（講談社・一迅社）

印刷所・製本■大日本印刷株式会社

ＤＴＰ■株式会社三協美術

装　幀■AFTERGLOW

ISBN 978-4-7580-9560-0

この本を読んでのご意見
ご感想などをお寄せください。

おたよりの宛て先

〒160-0022
東京都新宿区新宿3-1-13
京王新宿追分ビル5F
株式会社一迅社　ノベル編集部
狭山ひびき 先生・ぽぽるちゃ 先生